Zum Buch:

Wir hatten mein Haus erreicht, und Chrissi schob das Stalltor auf. Das Holz ächzte und knarzte, dann gab es nach. Im Stall war die Dunkelheit noch schwärzer als draußen. Ich drehte den Lichtschalter, aber nichts passierte. Da war wohl eine neue Glühbirne fällig. Unsicher machte ich zwei Schritte und knallte mit dem Knie gegen einen Futtertrog.
»Autsch!«, jammerte ich und blieb stehen. »Hast du zufällig eine Taschenlampe im Auto?«, wollte ich von Chrissi wissen.
»Nein. Ach, das kriegen wir schon hin. Warte mal, ich geh mit dem Esel vor.« Sie streifte an mir vorbei. »Huch!«, rief sie Sekunden später. »Was ist denn das?«
»Was ist *was*?«, fragte ich. Meine Augen hatten sich inzwischen an die Schwärze gewöhnt, und ich konnte schemenhaft Gegenstände erkennen. Direkt vor Chrissi lag etwas auf dem Boden. Im ersten Moment sah es aus wie ein Sack. Ich machte zwei Schritte, bückte mich und tastete danach. Entsetzt keuchte ich, als mir klar wurde, was ich da gerade fühlte …

Zur Autorin:

Susanne Oswald ist Bestsellerautorin – ihr Traum wurde wahr. Die gebürtige Freiburgerin liebt das Meer. Gemeinsam mit ihrem Mann am Strand spazieren zu gehen und den Abend vor dem Kamin mit Strickzeug auf dem Schoß ausklingen zu lassen, ist für sie das Schönste. Mit dem Kopf ist sie fast immer bei ihren Heldinnen und Helden, und es macht sie glücklich, ihre Fantasie Wirklichkeit und Buchstaben zu Geschichten werden zu lassen.
Dieses Buch ist ein Roman. Handlungen und Personen sind frei erfunden. Ähnlichkeiten mit lebenden oder toten Personen sind nicht gewollt und rein zufällig.
Nur den nicht ganz normalen Schwarzwälder, der jetzt ein Nordfriese ist, den gibt es wirklich. Das muss ich so genau wissen, denn ich bin mit ihm verheiratet.

Lieferbare Titel:

Ein Jahr Inselglück
Inselglück im kleinen Strickladen in den Highlands
Der kleine Strickladen in den Highlands
Neubeginn im kleinen Strickladen in den Highlands
Willkommen in der kleinen Kaffeerösterei

Susanne Oswald

Tod im Stroh

Landkrimi

HarperCollins

1. Auflage 2023
Neuausgabe

Umschlaggestaltung von BüroSüd, München
Umschlagillustration buerosued.de unter Verwendung von mauritius images / Peter Schickert / Alamy / Alamy Stock Photos, Shutterstock
Gesetzt aus der Stempel Garamond
von GGP Media GmbH, Pößneck
Druck und Bindung von GGP Media GmbH, Pößneck
Printed in Germany
ISBN 978-3-365-00309-1
www.harpercollins.de

Klimaneutral
Druckprodukt
ClimatePartner.com/15109-2009-1001

MIX
Papier
FSC FSC® C014496

Für Tobias

Prolog

Es stand vor eines Hauses Tor, ein Esel mit gespitztem Ohr. Der käute sich sein Bündel Heu gedankenvoll und still entzwei.

Wilhelm Busch

Der Schwarzwald. Dunkle Tannen, grüne Wiesen und plätschernde Bergbäche. Hier ist die Welt noch in Ordnung. Menschen und Tiere leben in Harmonie und Eintracht, und alle sind glücklich. Einzelne Höfe und kleine Ortschaften liegen verstreut in einsamen Tälern, auf Hügeln und geduckt zwischen riesigen Bäumen.

Die Vögel zwitschern, irgendwo keckern Eichhörnchen. Tiefer im Wald hört man eine Rotte Sauen. Kinder auf dem nahen Hof spielen Fangen im Heu. Ihr Lachen mischt sich mit dem Rauschen der Tannen, die sich sacht im Wind wiegen.

Doch was ist das?

Ein Schrei fährt in das feine Gespinst des Idylls und reißt es in Fetzen! Direkt vor der Scheune zerrt der Schlachter die Sau über den Hof. Sie stemmt ihre Haxen in den lehmigen Boden und schreit Zetermordio, doch der Mann am anderen Ende der Leine zieht sie unerbittlich weiter.

Weiß gekachelte Wände. Der Geruch von Panik. Ein Knall.

Die Schnitzel brutzeln in der Pfanne. Goldbraun. Während der Duft durch das Haus treibt, reiben sich die Menschen ihre hungrigen Bäuche.

Das war Berta. Glück ist relativ.

Das merkt auch der Mann, als er ins Stroh sinkt. Der Coup seines Lebens sollte es sein. Doch jetzt drückt es ihm beinahe die Augen zum Schädel raus. »Hilf mir!«, will er schreien, aber seiner Kehle entschlüpft nur ein Röcheln. Der Sensenmann hält ihn in seinen eisigen Klauen. Das Opfer kämpft verzweifelt. Verzweifelt und vergeblich.

Die Vögel zwitschern ihr Abendlied. Friedlich ist er, der Schwarzwald. Friedlich und schön.

Und um einen Einwohner ärmer.

Eins

Mia Sonne @MiasWelt
Drei Pudeldamen hintereinander – für heute bin ich gepudelt! *#Tiersalon Elvira*

Schnell tippte ich auf »Twittern« und ließ das Smartphone in meiner Hosentasche verschwinden. Elvira war eine tolle Chefin mit einem großen Herzen und absolut null Verständnis für Handys und den ganzen neumodischen Kram. Twitter bezeichnete sie als Seelenpornografie. Wohingegen sie mit den aufgeblasenen Möpsen ihrer Kundinnen keine Probleme hatte – und ich spreche nicht von den Hunden! Das gehörte für mich viel eher in die Kategorie Pornodingsda. Diese Frauen gaben ihre gesammelten Minderwertigkeitskomplexe in der Öffentlichkeit preis und trugen sie in Form ihrer Silikonkissen vor sich her. Garniert mit glitzernden Klunkern. Und alles nur, um von ihren Mädchen vernaschenden Ehemännern abzulenken.

Dann doch lieber twittern.

Elvira hatte einfach keine Ahnung. Für mich war das mein Fenster zur Welt. Den ganzen Tag stand ich im Salon, frisierte Hunde, Katzen und neulich sogar einen Papagei, und draußen tobte das Leben. Die Bertoldstraße leuchtete, eingetaucht in die ersten warmen Strahlen der Frühlingssonne. Es war Ende März, und das Schaulaufen der Frühjahrskollektion hatte begonnen. Von Punk bis Lady war alles dabei. Jeder, der irgendwie konnte, schlenderte, bummelte und tankte Kraft im Sonnenlicht. Okay. Fast jeder. Nils lag bestimmt noch in den Federn, er hatte heute erst nachmittags Vorlesung.

Mir wäre alles lieber gewesen als Frau Blage mit ihrer vierbeinigen Plage, einer äußerst unerzogenen Yorkshireterrier-Dame, die als Nächstes auf dem Programm stand. Und dazu gehörte unweigerlich: »Kindchen, seien Sie vorsichtig, Mimi ist ja so empfindsam« oder »Was meinen Sie? Sollen wir lieber das pinkfarbene Jäckchen oder das in Rosé zum Empfang anziehen? Was wohl besser zu meinem Abendkleid passt?«

Eins von Mimis Kleidchen hatte den Wert meiner gesamten Sommergarderobe. Nicht dass ich neidisch wäre. Lieber in Lumpen gekleidet, als dieser Frau, der Inkarnation von Doofheit, ausgesetzt zu sein. Bei der hatte der Zuwachs an finanziellen Mitteln zu einem im Verhältnis dazu exponentiell ansteigenden Verlust von Gehirnzellen geführt. Hätte ich nur solche Neureichen als Kunden, müsste ich den Job wechseln. Dabei liebte ich meine Arbeit.

Diese Stelle anzunehmen, war die beste Entscheidung meines bisherigen Lebens gewesen. Abgesehen von dem Entschluss, der blöden Tanja am Tag unserer Einschulung die Lakritzschnecken aus der Schultüte zu klauen, auch wenn das damals zwei Wochen Pumucklverbot für mich bedeutet hatte. Zum Glück hatte Oma die Folgen für mich angeschaut und mir dann erzählt, was der kleine Kobold wieder alles angestellt hatte.

Oma. Sie hat mich immer verstanden. Auch wenn der Rest der Familie wieder mal kopfstand, weil Mia »nie den geraden Weg wählte«, wie Mama es gern ausdrückte. Pfff! Dabei waren meine Wege so krumm nun auch wieder nicht. Ich wollte nun mal weder Karriere machen und steinreich werden, noch war ich bereit, mir zumindest einen gut betuchten Mann zu suchen.

Ich wollte einen Job, der mir Spaß machte, und Zeit, das Leben zu genießen. Ich wollte spazieren gehen, meine Zehen ins Wasser eines Baches halten oder barfuß über eine Wiese springen. Mein Herz hüpfte vor Glück, wenn sich eine Fellnase vertrauensvoll an mich drückte. Und wenn sich ein Pflänzchen, das ich gesät hatte, der Sonne entgegenreckte, dann erfüllte mich das mit tiefer Zufriedenheit. Zum absoluten Unverständnis meiner Mutter. Nur Oma hatte in solchen Momenten wissend genickt und sich mit mir gefreut. Immer.

Oma hatte mir auch das Stricken beigebracht. Durch sie habe ich die Liebe zu schöner Wolle entdeckt.

Mein Leben war wie Wellenreiten an einem Tag mit lauem Wind. Weicheisurfen. Ich liebte diese Beschaulichkeit. Keine drohende Gefahr, die nächste Monsterwelle bezwingen zu müssen. Kein unnötiger Nervenkitzel. Kein unkalkulierbares Risiko. Ich hatte alles, was ich brauchte. Einen angenehmen Job bei dem angesagtesten Tiersalon der Stadt. Einen liebevollen Freund, mit dem ich lachen, kuscheln, aber auch nächtelang reden konnte, Wolle und Stricknadeln. Das wunderbare Pünktchen, die freche kleine Mischlingshündin, die mein Ein und Alles war. Und wenn mir doch mal nach einer deftigen Welle war, dann gab es da noch Chrissi, meine beste Freundin seit dem Kindergarten. Neben ihr kam ich mir manchmal beinahe langweilig vor, denn bei ihr war immer etwas los.

Obwohl ich mein Leben genoss, war ich für meine Mutter eine Enttäuschung. Beinahe dreißig und noch immer nicht unter der Haube. Verglichen mit meinem ach so tollen Bruder Lukas, der ein Einserabi hingelegt hatte und nun Jura studierte, war ich der Loser der Familie, egal wie krumm oder gerade meine Wege waren. Nur eine mehr oder weniger gute Mittlere Reife konnte ich vorweisen. Und dann hatte ich mich nicht einmal breitschlagen lassen, wenigstens eine Lehre zur Bürokauffrau zu machen. Oder Krankenschwester. Da hätte ich mir nach Meinung meiner Mutter wenigstens einen Arzt an Land ziehen können. Stattdessen war ich, gemeinsam mit Chrissi, Tierpflegerin im Schwarzwaldzoo geworden und Mamas Naserümpfen zum Trotz sehr glücklich beim Ställeausmisten.

Gerade als meine Familie sich mit ihrem (und meinem) Schicksal abgefunden und anderen Themen zugewandt hatte, war Elviras Angebot gekommen. Ich griff zu, ohne lange zu überlegen. Alle waren entsetzt. Tier*friseurin*! Das war ja noch schlimmer als Tierpflegerin.

Nur Oma fand es genauso cool wie ich.

Sie fehlte mir sehr. Drei Monate war sie jetzt schon tot, und erst letzte Woche hatte ich mich überwinden können, ihr Haus, das jetzt meins war, einem Makler zur Vermittlung zu übergeben. Herr Bronkovich versprach mir, er würde schnell einen Käufer für das Schmuckstück finden. Leider. Fast hätte ich mir gewünscht, dass er sagen würde, es wäre unmöglich, so ein Haus an den Mann zu bringen. Ein idiotischer Wunsch, das war mir klar.

Das Gebäude war zwar alt, aber super in Schuss und die Lage für Schwarzwälder Verhältnisse Spitzenklasse. Einsam gelegen und doch nicht weit weg vom Leben. Oder dem, was man im Schwarzwald so »Leben« nennen konnte.

Aber was sollte ich mit einem Haus in St. Gregorius? Da war der Schwarzwald ziemlich schwarz, und jeden Tag etwa achtzig Kilometer zur Arbeit fahren? Nein danke!

Die Alternative wäre gewesen, schon wieder eine neue Stelle zu suchen, und dieser Gedanke war auch nicht prickelnd. Die Wahrscheinlichkeit, es noch einmal so gut zu erwischen wie bei Elvira, ging gegen null. Noch dazu war es bei ihr im Salon kein Problem, Pünktchen mit zur Arbeit zu nehmen. Dieses Privileg löste alle Hundesitterprobleme, die mich früher beinahe in den Wahnsinn getrieben hatten. Ein rundum toller Job also. Eigentlich.

Nur wenn es daran ging, Pudellöckchen rosa zu färben, kam ich an meine Grenzen. Frau Blage mit ihrer Mimi war jenseits allen guten Geschmacks. Ich musste nur an das aufgedonnerte Schrapnell denken, dann kringelten sich gleich meine Fußnägel. Der Gedanke an meine Fußnägel brachte mich wieder zu Nils zurück. Er war der wichtigste Grund, weshalb ich nicht von hier wegwollte. Es wäre herrlich, jetzt mit ihm im Bett zu liegen. Die Vorstellung, wie er an meinen Zehen knabberte, brachte mich wohlig zum Erschauern. Er hatte da so eine ganz bestimmte Technik, die mich verrückt machte.

Beinahe hätte ich laut geseufzt.

»Frau Blage hat angerufen. Mimi ist unpässlich«, riss mich Elvira aus meinen Träumereien.

Den Jubelschrei konnte ich gerade noch unterdrücken, bevor er mir über die Lippen hüpfte. Bei so was kannte meine Chefin kein Pardon. Kunden waren immer und jederzeit mit Respekt zu behandeln. Von wegen mal so richtig gepflegt ablästern, wie ich es mit Chrissi manchmal zelebrierte.

Artig legte ich die Stirn in Sorgenfalten. »Hoffentlich nichts Ernstes«, sagte ich und rang das Grinsen nieder, das sich mit aller Macht in meinem Gesicht einnisten wollte.

»Wie man's nimmt. Sie hat wohl zu viele Pralinen genascht«, meinte Elvira und unterzog ihre silberne Designerarmbanduhr einer eingehenden Betrachtung. »Wenn du willst, kannst du jetzt schon Mittagspause machen.«

Sag ich doch: tolle Chefin!

»Hast du gehört, Pünktchen?«, rief ich in Richtung Hundekorb.

Mein Schätzchen öffnete nur ein Auge, wackelte mit seinem linken abgeknickten Ohr und wollte weiterschlafen.

»Nichts da, du Murmeltier! Hoch mit dir, wir haben Pause.« Mit einem Satz war ich im Hinterzimmer, schnappte meine Handtasche und Pünktchens Leine. Jetzt hatte es auch meine Hündin kapiert. Ihr blieb keine Zeit, sich ausgiebig zu strecken und die schwarzen Flecken auf ihrem weißen Fell zu sortieren. Ich ließ den Karabiner am Halsband einschnappen und stürmte Richtung Tür.

Im Vorbeihuschen warf ich einen Blick in den Spiegel und wuschelte meine Locken auf. Der kleine Rotstich im Brünett machte sich wirklich gut, besser als die blonden Strähnchen, die ich jahrelang getragen hatte. Wenn ich schnell genug wäre, könnte ich Nils überraschen. Vorspeise Mia, Hauptgang Döner von unserem Lieblingstürken und Nachtisch noch mal Mia.

Schon drei Minuten später gab ich Ali ein Zeichen, das so viel hieß wie »Wie immer!« – obwohl ich als Letzte den Laden betreten hatte. Er wusste, dass ich immer in Eile war, und als Stammkundin gab es eine klitzekleine Vorzugsbehandlung. Mein schlechtes Gewissen zwickte zwar ein bisschen, aber ich wäre eine Idiotin, wenn ich ein schnelles Essen einer falschen Moral opfern würde. Ein guter Mensch – aber hungrig. Dann doch lieber ein wenig verwerflich, aber satt.

Während ich auf unser Mittagessen wartete, beobachtete ich die Menschen, die es wie Blütenblätter auf fließendem Wasser durch die Straßen trieb. Verliebte, wohin mein Blick auch ging. Eindeutig: Frühling lag in der Luft. Mein großer Zeh wackelte bereits ungeduldig, und auch der Rest von mir konnte es kaum erwarten.

Konnte ein Leben perfekter sein?

Mia Sonne @MiasWelt
Liebe liegt in der Frühlingsluft, und ich werde mich jetzt zu meinem Liebsten kuscheln. Überraschung!

Finger auf »Twittern«, und ab die Post. Sollte die Welt ruhig wissen, wie gut es mir ging. Mit dem Mittagessen in der Tüte ging es weiter Richtung Heimat. Kurz vor dem Ziel fiel es

Pünktchen ein, eine Kastanie zu gießen. Ungeduldig wartete ich, bis sie ausgepieselt hatte. Wie konnte nur so viel Pipi aus so einem kleinen Hund kommen?

Endlich waren wir zu Hause.

»Schnuckel, rutsch zur Seite! Dein Zuckerhasi hat unverhofft eine lange Mittagspause und viel Kuschellust!« Albern. Völlig. Aber das war uns schokohasenpiepegal. Sobald es bei uns zur Sache ging, wurde Zucker geschmolzen. Gummibärchen. Lakritzschneckchen. Zauberlolli. Sahnetoffee. Nugatpralinchen. Marshmallow. Schokohühnchen. Marzipanschweinchen … Es machte einfach Spaß.

Die Wohnungstür fiel hinter mir ins Schloss. Pünktchen verkrümelte sich in die Küche, und ich riss in froher Erwartung die Schlafzimmertür auf. Die Bluse hatte ich aus Gründen der Zeitersparnis schon aufgeknöpft. BH trug ich keinen.

»M…M…Mia. Was m…m…machst d…du denn hier?«

Irgendjemand hatte auf den Pausenknopf gedrückt und die Temperatur nach unten geregelt. Die Welt war eingefroren. Meine Hand am Jeansknopf stand ich da und versuchte rauszufinden, was an dem Bild, das sich mir bot, nicht stimmte. Nils mit verwuschelten Haaren und geröteten Wangen. Das Bett zerwühlt. Die Luft sexgeschwängert. Und neben meinem Freund – Brian.

»Hey, Honey. Don't panic. It's just …«

Ich drehte mich um, zog die Tür zu und lehnte mich dagegen. Meine Knie waren weich wie Zuckerwatte, und Stück für Stück rutschte ich dem Mittelpunkt der Erde entgegen. Fassungslos blieb ich, an die Tür gelehnt, sitzen.

Das war ein Scherz! Ein Missverständnis. Eine Fata Morgana. Jemand hatte mir etwas in den Kaffee geschüttet, und ich tanzte auf einem Horrortrip. Egal was es war, Realität war es nicht. Auf keinen Fall. Nils war nicht schwul. Das hätte ich gemerkt. Brian. Ausgerechnet dieser hühnerbrüstige

Engländer. Austauschstudent! Haha. Was der studierte, hatte ich ja gerade live erleben dürfen. In flagranti erwischt.

Die Schlafzimmertür ging auf. Ich kippte nach hinten und blieb auf dem Rücken liegen.

Brian stieg, irgendwelche Erklärungen vor sich hin brabbelnd, über mich hinweg und suchte das Weite. Im Gehen zog er sich das Shirt über den Kopf, seine Schuhe hielt er in der Hand.

Jetzt beugte sich Nils über mich. »Mia. Hey, Süße. Komm, lass uns reden! Honigkuchenpferdchen.«

Der Mistkerl traute sich allen Ernstes, mir an die Brüste zu grapschen! Endlich nahm das Leben wieder Fahrt auf. Ich schlug seine Hand weg. Eigentlich hätte ich ihm am liebsten richtig eine gedonnert, aber körperliche Gewalt lag mir nicht. So würdevoll ich konnte, rappelte ich mich hoch und baute mich vor ihm auf. Während ich mit zitternden Händen meine Bluse zuknöpfte, streckte ich meine einhundertvierundsechzigeinhalb Zentimeter, um wenigstens auf Höhe seiner Brustwarzen zu kommen.

»Schokoherzchen, jetzt mach doch kein Drama draus. Das ist doch alles ...«

Das Schokoherzchen hatte einen grün schillernden Überzug bekommen – Mindesthaltbarkeit abgelaufen.

»Raus!«, zischte ich und drückte mich an ihm vorbei ins Schlafzimmer hinein. »Mach, dass du wegkommst!« Um meiner Forderung Nachdruck zu verleihen, riss ich das Fenster auf und fing an, seine Sachen hinauszuschleudern. Eine Unterhose landete auf Brian, der gerade das Haus verließ, und blieb an seinen knochigen Schultern hängen.

»Sag mal, spinnst du?«, keifte Nils mich entsetzt an. Er raffte im Turbogang die Klamotten zusammen, die ich noch nicht in die Finger bekommen hatte, warf alles in seine Sporttasche und duckte sich vor meinen Wurfgeschossen. Ich war nämlich dazu übergegangen, abwechselnd etwas aus dem Fenster und gegen Nils zu schleudern.

»Raus! Raus! Raus!«, schrie ich so laut, dass meine Stimme brach. Pünktchen sprang jaulend um mich herum. Nils packte seine Tasche mit einer Hand, die andere hielt er sich schützend vors Gesicht. Ein Turnschuh knallte gegen die Tür, die er eilig hinter sich zugezogen hatte.

»Ein Mann«, sagte ich zu Pünktchen. »Hast du das gesehen?«

Ich setzte mich auf den Fußboden und vergrub mein Gesicht in Pünktchens Fell. Die Wut donnerte immer noch wie ein Düsenjet in meinen Ohren.

Ein Schlüssel wurde in die Haustür gesteckt und rumgedreht. Nils streckte vorsichtig den Kopf in die Wohnung.

»Schokoherzchen?« Der Mistkerl hatte Nerven! Leider hatte ich nichts Werfbares mehr in Griffweite, deshalb beschränkte ich mich auf verbale Attacken. Als sich mein Wortschatz an Schimpfwörtern erschöpft hatte, zog ich einen Schlussstrich.

»Es ist aus! Aus und vorbei. Du hast hier nichts mehr zu suchen. Schau, wo du deinen Hintern betten kannst. Brian freut sich bestimmt, wenn du zu ihm ziehst!«

Nils grinste schief, und seine Grübchen versetzten mir einen sehnsüchtigen Stich, aber ich ignorierte die Schmerzen in meinem Herzen.

»Du bist so süß, wenn du wütend bist, Zuckerschnäuzchen«, versuchte er noch einmal gut Wetter zu machen.

»Es hat sich ausgezuckert! Spar dir das Süßholz für deinen Liebsten. Und jetzt verschwinde!« Ich schaute mich wieder nach Wurfgeschossen um, da fiel mir etwas Wichtiges ein. »Und her mit dem Wohnungsschlüssel!« Ich streckte ihm meine flache Hand fordernd entgegen.

Nils lächelte verlegen. »Ja, also, genau deshalb bin ich noch mal reingekommen. Ähm, also, Mia, es tut mir ja wirklich leid. Aber: Das ist meine Wohnung.«

Zwei Stunden später saß ich bei Chrissi auf dem Sofa. Drei Packungen Taschentücher hatte ich schon vollgeheult. Pünktchen kuschelte mit Chrissis Boxer Paul in dessen Korb. Die beiden liebten sich. Liebe! Der Gedanke daran trieb die nächste Tränenflut zum Ausgang. Ich schluchzte.

»Wieso hab ich nichts gemerkt?«, fragte ich ungefähr zum einhundertneunundneunzigsten Mal. »Das kommt doch nicht von heute auf morgen. Ich meine: Du wachst doch nicht eines Morgens auf und denkst: So. Ab heute bin ich schwul. Oder?«

Chrissi tätschelte mein Knie und schwieg. Was hätte sie auch sagen sollen?

»Und weißt du, was das Schlimmste ist?«, fragte ich weiter und gab Chrissi auch gleich die Antwort: »Gegen einen Mann habe ich als Frau überhaupt keine Chance. Das ist unfair!« Ich schluchzte wieder. War es wirklich erst ein paar Stunden her, dass ich mein Leben als perfekt bezeichnet hatte?

Mein Handy klingelte. Auf dem Display erschien: »Elvira«. Die hatte ich vollkommen vergessen. Zaghaft meldete ich mich.

»Kannst du mir mal verraten, wo du dich rumtreibst?«, dröhnte die Stimme meiner Chefin durch den Lautsprecher.

»Ist das der Dank für die verlängerte Mittagspause?«

Und nun? Sonst war ich doch auch nicht um eine Ausrede verlegen. Feuer! In meiner Wohnung hat es gebrannt. Nicht schlecht und ziemlich nah an der Wahrheit. Aber das würde ich nicht durchziehen können. Da hing ein Rattenschwanz weiterer Lügen dran.

Eine Sturzgeburt kam mir in den Sinn. Dazu hätte ich allerdings erst einmal schwanger sein müssen. Ich dachte an Nils und unseren gemeinsamen Wunsch nach einer kleinen Familie. In romantischen Stunden hatten wir davon geträumt, wie wir mit unseren Kindern auf dem Spielplatz rumtobten. Zwei sollten es werden. Ein Junge und ein Mädchen. Der Junge zuerst, damit die Kleine einen großen Bruder hatte. Obwohl meine Erfahrungen bezüglich eines großen Bruders eindeutig dagegensprachen, hatte Nils sich in diesem Wunschpunkt durchgesetzt. Und auch bei den Ansprüchen an unsere Kinder waren wir nicht wirklich einer Meinung. Nils sagte, das Mädchen sollte blonde lange Locken haben und hellblaue Augen. Er wollte ihr musikalisches Talent, das sie auf jeden Fall haben würde, früh fördern. Erst Klavier und später Geigenunterricht. Mit sieben oder acht käme dann Stimmtraining dazu. Andere Väter würden vor Neid erblassen, wenn er mit seinem blonden Engel die Bühne betrat.

Ich hingegen wollte lieber eine Ronja haben. So eine richtige Räubertochter, die auf Bäume kletterte und den Jungs auch mal was auf die Nase gab, wenn sie frech wurden. Mein Plan war gewesen, das Nils schonend beizubringen. Irgendwann hätte er eingesehen, dass meine Träume die schöneren waren und eine Vorzeigepuppe kein Grund, vor Stolz zu platzen.

»Mia, hallo? Was ist denn nun?«, riss Elvira mich aus den Gedanken über meine ruinierte Familienplanung.

»Nils hat mich betrogen.«

Manchmal war die Wahrheit so hart, da brauchte es keine Ausreden. Und wirklich: Elvira schaltete sofort um, betitelte mich als »armes Hühnchen«, gurrte noch ein Weilchen in den Hörer und gab mir den Rest des Tages frei. Ich legte auf und öffnete mein Twitterprofil.

Mia Sonne @MiasWelt
Überraschung gelungen – Liebe tot. Aus. Ende. Schluss.
#Herzschmerz

Ich nahm einen großen Schluck Tee und schnappte mir dann wieder mein Strickzeug. Um mich ruhig zu bekommen, hatte Chrissi reichlich Grappa dazugeschüttet. Die Welt wurde langsam aber sicher unscharf. Immer öfter rutschten mir die Maschen von der Nadel. Genervt pfefferte ich Wolle und Nadeln auf den Tisch und nahm noch einen Schluck. Und noch einen.

Warm strömte der Alkohol durch meine Blutbahn. Zwischendurch schnäuzte ich mich klangvoll in die Papiertaschentücher, die ich anschließend neben mich auf den Boden warf. Es war schon ein ansehnlicher Berg. Ich beobachtete das Flirren der Staubpartikel in der schräg ins Zimmer strahlenden Nachmittagssonne und überließ mich den Bildern, die wie bei einer Turbodiashow vor meinem inneren Auge auftauchten und sofort weiterzogen.

Nils und Brian, Nils und ich, Oma und ich mit Pünktchen, ich stolz mit meinen allerersten selbst gestrickten Socken, Nils mit mir im Urlaub am Meer, Oma vor ihrem Häuschen, Brian, wieder Omas Häuschen.

Klick! Und dann wusste ich plötzlich, was ich tun würde.

»Ich si…si…tsiehe in den Schwarschwald«, verkündete ich, nachdem ich Taschentuchpackung Nummer vier fast aufgebraucht hatte. »Gib mir mal das Teledingsda.«

»Schätzchen! Willst du nicht lieber warten, bis du nüchtern bist?«, versuchte Chrissi mich zu stoppen. Aber ich war fest entschlossen.

»DasisSchilks…schikhicks…schickschal. Omahatgewusst, dassichdasHäuschen brauhicksche«, wehrte ich Chrissis Appell an meine Vernunft ab. Nach drei Anläufen hatte ich auch tatsächlich die richtige Nummer gewählt. »Herr Brobronkwichswichswichser, äh … ich nicht! Äh, verkaufe, latürnich … natürlihickslich.«

Es dauerte eine Weile, aber irgendwann hatte ich dem Makler klargemacht, dass mein Haus in St. Gregorius nicht mehr zum Verkauf stand. Wieso er deshalb ausfällig werden musste, war mir nicht klar. Er raunzte was von »launenhaften Weibern« und ob ich meine Tage hätte – am Ende unterstellte er mir sogar, ich sei betrunken.

So ein Idiot! Wegen der drei winzigen Schlückchen Tee im Grappa! Hicks. Ich hatte nicht meine Tage, sondern *einen* Tag, einen, den ich so schnell nicht vergessen würde. Einen, der in die Geschichte meines Lebens eingehen würde. Mias Tag. Aber so was von. Ab heute sollte die Männerwelt sich warm anziehen. Es war vorbei mit Liebe und Kuscheln. Ich würde jetzt mein eigenes Ding durchziehen, und wenn ich dabei über Leichen gehen müsste – Männerleichen natürlich! –, war mir das schnurzegal.

Zu dem Zeitpunkt hatte ich keine Ahnung, wie schnell genau dieser Gedanke heftigste Realität werden würde. Mein Handy piepste. Das Fokussieren war nicht mehr ganz einfach. Tanzende Buchstaben, mal was anderes. Mühsam entzifferte ich den Tweet.

Jonnysonni @MiasWelt
Sweetie. Wenn du Trost brauchst, mein Jonny und ich übernehmen gern.

Wunderbar. Der konnte sich seinen Jonny sonst wohin stecken! Mein Bedarf war gedeckt. Und zwar reichlich! Bevor ich etwas antworten konnte, trudelten weitere Tweets ein.

SummseBiene @MiasWelt
Mistkerle!! Mach dir nichts draus. Der Nächste wartet sicher schon!

PaulaPaula @MiasWelt
*Nur noch die eigene Dreckwäsche, und wenn du was in den Kühlschrank stellst, ist es auch noch da, wenn du Lust drauf hast. Cool! *knuddel**

Die mussten es ja wissen. Gab es wirklich Menschen, die so etwas locker wegsteckten? Ich gehörte sicher nicht dazu. Im Moment fühlte es sich an wie eine OP am offenen Herzen und ohne Narkose. Schwester, Taschentücher, bitte!

Zwei

Der Regen tanzte durch die Luft. Franz zog den Kopf zwischen die Schultern, während er mit ausgreifenden Schritten die Straße entlanghastete. Sauwetter, verrecktes!

Er hörte Timo neben sich keuchen. War das die Anstrengung, weil er mit seinen kurzen Beinen nicht Schritt halten konnte, oder zeigte er Nerven? Franz warf einen prüfenden Blick auf seinen Kumpel.

»Alles klar, Oller? Cool bleiben, kapiert? Mach dir nur nicht wieder in die Hose!« Er schlug Timo die Pranke auf den Rücken und lachte dröhnend.

Der Vollpfosten hatte sich beim letzten Mal doch tatsächlich eingepisst. Was für eine Show! Aber noch mal musste Franz das echt nicht haben.

Timo, deutlich blass mit leichtem Grünstich um die Nase, verzog das Gesicht zu einem Grinsen. »B…b…bin ich b…b… bescheuert, Mann?«

Ja, dachte Franz, biste, aber da redete Timo schon weiter.

»Ich hab vorgesorgt, das p…p…passiert mir n…n…nicht mehr.« Zum Beweis zog er seine Jogginghose ein bisschen nach unten, und Franz klappte die Kinnlade runter. Der Depp hatte eine Windel an! Immer wieder für 'ne schräge Nummer gut, der Kleine. Genau so hatte er ihn kennengelernt.

Franz rechnete nach. Zwei Jahre Knast, drei Jahre Türsteher im Puff und davor ein kurzer Abstecher als »Spezialkurier« – jemand musste ja für Frischfleisch sorgen. Ja genau, ungefähr fünf Jahre war das jetzt her. In der Unfallambulanz, kurz nach vier am frühen Morgen war es gewesen.

Franz hatte dem Taxifahrer ’nen Extrafuffi zustecken müssen, damit er ihn überhaupt mitnahm. Geblutet hatte er wie ’ne abgestochene Sau. Nur weil Melanie vollkommen durchgeknallt war und ihm das Messer in den Oberschenkel gerammt hatte. Zwei Zentimeter weiter links, und das Messer hätte die Beinarterie erwischt, meinte der Arzt später. Aber eigentlich hatte sie zehn Zentimeter weiter oben treffen wollen, wie Franz sehr genau wusste. Allein beim Gedanken daran zogen sich seine Kronjuwelen schmerzhaft Richtung Körperinneres.

Automatisch wanderte seine Hand zum Schritt. Erleichtert atmete er auf. Alles noch da und einsatzbereit. Wie immer vor einem Bruch stand sein Kumpel stramm. Das war fast so antörnend wie ein scharfes Weib. Nur nicht wieder so eine wie Melanie … Diese dumme schwäbische Schlampe! Wenn er nur an die Kreissägenstimme dachte, floss das Blut direkt wieder aus seinem Glücksschwert heraus.

Dabei war sie doch selbst schuld gewesen. Hätte sie ihn mit ihrer schwäbischen Mentalität nicht bis zum Gallespucken angekotzt, hätte er nicht über Natascha rutschen müssen. Endlich mal genüsslich knattern, ohne schrilles »Jaaaa – gib’s mir, du geiler Straßenbesen. Sauber. Vergiss die Ecken nicht!«. Das konnte ein Mann doch wohl verlangen? Und dann dieser abtörnende Hausfrauenmist. Für Melanie gab es nichts Schöneres als Kehrwoche. Die Braut war wirklich dumm wie verbranntes Toastbrot. Die hatte sich sogar zu einem Kehrwochenseminar angemeldet und Rotz und Wasser geheult, als rauskam, dass es sich bei der Ausschreibung um einen Aprilscherz handelte.

Zumindest hatte er durch Melanies Messerattacke Timo kennengelernt. Sturzbesoffen war der in der Nacht damals in seiner Stammkneipe, dem »Blue Moon«, gegen eine Glastür gerannt und hatte sich dabei die Nase gebrochen. Klaus, der Chef von dem Schuppen, brachte Timo ins Krankenhaus. Im

Wartezimmer pennte Timo ein und kippte mit dem Kopf gegen Franz. Der half ihm an seinem roten Haarschopf auf die Beine und brüllte ihn an: »Oller, wenn du mir noch einmal zu nahe kommst, rauscht es, dass du Weihnachtsglöckchen klingeln hörst, und zwar an Ostern! Merk dir eins: Im Arsch isses finster, aber nich windstill. Alles klar?«

Timo staunte ihn an wie ein Kleinkind seine Weihnachtsgeschenke. »O…o…okay. C…c…cool, Alter.« Dann sackte er in sich zusammen und fing zwei Sekunden später an, laut zu schnarchen.

Ein zusammengefalteter Zettel fiel ihm aus der Hose. Franz wollte ihn gerade wieder in Timos Tasche zurückpacken, als er aufgerufen wurde. Deshalb steckte er das Papier einfach ein.

Erst als Franz mit frisch genähter Stichwunde in den Sonnenaufgang gehumpelt war, sahen sie sich wieder. Timo – immer noch reichlich blau – hatte ihn angegrinst. »W…w…was heißt das eigentlich? F…f…finster, aber n-n-nich w…w… windstill?«

Nach so einer Nacht, vollgepumpt mit Adrenalin und Schmerzmitteln, hatte Franz nicht anders gekonnt. Er war in lautstarkes Lachen ausgebrochen. »Hier, den hast du vorhin verloren«, sagte er, nachdem er sich wieder beruhigt hatte, und gab Timo den Zettel zurück.

»Prima, das ist meine Adresse! Die hab ich immer bei mir. Sicher ist sicher«, hatte der gemeint und dämlich gegrinst.

Franz hatte fassungslos den Kopf geschüttelt und war mit dem schrägen Vogel frühstücken gegangen. Seit diesem Tag war Timo sein Schatten.

Franz streifte die Erinnerungen ab und kam zurück in die Gegenwart. »Wisch dir noch mal die Hände trocken, sonst rutscht dir die Wumme womöglich zwischen den Fingern durch, und du schießt dir selbst ins Knie. Oder noch schlimmer: Du knallst mich versehentlich ab.«

Timo wollte antworten, aber da blieb Franz schon abrupt stehen. Unauffällig nickte er zu dem übernächsten Haus. »Da isses. Deckung!«

Die beiden drückten sich in einen Eingang, und Franz tat so, als studierte er intensiv die Namensschilder. Er wartete, bis die zwei Passanten an ihnen vorbei waren, dann prüfte er die Umgebung. Ein Liebespärchen knutschte in einem Hauseingang, und ein Hund stromerte ohne Herrchen den Gehweg entlang. Der Scheißpudel kam angeschnüffelt und fand Timos Jogginghose extrem spannend, jedenfalls schnupperte er und drückte sich mit dem Hintern dicht am Bein entlang. Rechtsrum, linksrum, noch mal rechts, dann hob die Töle ein Bein und pisste Timo an.

Der grinste schief und hob entschuldigend die Schultern.

»T...t...tiere mögen m...m...mich einfach«, meinte er und schaute an sich runter. »Warn j...j...ja n...n...nur drei Tropfen.«

»Bereit?« Er griff in die Jackentasche. Timo tat es ihm nach.

»Jetzt!«

Die beiden Männer sprinteten gleichzeitig los, wobei Timo über seine eigenen Füße stolperte und die ersten Schritte strauchelte, bevor er sich wieder gefangen hatte.

Franz verdrehte die Augen. Wieso nur hatte er sich ausgerechnet den größten Tollpatsch vom gesamten Schwarzwald als Partner ausgesucht?

Weil er dein bester Kumpel ist? Weil er der loyalste Mensch ist, den die Welt je gesehen hat? Weil er dich verehrt und alles tut, was du von ihm verlangst?

Weil er ein Trottel ist und es nicht merkt, wenn die Aufteilung der Beute nicht ganz fifty-fifty ist.

Genervt bewegte Franz den Kopf, um die Stimme zu vertreiben, die sich dort eingenistet hatte. So weit würde es noch kommen, dass er Stimmen erlaubte, ihm Gedanken ins Hirn zu piepsen!

»Hä...hä...händ...d...de h...h...hoch! D...d...das i...i...!«, schrie Timo mit schriller Stimme, und Franz musste sich beherrschen, um nicht loszulachen. Timo klang vor Aufregung wie der Obereunuch persönlich.

»Hände hoch! Überfall!«, dröhnte Franz dazwischen, bevor Timo das nächste Wort herausstottern konnte.

Die Verkäuferin quiekte zuerst wie ein Meerschweinchen, dem man auf die Pfote trat, dann sackte sie hinter der Theke zusammen. Der Mann neben ihr, offensichtlich der Chef des Ladens, machte Anstalten, sich zu ihr runterzubeugen.

»Nix da! Die kriegt sich schon wieder ein. So lange sie ohnmächtig ist, hält sie wenigstens die Klappe. Hier!« Franz schmiss einen Stoffbeutel auf die Vitrine. »Einpacken. Aber dalli! Und keine Fisimatenten, sonst ist die Kleine Geschichte!« Mit einer schnellen Kopfbewegung gab er Timo das Zeichen, die Waffe auf die bewusstlose Frau zu richten. Dabei ließ er den Juwelier nicht aus den Augen.

Timo hielt die Pistole mit beiden Händen. Ob er im Fall eines Falles schießen und dann auch noch treffen würde, stand allerdings in den Sternen. Die Pistole wackelte auf und ab, Timo konnte das Zittern nicht kontrollieren. Dazu hickste er schon wieder, wie immer, wenn er aufgeregt war.

Verdammt! Franz verfluchte sich zum wiederholten Mal. Wieso nur hatte er sich keinen cooleren Partner ausgesucht? Der Juwelier hatte in der Zwischenzeit mit zittrigen Händen die Vitrine leer geräumt.

»Die da drüben auch noch!«, donnerte Franz die nächste Anweisung. »Ein bisschen flotter, sonst …« Er ließ die Drohung in der Luft hängen.

»Ich mach ja schon«, murmelte der Mann.

»Maul halten!«, brüllte Franz. Er liebte es, wenn die Leute vor Schreck zusammenzuckten, und auch dieses Mal verfehlte der Schrei die Wirkung nicht. Franz grinste. Wenn er erst mal in Südamerika war, müsste er sich ein Hobby suchen, das diesen Adrenalinrausch ersetzen konnte. Jagen vielleicht oder Hahnenkämpfe. Ihm würde sicher was einfallen. Mit der nötigen Asche war das alles easy. Als Erstes würde er sich auf jeden Fall ein Rennboot kaufen. Er sah es vor sich, natürlich mit den passenden Hühnern dabei. Haste erst mal Kohle, haste Chicas im Überfluss. Davon war er überzeugt.

Die Türklingel riss ihn aus seiner Tagträumerei. Ohne lange zu überlegen, warf er sich herum. Eine aufgetakelte Lady stand mit dem Rücken zu ihm im Eingang. Sie schüttelte ihren Schirm aus und drehte sich um. »Grüß Gott«, sagte sie und machte einen Schritt vorwärts.

»Yo, wenn ich ihn seh, und jetzt gaff nicht so dumm! Auf den Boden! Wird's bald?« Die konnte sich ihr »Grüß Gott« sonst wohin schieben.

Franz riss die Frau am Oberarm nach unten. Sie kreischte, vollkommen überrumpelt, leistete aber keinerlei Widerstand. Der Juwelier hingegen hatte die Gunst der Situation genutzt und den Alarmknopf gedrückt. Ein ohrenbetäubendes Bimmeln erfüllte urplötzlich die Luft.

»Verdammt! Raus hier! Nun mach schon!« Franz schnappte den Beutel und warf ihn Timo zu. »Lauf!«

Beide stürzten zur Tür, und weil sie gleichzeitig ins Freie wollten, gab es ein kurzes heftiges Geschubse. Dann standen sie im Regen.

»Ich rechts, du links. Heute Abend am Treffpunkt!« Schon war Franz auf dem Weg. Die Spielzeugknarre – es genügte vollkommen, wenn Timo eine echte Wumme hatte, im Zweifel könnten die Bullen Franz somit nicht ans Bein pinkeln – ließ er samt Perücke im nächsten Gully verschwinden. Schnell zog er seine Jacke aus und drehte sie um. Jetzt strahlte sie in hellem Blau mit grünen Streifen. Extrem auffällig und damit genau in seinem Sinn. Die Täterbeschreibung würde der Polizei gar nichts bringen.

Drei

Mia Sonne @MiasWelt
Ihr könnt mich alle mal!

»Aufstehen, meine Süße! Heute ist der erste Tag vom Rest deines Lebens!« Chrissi trällerte in den schiefsten Tönen und hielt mir eine Tasse Kaffee unter die schlafende Nase. Mitten in der Nacht.

Ich stöhnte unwillig und schob die Tassenhand weg. »Wenn du so weitermachst, ist das nur ein sehr kurzer Rest. Ich sterbe! Lass mich schlafen. Mir ist schlecht. Ich bin krank.«

»Das hast du dir so gedacht. Nix da! Es ist Samstag, herrlicher Sonnenschein, und wir starten jetzt sofort das Antiliebeskummerprogramm: Shoppen und Beautykur.« Sie machte eine kurze Pause. »Ich brauche dringend neue Sandalen und vielleicht noch ein cooles Oberteil. Luigi mag es, wenn es ein bisschen knapp sitzt.«

Ich blinzelte vorsichtig mit einem Auge. Chrissi streckte ihren Busen raus – und sie hatte einiges rauszustrecken. Chrissi, das Kurvenweib. Neben ihr sah ich aus wie ein Strich, wenig Busen und kaum Hintern. Dafür aber viel Herz, wie Chrissi immer sagte, wenn ich mich wegen meiner fehlenden Oberweite beklagte. Und kein Gramm Fett, fügte sie jedes Mal ein bisschen neidisch hinzu.

Sie unterstrich ihre Ausführungen über Luigis Modegeschmack, indem sie über ihre Brüste strich und mit den Hüften wackelte. »So. Und jetzt Schluss mit dem Gejammer. Das

Leben wartet. Und die Männer!« Mit einem Ruck zog das unbarmherzige Weib die Vorhänge zur Seite.

Autsch. »Wäää, ist das hell!« Ich zerrte mir das Kissen über den Kopf und hoffte, dass der Chrissi-Sturm schnell vorüberziehen würde. Eine einzelne Information hatte sich aus ihrem Wortschwall gelöst und surrte wie eine lästige Fliege hinter meiner Stirn herum. Sie knallte von innen gegen meine Schädelwände. Ich konnte den Gedanken einfach nicht fassen. Mit so wenig Blut im Restalkohol war Denken viel zu beschwerlich. Doch mit meiner Ruhe war es vorbei. Das zumindest hatte Chrissi geschafft. Mit halb geschlossenen Augen tastete ich nach der Kaffeetasse und patschte direkt in die heiße Brühe. Natürlich. Was sonst? Fluchend zog ich meine Finger zurück und blies dagegen. Mist. Selbst das Pusten tat im Kopf weh. Ich konnte jede Haarwurzel einzeln begrüßen. Das war alles viel zu anstrengend für meinen Zustand. Eine von den acht Tassen Grappatee musste schlecht gewesen sein. Automatisch langte ich nach dem griffbereiten Handy.

Mia Sonne @MiasWelt
Wo sind die Kopfschmerztabletten???

Mein Magen meldete sich mit einem fiesen Ziehen. Mein Mund schmeckte wie gebrauchte Socken nach fünf Wochen Dauertragen.

»Chrissi, ich glaube, ich gehe nach Hause und krieche wieder ins Bett«, eröffnete ich meiner unternehmungslustigen Freundin die bittere Wahrheit. Kein Shoppen. Keine Beautykur. Nicht mal stricken. Nur schlafen, bitte!

Zu der ersten Informationsfliege gesellte sich eine zweite. In meinem Kopf summte es, als hätte ich einem ganzen Fliegenschwarm Heimat gewährt. Vorsichtig setzte ich mich auf und hielt dabei die Schläfen fest, damit der Schädel nicht zerplatzte.

Ich blinzelte, ertastete die Tasse im zweiten Anlauf und nahm einen Schluck. Schwarz. Ich hasse schwarzen Kaffee!

Zu den alten Socken gesellte sich Ohrenschmalz. Ich brauchte dringend eine Zahnbürste. Nach dem zweiten Schluck legte sich das Summen in meinem Kopf etwas, und ich bekam die erste Information zu fassen. »Luigi? Heißt dein Typ nicht Franco? Oder war es Francesco?«

Chrissi winkte ab. »Franco ist passé. Viel zu langweilig. Francesco ist ja schon gar nicht mehr wahr, der war noch vor Paolo. Aber Luigi …« Sie verdrehte genüsslich die Augen.

Ihre abgelegten Männer könnten einen Fußballverein gründen. Chrissi-Ade FC. Sie hatte aber auch ein Händchen für die größten Loser. Ihren Hang zu Südländern konnte sie jedenfalls nicht leugnen. Am besten mit viel Muckis und wenig Füllung im Oberstübchen. Meistens leider auch ohne Arbeit. Je kleiner das Hirn, desto größer der Macho, behauptete ich immer, aber Chrissi war in diesem Punkt schmerzfrei. Sie lachte höchstens, wenn ich ihren aktuellen Supermann infrage stellte.

Und dann klickte die zweite Information ein. Schmerzhaft und heftig. Mein Magen drehte sich um, und ich stürmte mit großen Sätzen Richtung Klo. Beinahe hätte ich Pünktchen überrannt, die gerade auf dem Weg ins Wohnzimmer war. Paul dackelte direkt hinterher.

Während ich Gift, Galle und Grappareste von mir gab, schwamm die Erkenntnis langsam an die Oberfläche meines Bewusstseins: Ich hatte kein Zuhause mehr. Der Albtraum war Realität. Nils. Brian. Der Makler. Ohmeingottdermakler! Hatte ich den wirklich angerufen? Vielleicht hatte er mich nicht verstanden – ich war doch so angeschickert gewesen, dass ich sogar undeutlich gedacht hatte. Vom Sprechen ganz zu schweigen. Ich schob den Gedanken an Omas Haus zur Seite. Die wichtigen Dinge zuerst.

Mit zwei Aspirin im Bauch, geputzten Zähnen und frisch geduscht, saß ich mit Chrissi auf ihrem Minibalkon. Wir schauten auf den Verkehr der Habsburgerstraße und schlürften Kaffee. Dieses Mal mit Milch. Ich traute mich sogar, eine trockene Scheibe Weißbrot zu knabbern. Ganz vorsichtig. Die Luft war angenehm lau, und ein sanfter Wind spielte mit meinen Haaren. Alles hätte sich wunderbar angefühlt – wäre da nicht diese furchtbare Leere gewesen. Und das Problem mit dem Makler, aber daran mochte ich immer noch nicht denken. Jetzt war sowieso Wochenende. Vor Montag konnte ich nichts unternehmen.

»Ich kann ihm das nicht verzeihen«, erklärte ich Chrissi oder vielleicht auch eher mir selbst sicher zum fünfzigsten Mal. »Ich könnte ihm nie wieder vertrauen!«

Chrissi nickte. Für sie war die Angelegenheit Nils ohnehin bereits zu den Akten gelegt. Aber so schnell wie meine Süße war ich nicht. Immerhin war Nils der Mann gewesen, mit dem ich Kinder hatte haben wollen. Eine Zukunft. Aber ich konnte ihm nicht verzeihen. Niemals.

Die Haustürklingel riss mich aus meinen im Kreis tanzenden Gedanken. Chrissi öffnete, und ich hörte Getuschel. Es rumpelte. Dann: »Nein. Du kommst hier nicht rein! Mach die Fliege, Junge, sonst trete ich dir zwischen die großen Zehen!« Chrissi war in Fahrt.

»Mia! Bitte, lass uns reden!« Nils. Er rief an Chrissi vorbei in meine Richtung.

Ach du meine Güte. Zum Glück war an meiner besten Freundin ein Wachhund verloren gegangen. Und Paul kam ihr auch noch zu Hilfe. Ich hörte ihn knurren. Paul konnte ziemlich bedrohlich aussehen, auch wenn ich ihm nicht zutraute, dass er überhaupt wusste, wie man jemanden beißt. Eher würde er einen Einbrecher vor lauter Hundeliebe zu Tode lecken.

Nils trat den Rückzug an. Ich schnaufte erleichtert durch. Aber zu früh gefreut. Eine Minute später hatte er sich unter dem Balkon aufgebaut und jammerte die Häuserwand hinauf.

»Mia. Schätzchen! Zuckerschnütchen, jetzt sei doch nicht so verbohrt. Rede mit mir.«

Bevor ich mir Gedanken machen konnte, wie ich meinen Seit-gestern-Ex-Freund loswerden konnte, kam Chrissi mit einem Eimer durchs Wohnzimmer auf den Balkon. Sie würde doch nicht …? Ich hatte den Gedanken noch nicht zu Ende gedacht, da platschte eine Ladung Wasser lautstark auf Nils nieder. Seinem Schrei nach war es wohl eiskalt. Okay. Sie würde. Ich wusste ja, dass ich ihr viel zutrauen durfte, jetzt bekam die Liste einen weiteren Punkt, wozu meine tolle und ziemlich durchgeknallte Chrissi fähig war.

»Und jetzt gehen wir shoppen!« Chrissi grinste mich so breit an, dass ich die kleine Lücke zwischen ihren oberen Schneidezähnen bestaunen konnte. Andere hatten Schönheitsflecken, sie ihre niedliche Zahnlücke. Das war zumindest ihre Begründung, wieso sie die kleine Fehlstellung nicht korrigieren ließ. In Wahrheit war es wohl eher Panik vor dem Zahnarzt. Schon in der Grundschule hatte sie sich geweigert, bei den Kontrollen durch den Schulzahnarzt den Mund aufzumachen. Es war jedes Mal zu einem Drama gekommen – und zu einer Benachrichtigung der Eltern, dass die werte Tochter die Kontrolluntersuchung verweigert hatte.

Drei Stunden später lag ich neben der besten Freundin, die eine Frau sich wünschen kann, und ließ mir den Kopf massieren. So wie es sich anfühlte, bearbeitete da jemand jede meiner Haarwurzeln einzeln. Mein Hirn war immer noch Matsch. Wie hatte es nur so weit kommen können? Mit einem halb schmerzvollen, halb wohligen Stöhnen ließ ich mich tiefer in den Massagesessel sinken und ging zurück an den Start. Der erste Morgen im neuen Leben, und dann gleich Katerstimmung. Nie wieder Grappa.

»Gut so?«, fragte die Kosmetikerin und machte kleine kreisende Bewegungen über meine Stirn.

»Hmmm«, antwortete ich. Mehr waren meine Lippen nicht bereit zu artikulieren.

Dafür, dass ich kein Zuhause mehr hatte, ging es mir momentan gar nicht so schlecht. Meine Lebensgeister meldeten sich langsam zurück, und ein leichtes Kribbeln zog durch meinen Körper. Es wurde stärker. Ich fühlte mich mit einem Schlag positiv aufgeregt. Dann war mir alles klar. Ich war hellwach.

»Weißt du was?«, fragte ich Chrissi, die nur ein undeutliches Grunzen zur Antwort gab. Kein Wunder, sie wurde gerade aufs Feinste durchgeknetet. Zum Glück war sie kein Hefeteig, sonst wäre sie nach der Behandlung ganz sicher aufgegangen.

Ich schüttelte sachte den Kopf, um die Massage nicht zu unterbrechen, und brachte meine Gedanken wieder auf gerade Strecke, miagerade zwar, aber immerhin. »Ich glaube, die Idee mit Omas Haus ist gar nicht so dumm. Vielleicht sollte ich öfter mal Grappatee trinken. Das fördert meine Kreativität.«

Chrissi ächzte, hob ihren Kopf und drehte das Gesicht zu mir. »Im Ernst? Ich wollte dich abhalten. Ich habe es wirklich versucht. Aber du warst nicht zu bremsen.«

»Der arme Makler. Habe ich ihn wirklich Wichser genannt, oder spielt mir meine Erinnerung da einen Streich?« Ich kicherte. »Peinlich. Und dann hat er noch nicht mal was an mir verdient. Aber da muss er durch. Und wenn ich erst oben wohne, dann richte ich mir im Erdgeschoss einen eigenen Laden ein. *Mias Tiersalon!* Ich sehe das schon vor mir. Und ich werde Omas Garten pflegen, Kräuter ziehen und einen Apfelbaum pflanzen. Stell dir vor, Apfelkuchen mit Früchten vom eigenen Baum! Und unter dem Apfelbaum sitzen und stricken. Ich glaube, das würde ihr gefallen.«

Und weil die Idee mich mit voller Wucht gepackt hatte, schnappte ich mir mein Handy und tippte meine Botschaft in die Welt hinaus.

Mia Sonne @MiasWelt
In die Hände spucken und eigene Wege gehen. Das ist die Zukunft! Landleben, ich komme! #Mias Tiersalon

Dann wählte ich Elviras Privatnummer. Ich musste mit ihr sprechen, sofort. Kündigungsfrist, Resturlaub, das volle Programm. Für sie war es blöd, dass ich kurz entschlossen und schnellstmöglich kündigte, aber für mich hieß es, ich brauchte Montag nicht mehr zur Arbeit zu kommen, sondern konnte direkt die Scherben aufsammeln, die mir das Leben vor die Füße geworfen hatte.

Meine Masseurin klappte die Lehne des Sessels nach hinten und gab mir ein Zeichen, mich auf den Bauch zu drehen. Während sie meinen Rücken walkte, bestätigte sich wieder einmal, dass Elvira ein Rundumschatz war.

Im ersten Moment war sie natürlich erschrocken, aber dann fand sie meine Idee genial. Begeistert stieg sie in die Planung mit ein und ließ überhaupt keinen Zweifel aufkommen, dass ich genau die richtige Entscheidung getroffen hatte. Sie redete sogar von Wellnesstagen für Hunde und meinte, vielleicht könnte sie mir ein paar gestresste Vierbeiner auf Urlaub schicken. Natürlich mit den dazugehörigen Zweibeinern.

Mein Kopf startete als Kinderkarussell und endete als Teufelsachterbahn. In mir drehte sich alles. Nur mein Magen zum Glück nicht mehr. Der war wieder versöhnt. Ich verabschiedete mich von Elvira und versprach, mich so bald wie möglich zu melden.

Chrissi hatte dem Telefonat staunend gelauscht, und ich konnte beobachten, wie auch sie langsam Gefallen an dem

Plan fand. Bevor wir meine neu gewonnene Zukunft weiter diskutieren konnten, klingelte mein Handy: Mutter!

Oh nein. Nicht jetzt, Mama. Ich habe gerade gute Laune. Am liebsten hätte ich sie weggedrückt. Aber ich wusste aus Erfahrung, dass das nichts brachte. Sie hatte Durchhaltevermögen. Also ergab ich mich in mein Schicksal. »Hallo, Mama«, zwitscherte ich übertrieben heiter.

»Na, dir scheint es ja gut zu gehen! Mia-Kind, stell dir vor, Lukas hat die Zusage von Beiermacht. Ist das nicht fantastisch? DER Promianwalt von ganz Deutschland. Vielleicht sogar Europa! Und mein Junge wird bei ihm arbeiten. Ganz sicher wird er sehr schnell sein persönlicher Assistent und später dann Partner. Das ist ja ganz klar. Mia-Kind, das müssen wir feiern. Ich werde morgen Abend eine kleine Gesellschaft geben. Nichts Großes. Nur die Mischnevskis und Brüllmanns, vielleicht Ellwangers noch, mal sehen. Natürlich musst du kommen und mir helfen. Auf Personal kann man sich ja überhaupt nicht verlassen. Diese dummen Dinger kippen den Gästen den Champagner über das Abendkleid und entschuldigen sich noch nicht einmal dafür. Du kannst deinen Freund – wie heißt er doch gleich? – natürlich mitbringen. Sorg aber dafür, dass er sich anständig anzieht. Der Anzug, den er letztes Mal getragen hat, hatte seine besten Zeiten ja bereits hinter sich.«

Ich hielt den Hörer vom Ohr weg, schaute zu Chrissi rüber und steckte mir den Finger in den offenen Mund, als ob ich mich gleich würde übergeben wollen. Den Redefluss meiner Mutter versuchte ich erst gar nicht zu unterbrechen.

Wie geht es dir, Mia?

Oh, danke, bestens, liebste Mutter. Mein Freund hat mich mit einem Mann betrogen, ich habe gerade meine Stelle gekündigt und werde in den Schwarzwald ziehen. Mein Herz ist gebrochen. Aber es geht mir wirklich prima.

Schon vor Jahren hatte ich mich auf solche gedachten Unterhaltungen besonnen, das war meine Strategie, die neureiche Überheblichkeit meiner Mutter auszuhalten.

»Also. Was sagst du, Mia-Kind? Siebzehn Uhr dreißig. Sei pünktlich.«

Bevor ich allerdings etwas sagen konnte, hatte Mama das Gespräch bereits beendet. Klar. Sie war ja auch durch mit ihrer Ansage. Wenn wir wenigstens nur halb so reich gewesen wären, wie meine Mutter immer tat. Mein Vater betrieb einen Feinkostladen. Klein, aber fein, witzelte er immer. Er hatte eine Verkäuferin angestellt und eine Aushilfskraft auf Minijobbasis. Unser Haus war ein Reiheneckhaus in einem gutbürgerlichen Viertel, keine Villa im besten Bezirk der Stadt.

Meine gute Laune war dahin. Ich hatte auch keine Lust mehr auf Verwöhnprogramm. Zum Glück waren wir ohnehin gerade fertig.

»Zur Feier deiner Freiheit lade ich dich ein«, sagte Chrissi und zog ihren Geldbeutel aus der Handtasche. Dann änderte sich ihre Stimmung schlagartig. »Komisch«, murmelte sie. »Ich habe sie doch immer hier drin stecken. Wo kann sie denn sein?«

Das Mädchen an der Kasse lächelte nachsichtig. »Bestimmt ist die Karte nur rausgerutscht. Das kommt schon mal vor. Setzen Sie sich doch dort drüben hin und suchen Sie in aller Ruhe.«

Chrissis Stirn war in Falten gelegt. In der Sitzecke leerte sie den gesamten Tascheninhalt auf den Tisch. Schminkzeug, Notizbuch, Kulis, Bleistifte, Tampons, Kondome. Alles, nur keine Kreditkarte.

»Sag mal, wenn du dir ganz sicher bist, dass du sie nicht rausgenommen hast, könnte dann vielleicht Luigi sie genommen haben?«

Chrissi schaute mich mit ihrem Eisblick an. »Ich weiß ja, dass du an meinen Männern nie ein gutes Haar lässt. Aber Luigi ist zauberhaft. Er liebt mich. Trägt mich auf Händen. Verehrt mich und nennt mich seine Perle, seinen Schatz. Der würde nie ...« Sie stockte, und ich konnte sehen, wie die Rädchen hinter ihrer Stirn ratterten. »Nein. Neinneinnein. Das würde er nicht.« Aber auch die Wiederholung machte es nicht besser.

Der Verdachtssamen hatte gekeimt, und das Pflänzchen des Misstrauens wuchs mit enormer Geschwindigkeit.

»Ruf ihn an!«, forderte ich Chrissi auf.

Sie zögerte. Grübelte. Dann schnappte sie sich ihr Handy, tippte und horchte. Sie wiederholte ihre Versuche. Rief auch Freunde an, die Luigi kannten. Nichts. Er war wie vom Erdboden verschluckt.

»Okay. Ich bezahle jetzt mal unsere Rechnung, du lässt deine Karte sperren, und dann gehen wir den feinen Herrn suchen.« Tatsächlich hatte der Mistkerl bereits dreitausend Euro abgehoben. Wir waren sprachlos. Chrissi saß da wie eine Gummipuppe, der die Luft ausging. Sie schrumpelte förmlich in sich zusammen.

»Komm, vielleicht finden wir ihn.« Ich zog sie auf die Füße und schob sie zur Ladentür hinaus. Wir schauten in sämtliche Kneipen, die uns in den Sinn kamen. Paul und Pünktchen fanden so viel Auslauf natürlich klasse, aber mir qualmten die Stricksocken, und die Fußsohlen brannten.

Auch in seinem Stammlokal gab es keine Spur von Luigi. Er blieb verschwunden, samt Chrissis Kreditkarte und, wie wir beim Nachhausekommen feststellten, auch samt ihrem Goldschmuck.

Mia Sonne @MiasWelt
Männer sind Schweine. Ohne Ausnahmen!

Jonnysonni @MiasWelt
Sweetie. Komm rüber, dann machen wir ein bisschen Schweinkram zusammen.

Nicht schon wieder der Idiot. Ich musste unbedingt rausfinden, wie man Follower sperren konnte. Der Typ war der absolute Widerling.

SummseBiene @MiasWelt
Stimmt. Aber süß. Ich mag Schweinchen.

PaulaPaula @MiasWelt
*Sag ich doch. Ohne bist du viel besser dran! *knuddel**
#Frauenpower

Vielleicht sollte ich Jonnysonni mal mit SummseBiene verkuppeln? Allerdings hatte ich jetzt gerade ganz andere Probleme. Chrissi schien wie vom Donner gerührt. Nicht dass sie nicht wusste, wie es war, von einem Typen angeschmiert zu werden. Aber bis jetzt waren es immer nur Weibergeschichten gewesen oder auch mal nicht bezahlte Mietanteile. Luigi war da eine ganz andere Nummer.

Vorbei war es mit dem Trost für mich. Jetzt musste ich Chrissi trösten. Schlamassel mal zwei, das war wohl nicht unsere Glückszeit. Aber wir hatten schon andere Sachen gemeinsam überstanden. Wenn ich daran dachte, wie Chrissi kurz vor ihrem Date mit Rico, dem absoluten Traumtypen aller Sechst- bis Zehntklässlerinnen, einen riesigen Pickel auf der Nase bekommen hatte ... Sie musste damals das Treffen absagen. Mit so einer Monsternase konnte man nicht unter Menschen gehen, und seinem Traumtypen konnte man sich so erst recht nicht präsentieren. Unmöglich. Vielleicht kam Chrissis Hang zu Südländern von damals? Rico hatte sich nämlich bereits am selben Abend nach Ersatz umgesehen und Chrissi bis zum Schulende mit dem Hintern nicht mehr angeschaut.

Und dann hatte Chrissi mich gerettet, als unser Ausbildungspfleger zudringlich wurde. Ganz »aus Versehen« hatte sie, gerade als Brunos Hand mal wieder auf meinem Hintern lag, beim Stallausmisten falsch gezielt und Bruno eine Ladung Elchdung voll ins Gesicht geklatscht. Die Botschaft war angekommen, und ich hatte künftig meine Ruhe gehabt.

»Zieh doch einfach mit mir in den Schwarzwald. Wir machen den Tiersalon gemeinsam. Platz hätte ich genug, auch für dich und Paul.« Ich kuschelte mich neben Chrissi aufs Sofa und legte den Arm um sie.

Aber sie schüttelte den Kopf. »Nee, lass mal. Ich bin ein Stadtkind. Auf dem Land würde ich mich zu Tode langweilen. Paul und ich kommen euch besuchen. Oft.«

Und dann schauten wir uns zusammen einen Film an. *Notting Hill.* Ein richtiger Mädchenfilm mit Großstadtprinzessin und gut aussehendem Retter. Schnief. Und ich strickte bunte Gute-Laune-Socken für meine Süße. Die wärmten Füße und Seele. Die Idee dazu hatte ich auf YouTube entdeckt. Die Socken hatten unterschiedliche Muster und viele bunte Farben. Und kein Strumpf glich dem anderen. Genau das Richtige für Chrissi, die es kaum erwarten konnte, in ihre Gute-Laune-Lieferanten zu schlüpfen.

Mia Sonne @MiasWelt
Okay. Vielleicht doch eine Ausnahme: Hugh Grant.

Den Sonntag begann ich mit der Aufgabe des Tages. Ich rief meine Mutter an und teilte ihr kurz und bündig die Neuigkeiten mit: dass ich nicht zur Party kommen würde, dass ich nicht mehr mit Nils zusammen war, dass ich meinen Job gekündigt hatte und dass ich in Omas Haus ziehen würde. Das alles sagte ich am Stück und ohne Luft zu holen. Und dann legte ich auf, bevor meine Mutter auch nur den Hauch einer Chance hatte, Einspruch zu erheben. Den Rest des Tages verbrachten Chrissi und ich in Schlabbershirts und Jogginghosen, mit reichlich Chips und anderem Knabberzeug und weiteren Herzschmerzfilmen auf dem Sofa. Am Abend hatte ich bereits die Ferse des zweiten Sockens erreicht. Zweimal war mir eine Nadel aus den Maschen gerutscht, weil ich nicht richtig aufgepasst hatte. Ansonsten lief es ziemlich prima. Die abwechslungsreichen Muster gingen flott von der Nadel. Chrissi streckte mir ihren Fuß vors Gesicht und wackelte mit den Zehen, um mich anzufeuern.

Dazwischen gab es immer wieder Lagebesprechungen.

Unser Plan war einfach und schnell gefasst. Chrissi würde ein paar Tage Urlaub nehmen und sich den Lieferwagen vom Schwarzwaldzoo ausleihen, und gleich morgen wollten wir meine restlichen Sachen aus Nils' Wohnung holen.

Zwischendurch versuchte sie immer wieder, Luigi zu erreichen. Sie konnte einfach nicht glauben, dass er ein Betrüger war. Sie tat mir sehr leid, aber ich machte mir keine Sorgen um sie. Früher oder später würde Salvatore, Giovanni oder Maurizio sie über die Wahrheit hinwegtrösten und ihr die Haare vom Kopf futtern oder sie als Waschmaschine ausnutzen. Sie wollte es halt nicht anders. Ich seufzte.

Mia Sonne @Jonnysonni
Dann zeig mal, ob du was draufhast! Morgen. Umzug. Kisten schleppen!

Es dauerte keine Minute, da hatte ich seine Antwort auch schon auf dem Display.

Jonnysonni @MiasWelt
So sorry, Sweetie. Keine Zeit.

Das war klar. Was sonst?

Vier

Montag in aller Herrgottsfrühe stand ich neben Chrissi vor dem Badezimmerspiegel und kleisterte und stylte, was das Zeug hielt. Nils sollte sehen, was er in Zukunft nicht mehr anfassen durfte. Zweimal verbrannte ich mir mit dem Glätteisen die Haut. Mist. Obwohl … Mit ein bisschen Fantasie sahen die Male am Hals aus wie Knutschflecken. Vielleicht konnte ich einen Männernamen fallen lassen, wenn Nils in der Nähe war. Sollte er ruhig denken, dass ich mich schnell getröstet hatte.

Wir machten uns auf den Weg. Erst zum Schwarzwaldzoo, den Lieferwagen ausleihen, und dann ab in mein altes Zuhause. Es gab keine Zeit zu verlieren. Ich wollte das Kapitel hinter mir lassen.

»Mia, fass mal mit an, der Karton wiegt eine Tonne!« Zwischen den Blättern meiner miagroßen Yuccapalme hindurch sah ich Chrissi auf den Stufen wanken. Sie unterbrach den Versuch, das Ungetüm allein zu tragen, und ließ die Kiste auf die oberste Treppenstufe sinken. Mit einem lauten Stöhnen fasste sie sich an den Rücken und wischte sich mit dem Handrücken den Pony aus der verschwitzten Stirn. Über ihre rechte Wange lief ein schwarzer Streifen.

»Eine Sekunde! Nur eben das Yuccababy abstellen.« Das Shirt klebte schweißnass an meinem Oberkörper, und ich konnte nicht mehr. Mein Rücken fühlte sich an, als würde er jeden Moment in zwei Teile brechen. Meine Beine zitterten, nachdem ich fünfhundertachtundachtzigmal das Treppenhaus rauf- und runtergestiefelt war. Runter immer schön beladen, versteht sich. Dagegen konnte jede Aerobicstunde einpacken. Und das in den Schuhen! Verflucht, Eitelkeit konnte heftig wehtun. Als ich aber an Nils' Blick bei meinem Eintreten dachte, grinste ich schon wieder. Der Aufwand hatte sich gelohnt. Er saß wie vom Donner gerührt in der Küche und beobachtete unser Treiben. Er weigerte sich, uns zu helfen.

Auch wenn der Schmerz mich beinahe umbrachte, ich durfte nicht schlappmachen. No way! Das hieße nämlich, Nils noch einmal gegenübertreten. Noch einmal diese leidige Diskussion führen. Noch einmal in meiner Entschlossenheit wanken – auch wenn ich das nie zugeben würde. Noch einmal … ach was, nichts noch einmal. Wir mussten fertig werden, basta.

Die Yuccapalme passte nicht in den Bus. Verdammt! Wütend stellte ich sie auf den Gehweg und gab dem Reifen des Sprinters einen Tritt, obwohl der nichts dafür konnte. Ich durfte ungerecht sein. Ich war schließlich betrogen worden. Und immerhin hieß es *der* Bus. Das olle Ding sollte froh sein, dass es überhaupt bei meinem Umzug helfen durfte. In meinem Leben war nämlich seit drei Tagen kein Platz mehr für Männliches aller Art. Abgesehen von Paul natürlich. Aber der war ja auch ein Schatz.

Den ganzen Vormittag hatten wir gepackt. Allein fünf Kartons Wolle und angefangene Stricksachen. Keine Ahnung, wo das alles herkam. Im Prinzip waren das zwei Hobbys: stricken und wundervolle Wolle sammeln. Während ich Strang für Strang und Knäuel für Knäuel verpackte, strich ich immer wieder darüber und freute mich, wie gut sich die Wolle anfühlte. Ich würde im Schwarzwald ganz sicher viel mehr stricken und das auch genießen. Ich nahm es mir jedenfalls fest vor.

Anfangs hatte Nils noch versucht, mich vom Packen abzuhalten. »Mia, jetzt spinn dich mal wieder ein«, hatte er gemault. Dann war er in Jammern übergegangen. »Du kannst doch nicht einfach alles wegwerfen, unsere Liebe, unsere Zukunft. Das ist kindisch! Denk mal an unsere Träume und Pläne! Du bist doch sonst nicht so prüde.« Ich ignorierte sein Generve mit stoischer Ruhe, obwohl ich innerlich kochte. Ich bin kindisch?, wollte ich ihn fragen. Prüde? Was, bitte schön, hat ein Seitensprung – und dann auch noch ein gleichgeschlechtlicher – mit Prüderie zu tun? Was hätte Nils wohl gesagt, wenn er mich mit Chrissi im Bett erwischt hätte? Vermutlich hätte er sich dazugelegt, meldete sich eine leise Stimme in mir. Dass er ihre blonde Wallemähne sexy fand, wusste ich. Ach Mist! Ungestüm drehte ich mich mit dem Toaster in der Hand um und stieß Nils das Ding dabei unsanft gegen die Brust.

»Hey. Pass doch auf!«, maulte er. Als er den Toaster erkannte, griff er danach. »Den habe ich gekauft!«

Das war zu viel. Ich holte aus und knallte ihm seinen Toaster mit lautem Scheppern vor die Füße. »Hier hast du ihn. Und jetzt verzieh dich, sonst gibt es heute noch Tote!«, zischte ich.

Es wirkte. Nils verkrümelte sich.

Mia Sonne @MiasWelt
Ab heute wird es ländlich. Macht euch auf was gefasst!

Die Fahrt war wie ein Sonntagsausflug, nur ohne nervige Familie. Ich saß auf dem Beifahrersitz neben den beiden Hunden, Chrissi hinter dem Steuer. Wir fuhren mit dem voll gepackten Bus die achtzig Kilometer von der Stadt an Hintertupfingen und Posemuckel vorbei immer tiefer in den Schwarzwald hinein. Zum Glück wurde mir nicht schlecht bei Kurven, denn davon gab es in diesem Landstrich reichlich. Ich konnte sogar an Chrissis Socken weiterstricken. Die Spitze fehlte noch.

Leider war Pünktchen nicht einmal ansatzweise so fahrtauglich wie ich. Mein armes Mädel jammerte, winselte und gab ihr Frühstück von sich, sehr zur Freude von Paul, der es begeistert aufschlabberte. Das musste wahre Liebe sein. Weil er schon beim Schlabbern war, machte er bei Pünktchen gleich weiter. Und tatsächlich wurde das Gejammer etwas weniger. Klar, bei so vielen Liebkosungen.

Wir steuerten gerade auf Rohringen zu, als Chrissi mit voller Kraft auf die Bremse stieg. Mein Strickzeug flog mir aus der Hand und landete im vorderen Fußraum. Pauls nasses Maul traf exakt mein Gesicht. Nicht nur feucht, sondern dank seiner beeindruckenden Zähne auch noch hart. Autsch. Pünktchen war nichts passiert, da sie gut eingekuschelt gelegen hatte. Aber meine mühsam verstaute Yuccapalme!

»Oh nein, so ein verdammter Mist. Chrissi! Kannst du denn nicht aufpassen! Schau dir an, was du angerichtet hast. Meine schöne Palme! Ohneinneinnein.«

Chrissi drehte sich zu mir und sagte: »Bedanke dich bei dem Entenonkel da. Oder hätte ich ihm reinfahren sollen?«

Erst jetzt wurde mir klar, dass Chrissi natürlich nicht ohne Grund eine Vollbremsung hinlegen würde. Ich schaute nach vorn. Eine Ente in schönstem Feuerwehrrot stand mit geöffneter Motorhaube da. Zwar am Fahrbahnrand, aber da die Straße schmal war, doch mehr oder weniger mitten auf der Fahrbahn. Wegen des Gegenverkehrs hatte Chrissi nicht ausweichen können.

Ein Mann beugte sich in den Motorraum des altertümlichen Vehikels und nahm die Beinahekatastrophe überhaupt nicht zur Kenntnis. So ein ungehobelter Kerl.

Klar. War ja auch ein Mann.

Chrissi startete den Motor unseres Busses wieder, den sie bei ihrem Bremsmanöver abgewürgt hatte, und ich kurbelte das Seitenfenster runter. »Schrott gehört auf den Schrottplatz und nicht auf die Straße. Wenn meinem Pünktchen was passiert wäre, dann könntest du jetzt echt das Jüngste Gericht erleben! Sonntagsfahrer!«

Wir waren schon beinahe vorbei, da tauchte der zum gebeugten Körper gehörende Kopf hinter der Motorhaube auf. Sein Besitzer lächelte mich schräg an und winkte.

Ich riss die Augen auf. Was für ein Typ! Ein richtiges Schwarzwälder Schnuckelchen! Gar nicht so schlecht, was meine neue Heimat da so präsentierte. Mein Zeh fing an zu wackeln.

»Entschuldigung«, sagte das Schnuckelchen. »Meine Missi ist heute wieder zickig. Aber so etwas kennen Sie bestimmt. Da ist man machtlos.«

Ich schnappte nach Luft. Mein Zeh stellte die Wackelei ein. Was sollte das denn heißen? Wollte er etwa behaupten, ich sei zickig? Oder wie sonst könnte ich seinen bösartigen Unterton verstehen?

Aber schon waren wir vorbei. Ich lehnte mich weit aus dem Fenster und wollte ihm etwas zubrüllen. Leider fiel mir nichts Passendes ein. Chrissi packte mich am Hosenbund und zog mich wieder ins Wageninnere. »Lass gut sein, Mia. Oder willst du dein neues Leben gleich mit einem Streit anfangen?«

So schnell war ich aber nicht bereit nachzugeben. »Habe ich meine Ente mitten auf der Straße geparkt, oder er? Und überhaupt. Wie kommt der dazu, mich zickig zu nennen?«

Chrissi grinste und hob vielsagend ihre Augenbrauen. Ich schaute sie drohend an. »Wehe!«

»Schon gut, schon gut«, gab sie lachend klein bei.

Ich musste auch kichern. Und schüttelte gleichzeitig den Kopf. Ein annehmbarer Kerl, und schon hatte ich meinen Vorsatz, künftig ohne männliche Gesellschaft mein Leben zu bestreiten, aus den Augen verloren. War das denn zu fassen?

Nachdem ich mein Strickzeug aus dem Fußraum geangelt und ein paar Maschen gerettet hatte, ließ ich die Twitterwelt an meiner Entdeckung teilhaben. Wer hätte aber auch damit rechnen können, mitten im tiefsten Schwarzwald solch einem Prachtexemplar zu begegnen?

Mia Sonne @MiasWelt
Schwarzwälder Schnuckelchen. Nicht schlecht, sagt die verwöhnte Frau aus der Stadt!

Eine halbe Stunde später rief Chrissi: »Endlich da!« Herrlicher Sonnenschein, Frühlingsduft und Omas Haus, das nun nicht mehr einsam auf neue Besitzer warten musste, hießen uns willkommen.

Ein heißkaltes Gefühl packte mich und wirbelte mich kräftig durch. Alle Gedanken an Schwarzwälder Schnuckelchen und Nils verblassten vor diesem großen Moment. Meine Zukunft breitete sich wie eine weiße Leinwand vor mir aus. Jetzt lag es an mir, das Bild nach meinen eigenen Wünschen zu gestalten. Ich sah mein neues Leben vor mir.

Glückliche Tiere, die sich vertrauensvoll meinen Händen anvertrauten. In meiner Freizeit wollte ich Omas Bauerngarten pflegen. Ich träumte schon so lange von einem Kräutergarten. Ich sah mich Äpfel ernten und den frisch gebackenen Kuchen aus dem Ofen holen. Ich konnte den süßen Duft erschnuppern.

Ich würde Decken und warme Pullis stricken, hier oben konnte es mächtig kalt werden. Beim Packen hatte ich diese wunderbare dicke Wolle wiederentdeckt. Die hatte ich mir letztes Jahr – oder war es vorletztes gewesen? Egal –, ich hatte sie mir gegönnt, und die würde ich rauskramen und endlich ihrer Bestimmung zuführen. Ich sah mich schon auf dem Sofa kuscheln, halb unter der langsam wachsenden Decke verborgen. Ein Glas Wein in Griffweite und einen Wohlfühlfilm im Stream. Nach einem Tag im Garten wäre das der perfekte Ausklang.

Gedanke für Gedanke füllte sich das Weiß mit bunten Farben, mit Freude und Leben. Ich konnte die krümelige Erde zwischen den Fingern spüren, den Duft der Pflanzen riechen und hörte das Summen der Bienen. Ich sah Schmetterlinge von Blüte zu Blüte tanzen. Direkt neben dem Garten würde ich ein Hühnergehege bauen. Und natürlich brauchte ein Schwarzwaldhaus auch eine Hauskatze. Pünktchen würde sich über die neuen Freunde freuen. Ergriffen wühlte ich nach einem Taschentuch.

Mia Sonne @MiasWelt
#Heimat. Ist das ein Ort? Oder ein Gefühl? Für mich ist es auf jeden Fall Omas Haus.

Das Haus mit den blauen Fensterläden war mir so vertraut, und doch fühlte es sich fremd an ohne Oma. Inzwischen war ich mir beinahe sicher, dass genau diese Entwicklung der geheime Wunsch meiner Großmutter gewesen war. Wenn sie mich in diesem Augenblick von wo auch immer beobachtete, freute sie sich ganz bestimmt. Vielleicht nicht darüber, dass ich betrogen worden war, aber über die Folgen, die sich daraus ergeben hatten, auf jeden Fall. Oder hatte Omas Geist etwa Nils in Brians Arme getrieben? Manchmal heiligt der Zweck ja die Mittel. Ich bekam eine Gänsehaut. Sie hätte sich doch ganz bestimmt etwas weniger Gemeines einfallen lassen. Oder? Schnell schob ich den Gedanken wieder zur Seite.

Schluss mit den Grübeleien. Et kütt, wie et kütt, wie die Rheinländer sagen, und so, wie es gekommen war, fühlte es sich verdammt richtig an.

Ich drehte meine Beine nach rechts und hüpfte mit einem Satz aus dem Bus. Leider hatte ich vergessen, wie lädiert meine Knochen von der Schlepperei waren. Immerhin hatten wir mein komplettes Leben an einem Vormittag in Kisten gepackt und in den Bus geladen. Ein scharfer Schmerz fuhr mir in den Rücken, und ich sackte zusammen. Das war so heftig, dass es mir für einen Moment die Luft abstellte. Eine Hand am Wagen abgestützt, schob ich mich zentimeterweise wieder nach oben. Bis zur Hälfte kam ich, dann ging nichts mehr. Ich wartete darauf, dass das Stechen weniger werden würde. Atmete so flach wie möglich.

»Hexenschuss?«, fragte Chrissi.

Die Zähne fest aufeinandergebissen, nickte ich. Mir war der Schweiß ausgebrochen. Ich fühlte mich eiskalt und zittrig. Meine Knie drohten nachzugeben.

»Ganz ruhig, Süße. Das haben wir gleich.« Meine resolute Chrissi konnte so einfühlsam sein. Mit Trippelschritten und unter meinem lautstarken Gejammer führte sie mich bis zu der Holzbank, die rechts neben dem Hauseingang stand. Sie half mir, mich bäuchlings draufzulegen. Puh. Schon viel besser. Ich durfte mich nur nicht bewegen, und am besten sollte ich das Atmen auch noch einstellen.

Pünktchen und Paul fanden den Schwarzwald klasse. Während ich litt und Chrissi sich um mich bemühte, jagten unsere Hunde über den Hof und spielten Fangen. Pünktchens Kurvenkrankheit schien überwunden.

»Atme ganz ruhig weiter und entspann dich«, gab Chrissi mir Anweisungen.

Entspannen. Haha. Den wollte ich mal sehen, der sich mit einem Dolch im Rücken entspannen konnte! Aber ich gab mein Bestes, und bevor ich richtig mitbekam, was Chrissi vorhatte, hatte sie mir beide Hände auf den Rücken gelegt und heftig, aber sehr gezielt gedrückt und gleichzeitig geschoben. Das Knacksen ging mir bis ins Knochenmark. Ich schrie auf, aber da war es schon vorbei.

»Bleib vorsichtshalber noch einen Moment liegen, aber eigentlich müsste es jetzt wieder in Ordnung sein.«

Misstrauisch sortierte ich meine Muskeln und Nerven, spannte erst die rechte, dann die linke Pobacke an. Nichts. Der Schmerz war weg. Einfach so.

Mia Sonne @MiasWelt
Meine Freundin ist eine Hexe. Ich habe es schon immer geahnt. Jetzt bin ich sicher. Und sehr froh!!!

Jonnysonni @MiasWelt
Wie wär's mit 'nem flotten Dreier? Mein Jonny könnte gerade …

Oh nein, nicht der schon wieder. Eine Antwort schenkte ich mir und drückte ihn einfach weg. Dann drehte ich mich zu Chrissi. »Wie hast du das gemacht?«

Meine beste Freundin war doch wirklich immer wieder für eine Überraschung gut. Und ich hatte gedacht, ich wüsste alles von ihr, kenne auch die verborgenen Kammern ihrer Seele. Tja. Denkste, Puppe. »Kannst du zaubern?«

Chrissi grinste. »Das hat Luigi mir beigebracht. Da war der Schuft wenigstens für etwas gut. Teuer genug hat er sich den Kurs ja bezahlen lassen. Rutsch mal rüber.« Meine Rückenretterin ließ sich neben mich auf die Bank fallen, sog die Frühlingsluft tief ein und seufzte. Dann sagte sie: »Weißt du was? Bevor wir das Auto ausladen, brauche ich erst einmal einen Kaffee. Und was zwischen die Zähne. Erst die Pause, dann die Arbeit. Immer schön die richtige Reihenfolge einhalten.«

Oh ja. Kaffee! »Wir haben allerdings ein Problem.« Ganz vorsichtig kam ich auf Knie und Hände und brachte mich langsam in Sitzposition. Zu meinem großen Erstaunen tat mir wirklich gar nichts mehr weh. »Wir haben keine Vorräte. Nada. Nix. Ich habe alles komplett ausgeräumt, weil ich das Haus ja verkaufen wollte.«

Chrissi kratzte sich am Kinn. »Dein Omchen war doch begeisterte Fahrradfahrerin, oder? Ich habe keinen Bock, mit dem voll beladenen Bus durch den Ort zu kutschieren. Und einparken mit so einer großen Kiste – lieber nicht.«

Ich zeigte auf den Schuppen. »Das Rad müsste dort drin stehen.« Vorsichtig stand ich auf, mein Rücken machte keinen Mucks, Chrissi hatte wirklich Zauberhände.

Die Schuppentür quietschte erbärmlich, als ich sie öffnete. Spinnweben wehten im sachten Wind. Ich wischte einmal mit der Hand durch die Netze und trat ein. Durch die Ritzen zwischen den Brettern schlüpfte Sonnenlicht in den dämmrigen Raum und zeichnete Muster auf den Boden. Eine Schneehexe stand direkt neben der Tür. Daneben eine Futterkiste mit geöffnetem Deckel. Früher hatte Oma immer Hühner und sogar Schweine gehalten. Der hintere Teil des Schuppens, zu dem es einen separaten Eingang gab, war immer noch Stall. Aber es war Jahre her, dass dort Tiere gelebt hatten. Allerlei Gartengeräte, Rechen, Hacken und ein Schweinezahn lehnten an den Wänden. Oma war begeisterte Gärtnerin gewesen. Bei dem Gedanken an ihre erntefrischen Tomaten und Kräuter gab mein Magen ein lautes Knurren von sich.

Und dann entdeckte ich das Rad. Halb verdeckt von einem Sonnenschirm, stand es gegen die Schuppenwand gelehnt. Der Vorderreifen war platt, ansonsten machte es einen guten Eindruck. Mit vereinten Kräften schafften wir Platz, um das Rad nach draußen zu bugsieren. Oma war wirklich eine ordentliche Frau gewesen, sogar die Luftpumpe steckte in der Halterung. Mit kräftigen Schüben pumpte Chrissi den Vorderreifen auf und spendierte auch dem Hinterreifen ein bisschen Luftnachschub. Ich hatte einen Lappen besorgt und wischte Lenker und Sattel staub- und spinnwebenfrei.

Pünktchen kam angerannt, sie hechelte und schmiegte sich an meine Beine. »Na, meine Kleine. Müde gespielt? Durst?« Zärtlich wuschelte ich ihr durchs Fell und schob sie Richtung Brunnentrog. Trocken. Wieso das denn? Ich liebte diesen Trog aus rotem Sandstein. Als Kind hatte ich im Sommer immer darin gebadet.

Entschlossen schraubte ich den Hahn ab und prüfte, ob er verstopft war. Nichts. Alles frei. Ich überlegte, und dann fiel mir ein, dass Oma von der Quelle eine Leitung zum Brunnen hatte legen lassen. Vielleicht war die verstopft? Ich stapfte über den Hof.

Hinter dem riesigen Holunderstrauch lag versteckt die Quelle. Sie sprudelte aus einem kleinen Hang und wurde direkt unterhalb gefasst und zum Brunnen geleitet. Tatsächlich hatten sich jede Menge Laub und Zweige angesammelt. Ich schöpfte händeweise Schmodder von dem Filter weg, und endlich fing es beim Brunnen wieder an zu plätschern. Der ganze Boden um die Quelle herum war ein einziger Matschplatz. Das hatte auch Paul entdeckt und wälzte sich genüsslich in der braunen Pampe. Ferkel! Pünktchen machte Anstalten, es Paul gleichzutun. Ich bekam sie rechtzeitig zu fassen und zog sie vom Morast weg. Das musste jetzt wirklich nicht sein. Ein andermal. Jetzt wollte ich erst in Ruhe ankommen.

Chrissi hatte in der Zwischenzeit ihre Vorbereitungen abgeschlossen und sogar eine Proberunde über den Hof gedreht. Die Reifen hielten, und die Klingel funktionierte. Sie bremste neben mir und lachte, als sie den schlammüberzogenen Paul entdeckte. »Also, wo muss ich lang?«, wollte sie wissen.

»Wenn du die kleine Straße bis zur Bundesstraße nimmst, kannst du bis zum Mönchsweiher fahren. An der Kreuzung rechts, dann gleich wieder rechts. Die Straße macht dann einen Bogen, und du kommst in die Industriestraße mit einigen Supermärkten. Wenn ich mich nicht irre, gibt es da Radwege.«

Chrissi salutierte. »Jawoll, Chef. Zu Befehl, Chef. Melde gehorsamst, ich bin dann mal weg, Chef!« Sie lachte so übermütig, dass ihre Zahnlücke aufblitzte. Schwungvoll trat sie in die Pedale.

»Und lass die Kerle in Ruhe!«, rief ich ihr hinterher. Prompt streckte Chrissi ihren Stinkefinger in die Luft.

Auch eine Antwort.

Fünf

Der erste Sonnenstrahl des Tages kitzelte mich an der Nasenspitze. Mit einem wohligen Grunzen schob ich mich näher an Nils heran, der das mit einem süßen Schnarcher beantwortete. Mein Zuckerhasi! Liebevoll knabberte ich an seinem Ohrläppchen, fuhr mit den Lippen hinter seinem Ohr entlang und pustete sanft auf die feuchte Spur. Mein Unterleib zog sich in wohliger Erwartung zusammen, und das Kribbeln wanderte bis in meinen großen Zeh, der voller Vorfreude wackelte.

»Schokopferdchen, aufwachen«, flüsterte ich. »Deine Marzipanprinzessin ist schon wieder ganz ...«

»Marzipanprinzessin?«, fragte mich eine Stimme, die so gar nicht zu Nils passte.

Ich erstarrte. Im nächsten Augenblick riss ich die Augen auf und prallte direkt auf Chrissis breites Grinsen. »Chrissi«, hauchte ich. »Aber ...«

Endlich kam die träge Masse meines Hirns in Bewegung. Was heißt Bewegung? Unkontrollierte Wallung! Ein tosender Sturm im Oberstübchen! Omeingottwiepeinlich! Omeingottwiepeinlich! Omeingottwiepeinlich! Ich hatte einen Sprung in der Platte und kam über diesen Punkt des Denkens nicht hinaus. Omeingottwiepeinlich!

Paul und Pünktchen hatten gemerkt, dass wir wach waren, und starteten eine frühmorgendliche Schleckattacke. Das löste meinen Knoten. Jetzt war alles wieder da. Omas Haus! Nils' Seitensprung! Mein neues Leben.

Chrissi und ich waren ordentlich angeschickert gewesen. Wir hatten keine Lust gehabt, das Gästebett zu beziehen, deshalb war Chrissi am Vorabend einfach mit mir in Omas breites Ehebett gekrabbelt. Wir hatten uns aneinandergekuschelt, und so musste ich meine erste Nacht im neuen Heim nicht allein verbringen. So weit, so unschuldig. Und dann das! Chrissi würde sich nie wieder neben mich in ein Bett legen! Hoffentlich dachte sie jetzt nicht, dass ich es Nils nachmachte und mich gleichgeschlechtlich …

»Guten Morgen, Süße.« Chrissi grinste immer noch wie ein Breitmaulfrosch. »Gar nicht schlecht, so eine zärtliche Begrüßung am Morgen. Leider«, jetzt tauschte Chrissi das Grinsen gegen einen traurigen Mopsblick, »war sie ja wohl nicht für mich bestimmt. Was soll's. Nett war es trotzdem.« Sie lächelte strahlend. »Und jetzt würde ich sagen, höchste Zeit, dass wir die Geister der Vergangenheit loswerden und die Schokolade schmelzen, die noch deinen Geist verklebt! Frühstück, Arbeit, Überraschung! Was hältst du von dem Programm?«

»Klingt gut«, murmelte ich unter meinem Kissen hervor. Das hatte ich mir vors Gesicht gezogen. »Und was für eine Überraschung?«

»Aufstehen, dann wirst du es erfahren«, konterte Chrissi.

»Also. Raus aus den Federn. Der Tag wartet.«

Während Chrissi unsere beiden Rabauken raus in den Garten ließ, setzte ich schon mal Kaffeewasser auf, schob die Aufbackbrötchen in den Backofen und deckte den Tisch. Ich schaute durchs Fenster und sah die Hunde toben. Der Himmel spannte sich hellblau über den gerade erwachenden Wiesen. Frühling. Und ich hatte wohl einen Anfall von Frühlingsgefühlen gehabt. Was für ein Glück, dass Chrissi so ein unkomplizierter Mensch war.

Nachdem ich den Tag mit solch einem Fauxpas begonnen hatte, konnte er nur besser werden. Irgendwie hatte dieser Schreck dafür gesorgt, dass meine Zukunftsängste zusammengeschrumpft waren wie ein undichter Luftballon.

Mia Sonne @MiasWelt
Peinlichkeit am Morgen vertreibt im Nu Kummer und Sorgen! Guten Morgen, Welt, guten Morgen, Schwarzwald, guten Morgen, neues Leben!

Jonnysonni @MiasWelt
Der perfekte Sorgenvertreiber ist ja wohl mein Morgenständer! Willste mal fühlen?

SummseBiene @MiasWelt
Quatsch, Peinlichkeit. Was Spaß macht, ist erlaubt!

»Und was ist das jetzt für eine Überraschung?«, fragte ich, während ich voller Vorfreude Erdbeermarmelade auf meinem Brötchen verteilte.

Chrissi hatte gerade herzhaft in ihr Leberwurstbrötchen gebissen. Sie kaute zweimal, bevor sie mümmelnd antwortete:

»Mal ehrlisch, wenn isch dir dasch verrate, ischt esch ja keine mehr. Nur Geduld!«

Ich war mir nicht ganz sicher, ob ich mich freuen oder lieber auf der Hut sein sollte. Chrissis Überraschungen hatten es manchmal in sich. Zu meinem letzten Geburtstag hatte sie mir einen Stripper organisiert, obwohl ich da schon mit Nils zusammen gewesen war. Chrissi war in solchen Dingen schmerzfrei. Meinen Protest wiegelte sie damals mit dem Kommentar ab: »Konkurrenz belebt das Geschäft, so bleibt dein Nils wenigstens wachsam.« Von wegen. Im Nachhinein konnte ich froh sein, dass mein Nils nicht den Stripper vernascht hatte.

Ich seufzte und drehte das Marmeladenbrötchen in der Hand.

»Versuchst du per Telepathie zu essen? Lass dir gesagt sein, davon wird man nicht satt.« Chrissi hatte mich beobachtet.

»Ich seh dir doch an, dass du schon wieder an Nils denkst. Jetzt vergiss diesen treulosen Trottel endlich, der hat so eine tolle Frau wie dich doch gar nicht verdient. Freu dich lieber! Du bist jung, süß und frei und startest gerade in ein Abenteuer!«

Okay. Tief durchatmen. Dann mal her mit dem Stripper.

»Am besten, wir räumen jetzt erst mal die große Stube aus.«

»Wo willst du die Sachen denn hinhaben?«

Mein Handy klingelte. »Guten Morgen, Elvira. Das ist ja schön, dass du dich meldest.« Ich freute mich wirklich. Hoffentlich hatte ich mit der Kündigung keinen Fehler gemacht, so eine tolle Chefin würde ich nie wieder finden. Brauchst du ja auch nicht, verbesserte meine innere Stimme den Gedanken. Du bist jetzt deine eigene Chefin!

Richtig. Da hatte das Stimmchen recht. Hoffentlich taugte ich auch was in der Rolle. Und dann konzentrierte ich mich auf Elvira, immerhin hatte sie ja wohl einen Grund, gleich am ersten Tag in meinem neuen Leben bei mir anzurufen.

»Liebes, stell dir vor, ich habe hier schon den ersten Anwärter auf eine Schwarzwaldkur. Es ist ein zuckersüßer Rottweiler. Er hat es in den Gelenken und könnte deine Massagen sehr gut gebrauchen. Allerdings gibt es da ein Problem.« Elvira zögerte. Problem? Na prima. Immer her damit. Ich bin die neue Problemsammelstelle! »Er beißt?«, fragte ich, nachdem meine ehemalige Chefin immer noch schwieg.

»Nein, so was doch nicht. Er ist ein Lämmchen! Aber seine Halterin könnte nicht mitkommen. Das heißt, du müsstest ihn für die Zeit seiner Kur bei dir aufnehmen. Pünktchen würde ihn bestimmt lieben«, beeilte sich Elvira, Argumente in die Waagschale zu werfen. »Und Ottfried wäre dir bestimmt sehr, sehr dankbar!«

Ottfried? Wer um Himmels willen nennt seinen Hund denn *so*? Ich holte schon Luft, um Elvira zu erklären, dass ich nicht auf Übernachtungskurgäste eingestellt war, da warf Elvira ihren Joker auf den Tisch.

»Ottfrieds Frauchen ist eine gute Freundin von mir, und du würdest mir einen persönlichen Gefallen tun.«

Mist. Wie sollte ich da noch Nein sagen? Aber wo um aller herrenloser Hunde willen sollte ich einen Rottweiler unterbringen? Tagsüber ginge das ja, aber nachts? Im Schlafzimmer war mir das zu gefährlich, gerade bei einem fremden Tier und auch wenn er ein »Lämmchen« war. Kannte man ja, den Rottweiler im Lammfell. Hinterher stand dann auf meinem Grabstein:

R.I.P. Mia Sonne
Wir können es nicht verstehen,
er wollte doch immer nur spielen!

Ich würde ihn in die Küche sperren müssen.

»Aber ich bin doch gerade erst hier angekommen, und mein Laden hat noch gar nicht geöffnet«, startete ich einen letzten zaghaften Abwehrversuch.

»Kindchen, das weiß ich doch. Aber Ottfried ist völlig anspruchslos. Der lässt sich auch auf dem Küchentisch massieren.« Prima. Genau das hatte ich mir immer gewünscht. Einen fünfzig Kilo schweren Rottweiler, der sich von mir auf dem Küchentisch massieren ließ. »Ähm«, gab ich hilflos von mir.

Elvira hakte sofort ein und nutzte meine Unentschlossenheit gnadenlos aus. »Oh, du bist ein Schatz! Du wirst es nicht bereuen. Das verspreche ich dir. Es sind ja auch nur zwei Wochen. Annette wird heute Nachmittag zu dir kommen und Ottfried abliefern. Über das Honorar werdet ihr euch sicher einig, daran soll es nicht scheitern. Tschüs, Mia-Schätzchen. Ich wusste ja, dass ich auf dich zählen kann!«

Reichlich verdattert legte ich auf und schaute ins Leere.

»Hast du einen Geist gesehen?«, fragte Chrissi, die während des Telefonats schon mal die Spülmaschine eingeräumt hatte. »Was wollte Elvira denn?«

»Ich bekomme einen vierbeinigen Mitbewohner. Ottfried. Er wird zwei Wochen bei mir bleiben.«

Chrissi lachte schallend. »Ottfried? Was ist das? Ein Hängebauchschwein? Sonst fällt mir kein Tier ein, das man so nennen könnte.«

»Ein Rottweiler«, sagte ich matt. »Mit Gelenkproblemen.«
Chrissi bekam kugelrunde Augen. »Dein erster Kurgast? Mensch, Mia, das ist ja fantastisch. Na, dann aber mal ran! Los, los, bringen wir Licht ins Dunkel und Ordnung ins Chaos!«

Wir beschlossen, den Großteil von Omas Möbeln aus der großen Stube in den Schuppen zu stellen. Der Raum musste leer sein, um Platz für die Saloneinrichtung zu haben. Die kleine Stube und den Rest des Hauses konnte ich dann nach und nach so einrichten, wie es mir gefiel. Das eilte nicht.

Zum Glück waren keine ganz schweren Stücke dabei. Das Schlimmste war das alte Büfett. Wir ächzten und schwitzten, aber mit unbeirrbarer Entschlossenheit schafften wir auch das.

Gegen Mittag knurrte uns der Magen. Der Raum war fast leer und wirkte unglaublich groß. Der Rest konnte warten.

»Ich besorge uns Mittagessen. Ich hab gestern am Mönchsweiher ein italienisches Lokal entdeckt.« Chrissi wackelte mit den Augenbrauen. Oh weh, hoffentlich war der Kellner Deutscher und der Wirt verheiratet oder steinalt. Sonst könnte ich für nichts garantieren. Aber jetzt kam mir Chrissis Entdeckung sehr gelegen.

»Pizza quattro stagioni und ein Insalata mista, das wäre jetzt genau das Richtige«, freute ich mich.

»Sollst du haben. Bis gleich!«

Chrissi war hier offenbar schon total heimisch. Ich hingegen, obwohl ich schon so oft hier gewesen war, fühlte mich noch fremd. Würde ich mich hier einleben? War es nicht doch ein bisschen *zu* einsam? Ich lauschte. Ein paar Vögel zwitscherten, der Brunnen plätscherte, irgendwo tuckerte ein Traktor. Obwohl ich mich auf die Gartenarbeit freute und die Hühner schon leise glucksen hörte, machte mich diese geballte Natur ein bisschen unruhig.

Mia Sonne @MiasWelt
Stille dröhnt bedrohlich und macht mir weiche Knie. Natur pur.

Jonnysonni @MiasWelt
Pur kannst du mich auch haben. Aber Sweetie, ich garantiere dir, du wirst nicht still sein, sondern vor Wonne jaulen!

SummseBiene @MiasWelt
Doch nicht cool, so ganz ohne Kerl – wusste ich es doch.

PaulaPaula @MiasWelt
Du wirst diese Stille genießen. Musst dich nur daran gewöhnen. Denk dran: keiner, der dir Dreck macht und ständig an dir rumfummeln will!

Keiner, der an dir rumfummeln will. Ob das wirklich ein Grund zur Freude war? Ich stellte die Frage vorsichtshalber nicht, Jonnysonni würde sofort drauf anspringen, außerdem kam Chrissi gerade mit Pizza beladen zurück auf den Hof gedüst.

Es mundete ausgezeichnet. Zumindest war die Versorgungslage im schwarzen Wald damit gesichert. Das übertraf bereits alles, was man in dieser Einöde erwarten konnte.

Nach dem Essen trommelte ich ungeduldig mit den Fingern auf den Tisch. »Ich will jetzt endlich meine Überraschung haben!«, quengelte ich. »Sonst trete ich in Kaffeekochstreik.« Um meinen Vorsatz zu bekräftigen, verschränkte ich die Arme vor meiner Brust und schob die Unterlippe schmollend nach oben.

»Uuuuuh, bei so schweren Drohungen bleibt mir ja gar nichts anderes übrig«, witzelte Chrissi und schob ihren Teller von sich. »Okay, Süße, ich hole die Überraschung, und du kochst Kaffee.«

Ich goss gerade die Milch in den Aufschäumer, als sie wieder auftauchte. In der Hand hielt sie einen Blumentopf, der mit Sand gefüllt war, und eine Tüte. Sie grinste und murmelte:

»Geister, energetische Knoten, verklebte Energiefäden aus Vergangenheit und Gegenwart. Macht euch bereit! Eure Zeit ist vorbei. Wir kommen, um euch zu erlösen!«

»Bist du unter die Hexen gegangen?«, fragte ich reichlich verdattert.

»Man muss keine Hexe sein, um ein Reinigungsritual zu vollziehen.« Chrissi schlürfte ihren Kaffee und verzog wieder mal schmerzgeplagt das Gesicht.

Verflixte Zähne. Ich hätte ihr so gern geholfen, aber gegen ihre Panik war kein Kraut gewachsen. Obwohl … »Könnte man nicht auch deine Angst wegräuchern?«, fragte ich, aber Chrissi winkte ab.

»Räuchern ist zwar toll, aber Wunder kann man damit nicht vollbringen. Lass mal, meinen Zähnen geht es bestens.«

Genau, und das Christkind ist ein ganz brutaler Rocker.

Chrissi wechselte wieder einmal geschickt das Thema.

»Stell dir vor, ich habe in einem kleinen Lädchen in der Stadt afrikanische Reinigungskugeln entdeckt. Die Dinger sind genial! Der Besitzer ist Experte für Räucherwerk, er hat mir genau erklärt, was wir machen müssen. Pass mal auf!« Sie holte eine unscheinbare schwarze Kugel hervor, wickelte sie in ein Geschirrtuch, legte das Päckchen auf den Boden und klopfte mit einem Hammer drauf. Dann packte sie Räucherkohle aus und entzündete das Kohlepad mit einem Stabfeuerzeug, das sie auch aus ihrer Tüte hervorzauberte. Als die Funken stoben, legte sie die Kohle auf den Sand.

Ich spürte ein Kribbeln, Chrissis merkwürdige Stimmung griff auf mich über.

Auf die glühende Kohle bröselte meine völlig durchgeknallte Freundin nun etwas von der zerkleinerten Kugel. Sofort fing es an zu qualmen. Sie nahm eine Feder – wo hatte sie die denn jetzt hergezaubert? –, ging mit ihrem rauchenden Blumentopf von Ecke zu Ecke und wedelte den Rauch hinein. Pünktchen und Paul fanden das hochinteressant. Sie folgten Chrissi dicht auf den Fersen. Immer wieder mussten die beiden niesen, aber das hielt sie nicht davon ab, weiter neugierig zu schnuppern. Na, das musste ja ein ganz besonderes Kraut sein.

Nachdem Chrissi alle Ecken ausgefächelt hatte, stellte sie den Blumentopf mitten in die Küche und ließ den Raum vollqualmen. Es kratzte im Hals, und ich musste husten, aber auf Chrissis strafenden Blick hin unterdrückte ich den Reiz. Meine Augen tränten. Als die Küche zu Chrissis Zufriedenheit eingenebelt war, wanderte sie in meinen künftigen Salon und startete das Prozedere von Neuem. Zwischendurch musste sie eine frische Kohle entzünden und von den Kugelbrösel nachlegen. Unsere Hunde waren genauso fasziniert wie ich und so ruhig, wie ich sie selten erlebte. Kein Spiel, kein Bellen, nur pure Neugier.

Nach Stunden – wie es mir vorkam – hatten wir endlich alle Räume erfolgreich behandelt und landeten wieder in der Küche. Die Luft war inzwischen so dick verräuchert, dass man sie hätte schneiden können.

»Hier ist deine Oma gestorben, deshalb werde ich diesen Raum noch mal mit einem anderen Kraut behandeln. Das hat mir der Ladenbesitzer ans Herz gelegt.«

Okay, jetzt kam es auch nicht mehr drauf an. Ich würde Tage brauchen, bis der Gestank wieder draußen war.

Das neue Pulver qualmte um ein Vielfaches stärker als die Reinigungskugeln. Bald konnte man die Hand vor Augen nicht mehr sehen.

»Jetzt darfst du lüften«, erlaubte Chrissi, gerade als ich dachte, ich falle in Ohnmacht. Ich stürzte zum Fenster und riss es hustend auf. Draußen polterte es. Irgendjemand schrie. Ich tastete mich zur Tür, rannte durch den Flur zur Haustür und öffnete.

»Schnell. Nuus! I han d' Fürwäär scho aglitte!« Wie bitte?

Ein älterer Herr mit Hut und Spazierstock redete auf mich ein und zog an meinem Ärmel. »Häsch ebbes zum Schöpfe, Maidle? Vielleicht könne mer noch ebbes rette, bis d' Fürwäär do isch.«

Ich verstand nur Bahnhof. Chrissi hatte sich inzwischen zu mir gestellt, und wir schauten uns ratlos an.

»Hören Sie, mein Herr. Leider sprechen wir Ihre Sprache nicht.« Chrissi redete laut und sehr deutlich. Sie schaute zu mir. »Was ist das eigentlich? Polnisch?« Dann wandte sie sich wieder an den Herrn. »Können Sie vielleicht Englisch? Do you speak English?«

»Was willsch? Ach du je! Turischdinne! You must no Panik, d' Fürwäär kunnt glie!«

Chrissi zuckte mit den Schultern und grinste breit. »Ich möchte diesen Teppich nicht kaufen, bitte«, sagte sie. Das Grinsen war ihrem schallenden Gelächter gewichen. Sie wartete, bis sie wieder etwas Luft bekam, dann setzte sie hintendran: »Gute Reise.«

Jetzt war es auch um mich geschehen. Ich prustete los. Unser Lachen wurde vom Geheul einer Sirene unterbrochen, die sich, der Lautstärke nach zu urteilen, schnell näherte. Ein Feuerwehrwagen brauste auf den Hof und bremste so scharf, dass der Kies spritzte. Vier fesche Burschen in Uniform rannten im Gleichschritt auf uns zu. »Wo brennt's?«

Brennt's?

»Meine Herren, das ist, glaube ich, ein Missverständnis. Der freundliche Herr hat Sie wohl gerufen, weil er dachte, es brennt. Wir haben nur geräuchert, mehr nicht. Leider spricht der Herr unsere Sprache nicht. Vielleicht können Sie Polnisch?«

»Polnisch?« Der Rädelsführer der Feuerwehrtruppe kratzte sich am Helm. »Helmut, wieso schwätsch du jetzt plötzlich Polnisch?«

Der ältere Herr schaute reichlich verdutzt. »Polnisch? Wie kummsch jetzt dodruf? S' Maidle muss ebber ander meine. I han nur gseit, dass d' Fürwäär glie kunnt, mehr net.«

Die Männer unterhielten sich miteinander, und langsam dämmerte mir die Wahrheit.

Achdumeinegüte!

»Meine Herren.« Chrissi übernahm das Ruder. »Nachdem nun klar ist, dass es nirgends brennt und keine Damen aus der Not gerettet werden müssen, wie wäre es mit einer Vesper als Entschädigung? Ich könnte Ihnen einen Kaffee anbieten und ein paar belegte Brote.« Sie schaute mich fragend an. »Du machst den Kaffee, und ich helfe den Herren, Stühle aus der Scheune zu holen«, schlug sie vor.

Überrumpelt von ihrer Tatkraft, nickte ich nur, und die geballte Schwarzwälder Manneskraft war ebenfalls zu verdattert, um Widerworte zu geben.

Ich spülte gerade die Kaffeekanne aus, als mein Handy klingelte. Schnell fischte ich nach dem Geschirrtuch, trocknete meine Hände notdürftig ab und ging ran. Vor lauter Eile hatte ich vergessen zu schauen, wer anrief.

»Mia hier, hallo?«

»Mia-Kind, bist du wieder nüchtern? Sicher warst du betrunken, sonst hättest du mich nicht so vor den Kopf gestoßen. Das war nicht nett, mich einfach mit der ganzen Arbeit alleinzulassen. Aber ich bin ja Kummer gewohnt. Du warst schon als Kind so unzuverlässig. Immer musste ich dich überprüfen. Nie hast du deine Hausaufgaben ordentlich gemacht. Zum Glück war Lukas ganz anders. Da hättest du dir etwas abschauen sollen, dann müsstest du jetzt nicht Tiere kämmen. Aber wenigstens bist du deinen Freund los. Ich habe ja schon immer gesagt, er taugt nichts. Aus dem wird nie etwas werden. Pädagogikstudent. Ha! Weiß man ja, dass die Lehrer heutzutage Nichtsnutze sind. Ich sage nur: Pisa! Das nächste Mal schaust du etwas besser hin, bevor du dich auf einen Kerl einlässt. Versuch doch mal, dir einen Anwalt zu angeln. Dann hätte Lukas wenigstens einen standesgemäßen Gesprächspartner bei Familientreffen. Lukas hat da einen netten Kollegen, Heribert Eberhard Pollenflug. Ich sage dir, Kind. Das wäre genau der richtige Mann für dich! Gediegen. Ein ganz solider Herr. Ich werde ihn demnächst zu einem kleinen Umtrunk einladen, und du wirst es nicht wagen, dich zu drücken. Wäre doch gelacht, wenn wir dich nicht endlich auf gerade Wege bringen könnten. Also, Mia-Kind, ich melde mich, wenn ich den Termin weiß.« Zack. Aufgelegt.

Meine Nase juckte. Pollenflug. Da bekam ich doch direkt einen allergischen Anfall. Kopfschüttelnd steckte ich das Handy ein und kümmerte mich wieder um den Kaffee und die belegten Brote. Von draußen klang Gelächter durchs offene Fenster. Chrissi schien sich prächtig zu amüsieren, und das, obwohl kein einziger Südländer dabei war.

Ich balancierte das voll beladene Tablett hinaus in den Hof. Die Feuerwehrmänner hatten den Gartentisch und die Stühle aus dem Schuppen geholt und neben dem Holunder platziert. Genau so hatte ich es mir erträumt. Ein Schwarzwaldidyll vom Feinsten!

Die Jungs waren echt in Ordnung, und nachdem der ältere Mann, der auf den Namen Helmut hörte, kapiert hatte, dass wir seinen Dialekt nicht verstanden, bemühte er sich um eine verständlichere Ausdrucksweise. Er war tatsächlich ein Schwarzwälder Urgestein. Mein erster Eingeborener. Wenn die alle so waren, würde ich Sprachunterricht nehmen müssen.

Mia Sonne @MiasWelt
Zu Hilfe! Jetzt muss ich auch noch Sprachunterricht nehmen. Kaum zu glauben, was für eine Vielfalt die deutschen Dialekte bieten.

Jonnysonni @MiasWelt
Sweetie, ich spreche eine Sprache, die jede versteht. Und ich unterrichte dich gern!

SummseBiene @MiasWelt
So ein süßer Eingeborener wäre mal eine nette Abwechslung auf dem Speiseplan. Yummie!

Sechs

»Oller, schwing deinen roten Haarschopf, ich sitze bei Paolo und warte.« Ohne eine Antwort abzuwarten, legte Franz auf und steckte das unregistrierte Prepaidhandy in die Jackentasche.

Sein Smartphone klingelte. Mutti. »Hallo, Mutti, was gibt's? Alles klar bei dir?«

»Junge, ich mache heute Käsespätzle und zum Dessert Apfelstrudel. Kommst du?«

»Mutti, was ist das denn für eine Frage? Natürlich komme ich! Pünktlich um zwölf. Versprochen.«

»Du bist ein guter Junge, Franzel.«

Das war ihr Freitagsritual. Er ging jeden gottverdammten Freitagmittag zu seiner Mutti zum Mittagessen. Und jeden gottverdammten Freitagmorgen rief sie ihn an und fragte, ob er denn kommen wolle. Aber seiner Mutti konnte er nicht böse sein.

»Hey, Sahneschnittchen, schieb mal noch 'nen Grappa und 'nen Expresso rüber.«

Die Kellnerin mit den platinblond gefärbten Haaren wackelte auf ihren mörderischen Absätzen zu ihm an den Tisch. Sie beugte sich tief runter und klimperte mit den Wimpern.

»Einmal Grappa und einen E-s-presso, bitte sehr.«

Gleich darauf schrie sie erschrocken auf. Franz hatte sie am Handgelenk gepackt und zog sie so nah an sein Gesicht, dass er die roten Äderchen in ihren Augen sehen konnte. »Willst du mich etwa belehren, Schlampe? Glaubst wohl, du bist was Besseres, hä? Pass mal schön auf, sonst zeigt dir Onkel Franz, was er mit aufmüpfigen Blondinchen macht.« Er leckte sich über die Lippen.

»Du tust mir weh!« Sie wand sich und zeigte dabei noch etwas mehr von ihrer Oberweite.

»Lass deine Melonen stecken, Sahneschnittchen, und verkneif dir den Oberlehrer beim nächsten Expresso. Alles klar?«

Eine kleine Lektion hätte ihr sicher nicht geschadet. Franz seufzte. Wenn er Zeit gehabt hätte ... Bevor seine Fantasie in allzu schlüpfrige Feuchtgebiete vordringen konnte, ging die Tür auf, und Timo drückte sich herein. Er bewegte sich wie ein tollpatschiger Erpel auf der Jagd nach Regenwürmern. Wie oft hatte er dem Idioten schon gesagt, dass sein Unauffälligsein total auffällig war? Er hätte es auch seiner Zahnbürste erzählen können.

»Hey, Franz! Alles klar, hier bin ich.«

»Schhh!«, machte Franz. »Wie oft denn noch, Oller? KEINE Namen!«

»Sch...sch...schon g...g...gut, Entschuldigung, Fr...fr...« Nach dem zweiten Stotterer und einem Blick auf Franz' gezückte Faust schluckte Timo den Rest runter. »Ein G...g... glas M...m...milch, bitte!«, rief er der Kellnerin zu, die gelangweilt über die Zapfanlage wischte und Kaugummiblasen produzierte.

Timo unterdrückte ein Gähnen.

»Bist du etwa wieder bis in die Puppen im ›Blue Moon‹ rumgehangen? Alter, ich sag dir, wenn du das heute verbockst, kannst du mit den Englein singen!«

Timo zuckte zusammen. »N...n...nein, Fr...fr...« Er verschluckte den Rest des Namens unter Franz' drohendem Blick.

»B...bin ich nich. Echt.« Timo drehte das Glas Milch in den Händen und fühlte sich sichtlich unwohl.

Franz ließ es auf sich beruhen und ging zur Tagesordnung über. »Hör zu. Beobachtungsposten«, sagte er, und dann erklärte er Timo ganz genau, wie lange er an welcher Stelle stehen musste. Er drückte ihm ein Notizbuch in die Hand. »Alles aufschreiben! Fußgänger, Radfahrer, Autos, Bullen, Personal, Kunden. Alles. Kapiert?«

Gute Observierung ersparte unliebsame Überraschungen, das hatte Franz in seinen Jahren als Gauner gelernt. Und wenn man in der glücklichen Lage war, nicht selbst observieren zu müssen, war die Welt ziemlich in Butter.

Franz nahm sich seine dritte Portion.

»Junge, lass noch Platz für den Apfelstrudel«, mahnte ihn seine Mutter und tätschelte liebevoll seine Pranke. »Dass du aber auch nie vernünftig isst. Immer, wenn du zu mir kommst, bist du total ausgehungert.« Sie seufzte und wischte sich verstohlen über ihr faltiges Gesicht.

»Mutti, jetzt wein doch nicht schon wieder! Ich pass schon auf mich auf.« Franz schmatzte einen Kuss auf ihre von Altersflecken übersäte Hand. Wenn er bei Mutti war, verwandelte er sich vom Saulus zum Paulus. Nicht dass es wirklich etwas an seinem Wesen geändert hätte, Gott und der Schutzpatron aller Schurken und Halsabschneider bewahre! Aber Mutti sollte sich an dem braven Sohn erfreuen und sehen, dass sie mit ihrer Erziehung gute Arbeit geleistet hatte.

»Dein Pulli hat ein Loch.« Franz' Mutter zog an seinem Ärmel und begutachtete die Stelle am Ärmelansatz genauer. Sie kniff die Augen zusammen, dann tastete ihre Hand über den Tisch. »Wo ist denn nur meine Brille wieder?«, murmelte sie.

»Hier, Mutti.« Franz zeigte auf die Brille, die an der goldenen Kette vor ihrer Brust hing. Ein Andenken an seinen ersten Bruch.

»Ach, ich vergesse immer, dass du mir ja die Kette geschenkt hast. Ich dummes altes Weib.«

»Hör sofort auf, meine Mutti zu beschimpfen«, sagte er und

drohte ihr spaßeshalber mit dem Zeigefinger. »Sie ist weder alt noch dumm, sondern die beste Köchin der Welt.«

»Schmeichler!« Jetzt lachte sie und errötete wie ein junges Mädchen. Franz hatte seine Mutter schon immer um den Finger wickeln können. Als Bub hatte er das auch weidlich ausgenutzt. Inzwischen ging sie auf die achtzig zu, und er hütete sie wie seinen Augapfel. Wenn auch mit dem notwendigen Abstand, den ein erwachsener Kerl nun mal brauchte.

»So. Jetzt aber. Zeig mal her.« Sie zerrte wieder an seinem Ärmel. »Ach, zieh doch den Pulli einfach aus, dann nähe ich dir das.«

Verdammt! Hätte er nicht besser aufpassen können? Pulli ausziehen ging nicht. Auf keinen Fall!

»Mutti, das musst du nicht. Komm, lass uns lieber einen Kaffee trinken, und du erzählst mir, wie es beim Damenfrühstück war.«

Seine Mutter legte das Gesicht in tausend Falten. »Ach, geh. Lauter alte Weiber halt. Ich frage mich immer, was ich da soll.« Sie ließ ihr glucksendes Lachen erklingen. »Los, jetzt gib schon her, das Ding.« Wieder zerrte sie an Franz' Ärmel.

Der seufzte und ergab sich in sein Schicksal. »Also gut. Bin gleich wieder da.«

Im Nebenzimmer zog er sich den Pulli über den Kopf und schlüpfte in seine Jacke. Nicht dass die dreißig Grad in Muttis Küche das nötig gemacht hätten, aber Mutti durfte auf keinen Fall seine Tattoos sehen. Für sie war er immer noch der Bub, der am Sonntag dem Pfarrer den Arsch hinterhertrug.

Als er in die Küche zurückkam, hatte sie bereits den Tisch abgeräumt und ein riesiges Stück Apfelstrudel mit Vanilleeis an seinen Platz gestellt. Wenn er erst in Kolumbien war und sich sein Leben eingerichtet hatte, würde er dafür sorgen, dass sie nachkam. Ein eigenes Haus und eine persönliche Gesellschafterin. Das würde ihr bestimmt gefallen.

»Hast du schon gehört?«, fragte sie, während sie gemütlich beieinandersaßen. Franz hatte inzwischen den Hosenknopf geöffnet und schob sich die letzte Gabel vom vierten Stück Apfelstrudel in den Schlund.

»Hmm?«, machte er – mehr ging nicht mit vollem Mund.

»Die haben schon wieder einen Juwelier überfallen.« Seine Mutter schüttelte den Kopf und schob die Nadel durch den Stoff. »Der vierte Überfall in ein paar Wochen! Bub, ich sag dir, die Welt ist verdorben. Wenn doch nur alle so einen braven Sohn haben könnten wie ich.« Sie nahm einen Schluck Kaffee und wischte sich über die Augen. »Dein Vater wäre so stolz auf dich, Junge.«

Franz versuchte unauffällig auf die Küchenuhr zu gucken.

»Hast es schon wieder eilig?«, hakte seine Mutter sofort ein. Für ihren Geschmack hatte er immer viel zu wenig Zeit für sie.

»Du weißt ja, Mutti, ich muss mich um das Geschäft kümmern. Auf die Angestellten ist ja kein Verlass mehr heutzutage.«

Seine Mutter nickte. »Du bist ein guter Junge, Franzel. Ein guter Junge. Ich weiß ja, wie beschäftigt du bist.« Sie seufzte.

Wieder auf der Straße, holte Franz erst einmal tief Luft und griff sich in den Schritt. Mutti war die Beste, aber zwei Stunden pro Woche waren einfach genug. Wie hieß es so schön: Die Dosis macht das Gift.

Jetzt brauchte er was Handfestes. Tanja! Die wusste, was einen Mann nach einem guten Essen wieder auf die Beine brachte. Aber vorher musste er nach Timo schauen.

Sieben

Jetzt war ich allein. So richtig. Abgesehen von meinem Strickzeug, Pünktchen, unzähligen Tannenbäumen, nicht enden wollenden Wiesen, Mäusen, Bussarden, jeder Menge Spinnen und was die Natur sonst noch so zu bieten hatte.

Die Feuerwehr und unser erster Eingeborener, Helmut, waren sich nicht ganz sicher gewesen, wie sie uns Mädels einordnen sollten. »Turischdinne«, wie Helmut vermutet hatte, waren wir ja keine. Aber Einheimische auch nicht. Zugreiste, meinte Helmut nach einigem Hin und Her. Damit konnte er leben. Nur die Sache mit dem Räuchern war den Männern dann doch suspekt.

Ob wir einer Sekte angehörten, wollten sie wissen. Und ob wir dann auch eine schwarze Katze hätten und Besen? Sie wetteiferten mit Schauergeschichten vom Hühnerschlachten bei Vollmond und schwarz vermummten Gestalten. Wir lachten und gruselten uns mit und schworen beim lieben Herrgott, dass wir weder weiße noch schwarze Hexen waren, sondern einfach nur zwei manchmal ein bisschen chaotische Stadtmädels, die es aufs Land verschlagen hat.

Irgendwann hatten sich die Männer verabschiedet, und auch für Chrissi und Paul war die Zeit gekommen. Am liebsten hätte ich mich auf den Boden geschmissen und mit den Fäusten getrommelt. »Bleib bei mir, bitte, lass mich nicht allein! Wie soll ich es denn ohne dich hier aushalten?« Oder mich an Chrissis Beine gehängt, damit sie keinen Schritt von mir weg machen könnte. Mir war aus ganzem Herzen nach Drama gewesen, aber ich hatte nichts dergleichen getan, weder verbal noch nonverbal. Von den zwei Tränchen abgesehen, die sich einfach nicht aufhalten lassen wollten.

Lächerlich. Dabei würde Chrissi morgen Abend schon wiederkommen. Sie musste nur am Mittwoch für einen Kollegen einspringen, unter der Bedingung hatte sie den Urlaub überhaupt so spontan genehmigt bekommen. Und sie hatte eine lange Einkaufsliste im Gepäck, was wir alles aus dem Baumarkt brauchten.

Chrissi wollte ihre Kontakte nutzen, sie kannte dort einen der Verkäufer. Ein Italiener natürlich oder doch ein Spanier? Na, Südländer auf jeden Fall.

Trotzdem! Ich dachte daran, wie ich gerade erst – es kam mir bereits wie eine Ewigkeit vor – mit klammen Fingern den Schlüsselbund aus der Tasche gezogen und die Haustür geöffnet hatte.

Mia Sonne @MiasWelt
Omas Haus. Ein komisches Gefühl.

Schale Luft schlug mir entgegen, als ich Omas Haus wieder betrat. Drinnen war es empfindlich kühl, viel kälter als in der hellen Frühlingssonne. Pünktchen an meiner Seite, machte ich die ersten bewussten Schritte in meinem neuen alten Haus. Hier würde meine Zukunft sein. Meine Heimat.

Mia Sonne @MiasWelt
Ich korrigiere. Nicht Omas Haus. Weg mit dem komischen Gefühl! Es ist mein Haus. Hier werde ich Wurzeln schlagen.

SummseBiene @MiasWelt
Und? Hast schon 'nen Neuen? So ganz ohne Kerl ist doch auch nichts.

Wie war die denn drauf? Erstens war das mit Nils gerade mal ein paar Stunden her, und zweitens konnte frau ja wohl auch ohne Mann glücklich werden! Oder gab es irgendwo ein ungeschriebenes Gesetz, das etwas anderes behauptete?

Mia Sonne @SummseBiene
Ohne Worte!

PaulaPaula @MiasWelt
Genieße deine Freiheit und lass nur ja keinen Kerl an dich ran. Denk dran: alles Schweine!

Aber obwohl ich so tapfer Geister vertrieben hatte, blieb mein Gefühl der Einsamkeit. Daran änderte auch die Kuscheldecke nichts, die ich angefangen hatte zu stricken. Dabei war die extradicke reine Wolle ein Traum – Novita Hygge. Und auch nicht Nils' Nachrichten. Er schickte beinahe im Stundentakt Mails und SMS, und ich löschte sie genauso stündlich und ungelesen. Der Blödmann sollte mich bloß in Ruhe lassen.

Ich fühlte mich plötzlich wie mit drei, als Mama mich im Kindergarten abgegeben hatte und einfach weggegangen war. Mir hatte es das Herz zerrissen! Ich hatte so geheult, dass meine Mutter mich nach einer Stunde wieder abholen musste – was sie mir noch heute bei passenden und unpassenden Gelegenheiten aufs Brot schmierte.

Mia Sonne @MiasWelt
Mist. Es schien so einfach, und jetzt ist es echt schwierig. Aber ich schaffe das! Vielleicht. Hoffentlich.

Jonnysonni @MiasWelt
Sweetie. Mein Jonny und du, das wird ganz einfach! Versprochen!

PaulaPaula @MiasWelt
Denk einfach dran, wie gut du es jetzt hast! Freiheit!

Ich schaute aufs Display und seufzte. Die hatten leicht reden.

»Und was machen wir zwei Hübschen jetzt?«, fragte ich, legte das Strickzeug zur Seite und setzte mich neben Pünktchen auf den Küchenboden, um sie ausgiebig zu kraulen. Die kleine Genießerin rollte sich auf den Rücken und streckte alle vier Pfoten von sich. Wenn sie eine Katze wäre, würde sie in solchen Momenten schnurren.

Die Türklingel zerriss die Stille, und mir blieb fast das Herz stehen vor Schreck. Hatte Chrissi was vergessen? Als ich die Tür öffnete, klappte mir die Kinnlade runter. Vor mir stand Mr. Schwarzwald höchstpersönlich. Mindestens. Solariumgebräunt, Goldkettchen, an der rechten Hand ein dicker Siegelring, links zwei Goldringe. Hinter ihm sah ich ein schwarzes Jaguar-Cabrio mit roten Ledersitzen. Ohmeingott! Jonnysonni hat meine Adresse rausgekriegt! Ich wollte die Tür zuschmettern und von innen verrammeln, aber mein Körper gehorchte mir nicht. Wie die Maus vor der Schlange stand ich da. Immer noch mit offenem Mund. Vielleicht würde ihn das abtörnen.

»Schon alles vorbei? Ich konnt nicht schneller, saß in der Sauna, als der Alarm reinkam. Was gab es für einen Schaden? Irgendwas, was für eine Schlagzeile taugt?«

Endlich gelang es mir, meinen Mund zu schließen, und ich fand auch meine Sprache wieder. »Entschuldigung, kann es sein, dass Sie sich im Haus geirrt haben?«

»Nee, ich kenn die Gegend wie den Inhalt meiner Unterhose. Sommerau, das Haus von der Alten, die neulich abgekratzt ist. Ich bin schon richtig.«

»Richtig? Ich glaube eher, bei Ihnen tickt es nicht richtig! Was fällt Ihnen ein, meine Großmutter ›die Alte‹ zu nennen. Und jetzt machen Sie lieber ganz schnell, dass Sie vom Acker kommen, sonst hetze ich Ihnen meinen Hund auf den Hals!« In der gleichen Sekunde schoss Pünktchen an mir vorbei und knurrte den Schönling mit hochgezogenen Lefzen an. Braves Mädchen.

»Dann hat es hier gar nicht gebrannt?«, fragte der Goldidiot mit einem unsicheren Blick auf Pünktchen. Meine Güte, ob alle Schwarzwälder so schwer von Kapee waren?

»Hier hat nichts gebrannt, aber wenn Sie nicht gleich verschwinden, dann brennt Ihnen der Hintern!« Um meine Aussage zu bekräftigen, hob ich das rechte Bein und ließ schon mal den Fuß schwingen. Okay, ich gebe zu, in Filzlatschen sah das jetzt nicht ganz so Furcht einflößend aus, wie ich es mir gewünscht hätte. Bevor er noch einmal den Mund aufmachen konnte, knallte ich dem Schleimscheißer die Tür vor der Nase zu.

Woher hatte der Typ gewusst, dass die Feuerwehr hier einen Fehleinsatz hatte? Wie auch immer … Hauptsache, er war wieder weg. Ich wollte nicht weiter darüber nachdenken. Immerhin hatte der ungehobelte Mensch meine Oma beleidigt. Ich beschloss, mich nach dieser Aufregung mit einem heißen Kakao zu verwöhnen. Das war jetzt genau das Richtige. Leider gab es im ganzen Haus kein Schokopulver.

»Das heißt wohl einkaufen gehen«, erklärte ich Pünktchen, die mich aufmerksam bei meinem Treiben beobachtete. Ein Blick in den Kühlschrank bestätigte die Notwendigkeit. Die Feuerwehrleute hatten meine mageren Vorräte leer gefuttert.

»Hast du Lust?«, fragte ich meine Süße. Was für eine Frage! Wenn es ums Laufen ging, kannte Pünktchen keine Müdigkeit. Ich schnappte mir Leine und Rucksack und wollte gerade los, als mir Ottfried, mein Gasthund, einfiel. »Mist.« Ich blieb mitten im Flur stehen, und Pünktchen lief zwischen der Tür und mir hin und her, als wollte sie sagen: »Los, jetzt mach mal hinne!«

Es war bereits nach fünf, bestimmt würde diese Annette jeden Moment kommen. Ich setzte mich mit Pünktchen vors Haus und wartete. Zehn Minuten später hupte es, und ein Mercedes fuhr in etwa gleichem Tempo auf den Hof wie vor ein paar Stunden die Feuerwehr.

»Himmel, was für eine Fahrt«, jammerte die Fahrerin ohne weitere Begrüßung, während sie elegant die Beine aus dem Wagen hob und sich mühsam aufrichtete. An ihren Ohrläppchen und um ihren Hals hingen dicke Klunker. Sie hatte Schminke für einen ganzen Monat im Gesicht und trug mörderische Stöckelschuhe. Wie konnte man damit überhaupt Auto fahren? Aber ich kam nicht dazu, mir lange Gedanken zu machen, denn bevor ich mich vorstellen oder meinen Gast begrüßen konnte, prasselte ein verbaler Platzregen auf mich nieder.

»Mein armes, armes Ottischätzchen. Oje, diese Kurven! Und so viel Natur. Hier gibt es bestimmt Ungeziefer. Wenn ich geahnt hätte, dass ich ans Ende der Welt fahren muss … Wir mussten dreimal Pause machen, weil Ottischätzchen vor lauter Aufregung hyperventilierte. Er ist ja so empfindlich, der Arme. Ein ganz schwaches Gemüt. Ein scharfes Wort, und er bekommt Albträume! Sein Schlaf ist ohnehin sehr leicht, und er verträgt keine Störungen.«

»Hm-mmm«, machte ich, in dem zaghaften Versuch, der Dame Einhalt zu gebieten. Tatsächlich schaute sie mich an und holte Luft. Aber nur um gleich weiterzureden.

»Freifrau von Sülzmann-Otterhofen. Sie sind sicherlich die Hundesitterin?« Mit offensichtlichem Widerwillen ergriff sie meine ausgestreckte Hand. Allerdings nur mit den Fingerspitzen. Bevor ich etwas erwidern konnte, legte sie wieder los.

»Wie schon gesagt, Ottfried ist sehr sensibel. Es ist absolut wichtig, dass Sie sich an meine Anweisungen halten, sonst bekommt er Depressionen, und wir müssen wieder stundenlange Sitzungen bei seinem Therapeuten wahrnehmen. Ich vertraue Ihnen meinen Schatz ohnehin nur an, weil Elvira Sie so heiß empfohlen hat. Angeblich sind Sie *der* Geheimtipp! So etwas können wir uns natürlich nicht entgehen lassen. Und da ich unglücklicherweise für zwei Wochen auf Kreuzfahrt bin und Ottfried nicht mitnehmen kann, kommt das hier sehr gelegen.«

Kreuzfahrt? Gelegen? Und was war mit den Gelenken? Hatte Elvira mich etwa …? Weiter kam ich nicht, weil Freifrau von Sülzirgendwas weiterredete.

»Er braucht täglich sein heißes Bad und liebt Moschusduft. An warmen Tagen darf es auch ein bisschen Rosenparfüm sein. Das macht ihn immer besonders fröhlich. Bei Regen möchte Ottfried sein Geschäft nicht im Freien verrichten, und ohne ein Leberwurstbrot als Betthupferl – bitte nur feine Kalbsleberwurst und Roggenvollkornbrot, von Weißbrot bekommt er Blähungen! – kann Ottfried unmöglich einschlafen. Geweckt werden möchte er zwischen acht und acht Uhr dreißig. Auslauf ja, aber keinesfalls zu viel, da seine Gelenke das nicht mitmachen. An regnerischen Tagen muss er unbedingt immer seine Heizdecke zur Verfügung haben.«

Uffz. Wann holte die Dame eigentlich Luft? Ich hatte inzwischen einen Blick ins Wageninnere werfen können. Allerdings musste ich zweimal hinschauen. Ich konnte einfach nicht glauben, was ich da sah! Ottfried war ein ausgewachsener Rottweiler mit hellblauer Schleife und Strasssteinen am Halsband! Ein Riesenbaby! Fehlte nur noch der Schnuller.

Jetzt öffnete die Freifrau die Autotür und lockte ihren Schatz mit kreischendem Singsang aus dem Wagen. »Komm, mein Schätzchen. Komm zu deiner lieben Mami!«

Eine Moschuswolke gepaart mit übersäuertem Hundeatem schlug mir entgegen und haute mich aus den selbst gestrickten Socken. Ach du meine Güte! Hatte ich jemals gesagt, Elvira sei eine herzensgute Frau? Sie war ein ausgekochtes Biest! Mir so einen Fall aufs Auge zu drücken! Der würde ich was erzählen!

Die nächsten zehn Minuten waren wir damit beschäftigt, Ottfried nebst vier Koffern und zwei Sporttaschen ins Haus zu bugsieren. Sein Frauchen wirkte nicht sehr angetan, aber, das wurde sie nicht müde zu betonen, sie vertraute Elvira voll und ganz, und da ich nun mal ein Geheimtipp war …

Pünktchen hatte sich nach kurzem Schnüffeln unter den Küchentisch verzogen. Mir taten vom aufgesetzten Lächeln bereits die Kiefermuskeln weh. Endlich, kurz bevor ich explodierte, drückte ich die Tür hinter Annette »Freifrau von und zu die tickt doch nicht richtig« ins Schloss.

»Na, Ottfried«, sagte ich zu meinem ersten Kurgast. Den Umschlag, den mir die Freifrau zum Abschied in die Hand gedrückt hatte, legte ich auf den Küchentisch. »Gut, dass wir die los sind, was?«

Ich bückte mich und nahm dem armen Tier erst mal das Strasshalsband und die Schleife ab. Jetzt sah er wenigstens aus wie ein Hund. Auch wenn er noch roch wie ein Schwarm älterer Damen beim Sonntagsausflug. Da gab es Abhilfe! Kaum war der Mercedes vom Hof gefahren, riss ich die Haustür wieder auf, stürmte zusammen mit Ottfried zu der Quelle und ließ ihn ein ordentliches Schlammbad nehmen. Pünktchen hatte sich unterm Tisch hervorgewagt und kam uns hinterher. Diesmal durfte sie bei dem Schlammspaß auch mitmachen.

Der gerade noch sehr träge wirkende Rottweiler verwandelte sich innerhalb kürzester Zeit in einen ausgelassenen Spielhund.

Ich nutzte die Gelegenheit, um Elvira anzurufen.

»Hallo, Schätzchen. War Annette schon da?«, fragte sie, und ich glaubte ein unterschwelliges Lachen zu hören.

»Wie konntest du mir das antun?«, schimpfte ich los. »Du weißt doch genau, dass ich auf solche neureichen Weiber allergisch reagiere. Das war total unfair. Hinterlistig!«

»Du bist doch tierlieb, oder?«

Hä? Was, bitte schön, hatte meine Tierliebe mit dieser ausgetickten Alten zu tun?

»Überleg doch mal«, erklärte Elvira, als von mir keine Antwort kam. »Mir tat Ottischätzchen so leid! Und als Annette erzählte, dass sie für vierzehn Tage wegmuss, da war mir sofort klar, dass das Ottfrieds Chance ist. Bei dir kann er endlich mal Hund sein. Hast du ihn schon von seiner Schleife befreit?«

Ich musste grinsen. So ein ausgebufftes Weib! Das hätte ich meiner Ex-Chefin gar nicht zugetraut. Und wie gut sie mich kannte.

»Er nimmt gerade ein Schlammbad.« Ich kicherte, und Elvira stimmte mit ein.

»Na dann, ich wünsch euch viel Vergnügen! Und am Wochenende möchte ich dich unbedingt besuchen und schauen, wie du jetzt lebst. Einverstanden?«

Wir plauderten noch ein bisschen über die Renovierungsarbeiten und den Salon, dann verabschiedeten wir uns. Die Hunde ließ ich jetzt in den Brunnentrog hüpfen, um Schmodder und Moschusreste abzuwaschen. Mit meinen zwei nassen und vergnügten Vierbeinern machte ich mich eine halbe Stunde später auf den Weg zum Supermarkt.

Mia Sonne @MiasWelt
Ich habe wieder einen Lebensabschnittsgefährten.

Jonnysonni @MiasWelt
Na dann. Du ahnst ja nicht, was dir entgangen ist. Aber wenn er es nicht bringt …

PaulaPaula @MiasWelt
Du Abtrünnige! Tja, manche brauchen einfach länger, bis sie kapieren, wo es langgeht. So wirst du nie dein Glück finden.

Mia Sonne @MiasWelt
Er heißt Ottfried, wiegt etwa fünfzig Kilo und ist ein Rottweiler.

PaulaPaula @MiasWelt
Eine Hündin wäre sicher die bessere Wahl gewesen. Aber immerhin bist du nicht total bekloppt.

Jonnysonni @MiasWelt
Also doch Jonny! Kluges Kind :-)

Zu klug für dich, mein Lieber, dachte ich und schaltete das Handy aus.

Nach dem Einkaufen – wir hatten noch einen Abstecher zu einem Hofladen gemacht – kamen wir drei ziemlich fertig zu Hause an. Ich hatte den Weg unterschätzt. Und ich hatte vergessen, dass ich das ja alles tragen musste. Meine Arme waren mindestens einen halben Meter länger, so schwer waren die Taschen. Und der Rucksack hatte mir zwei Wirbel zertrümmert und die Schultern aus den Gelenken gerissen. Ich brauchte unbedingt ein Auto. Immerhin konnte ich den unfreiwillig langen Spaziergang nutzen und in ein paar Gärten schauen. Die ersten Stecken warteten in den Beeten, bald würden sich die Bohnen daran emporranken. In einem Gewächshaus konnte ich Tomatensetzlinge erspähen. In meinen Fingern kribbelte die Gärtnerlust. Ich musste unbedingt in ein Gartencenter, um mich mit Setzlingen einzudecken.

Wieder zu Hause, kramte ich Omas Vorrat an Gartenzeitschriften aus der Eckbank. Ich strickte und las gleichzeitig und schwelgte in Farben und Ideen. Mit den dicken Nadeln und der dicken Wolle war das fast schon ein Work-out. Ich musste die Arme zwischendurch ausschütteln, um die Muskeln wieder zu lockern. Es hätte so schön sein können. Leider war niemand da, mit dem ich die Vorfreude teilen konnte. Nach einem einsamen Abend kroch ich mit Pünktchen und Ottfried gemeinsam unter die Decke. Von wegen in die Küche sperren. Mit dem Schlammbad hatte ich Ottfrieds Herz erobert. Er war ein echtes Goldstück. Und Pünktchen konnte ihn jetzt auch riechen – so ohne Moschus.

Wir wachten am nächsten Tag erst nach neun auf. Pünktchen war die Erste, und nachdem sie sich ausgiebig gestreckt hatte, startete sie meine Morgenwäsche. Einmal quer übers Gesicht und dann gründlich hinter und in meinen Ohren.

»Guten Morgen, meine Süße«, sagte ich und gähnte. »Guten Morgen, Ottfried.« Der Rottweiler öffnete ein Auge, ließ es wieder zufallen und rollte sich auf die Seite. Oha, ein Morgenmuffel. Aber nachdem Pünktchen und ich aufgestanden waren, kroch er hinterher – von wegen möchte zwischen acht und halb neun geweckt werden. Beim Gähnen präsentierte er mir sein ansehnliches Gebiss. Wütend wollte ich ihn lieber nicht erleben.

Die Hunde tobten draußen, während ich Kaffee kochte. Mit der Tasse in der Hand schlurfte ich in die fast leere Stube und ließ den Raum auf mich wirken. In Gedanken richtete ich bereits alles ein. Dann schnappte ich mir den Katalog mit Tierfriseurbedarf und machte meine Bestellung fertig.

Von Kämmen und Bürsten über hautneutrale Shampoos und Trimmer. Ich brauchte einen Frisiertisch und eine Badewanne. Auch bei der Föhnbox konnte ich nicht widerstehen, und ganz wichtig, weil ich ja nicht nur Beauty, sondern auch

Wellness anbieten wollte, war eine Wärmelampe, damit die Muskeln sich entspannen konnten.

Später würde ich Therapiegeräte dazukaufen. Ich dachte an Laufbänder und spezielle Becken für Unterwassertraining. Damit konnte man gelenkschonend die Muskeln aufbauen, zum Beispiel nach einer Verletzung. Fürs Erste musste es die Grundausstattung tun, dennoch kam ein ordentliches Sümmchen zusammen. Ich stöhnte. Meine Reserve schmolz dahin. Wovon sollte ich nur ein Auto bezahlen?

Frustriert von dem Alltagskram schob ich den Katalog von mir weg. Der Umschlag von der Freifrau Sülzenochwas fiel dabei vom Tisch. Den hatte ich ja total vergessen! Ich hob ihn auf und drehte ihn unschlüssig in der Hand. Hätte ich das Honorar verhandeln sollen? Wie viel berechnete man für einen Tag in einer Hundepension mit Wellnessanwendungen? Fünfzig Euro? So extravagant, wie die Schrulle war, wären auch hundert Euro drin gewesen.

Als ich den Umschlag öffnete, blieb mir die Spucke weg. Die verrückte Freifrau hatte mir zehn Fünfhunderteuroscheine in den Umschlag gepackt! Wahnsinn!

Beschwingt von meinem unverhofften Reichtum ging mir die Arbeit ganz leicht von der Hand. Ich bereitete alles vor, damit Chrissi und ich am nächsten Tag direkt mit Streichen loslegen konnten. Der Dielenboden passte perfekt und konnte bleiben. Den musste ich lediglich ordentlich schrubben und bohnern.

Pünktchen und Ottfried hatten ihren Spaß miteinander. Da wir weit und breit keine Nachbarn hatten, konnte ich sie nach Lust und Laune ums Haus toben lassen.

Als ich das nächste Mal auf die Uhr schaute, war es schon nach vier. Über der Putzerei hatte ich die Zeit vergessen.

Ich beschloss, es mir noch ein Weilchen draußen unter dem Apfelbaum bequem zu machen. Genau wie früher mit

Oma. Gedacht, getan. Ich schleppte mein Strickzeug und eine Tasse Tee nach draußen, setzte mich im Schneidersitz auf die Holzbank und strickte. Immer wieder musste ich die schwere Decke umlagern, um nicht das ganze Gewicht halten zu müssen. Bei den Gelegenheiten strich ich über das wachsende Strickstück und bewunderte mein Werk. Die Vorfreude, mich darunter einkuscheln zu können, trieb mich an. Die nächste Reihe und noch eine, immer weiter kämpfte ich mich vorwärts und ignorierte die Tatsache, dass das sicher Muskelkater in den Armen geben würde.

Ach Oma, dachte ich und seufzte. Wie schön wäre es, dich jetzt bei mir zu haben. Hättest du gedacht, dass ich einmal tatsächlich hier lande – in deinem Haus?

Der Wind strich durch die Zweige des Apfelbaumes und über mein Gesicht, und mir war, als wäre es Oma, die mir einen Gruß schickte. Ich schluckte die Tränen energisch weg, die mir in die Augen steigen wollten. Oma würde nicht wollen, dass ich rührselig rumheulte. Lieber noch eine Reihe stricken, das würde ihr gefallen.

Die letzten Maschen der Reihe schaffte ich gerade noch so, mit zusammengebissenen Zähnen. Genug war genug. Ich beschloss wieder hineinzugehen und pfiff meine Vierbeiner zu mir. Die beiden kamen hechelnd angesaust. »Auf geht's, ihr beiden, ab in die Küche mit euch«, sagte ich, und sie folgten mir ohne Widerspruch. Kaum waren wir drin, rollten sie sich unterm Tisch zusammen und schliefen fast in derselben Sekunde ein. Müde getobt vom Feinsten. Sie hatten noch nicht einmal Zeit, sich über das längst fällige Abendessen zu beschweren, so kaputt waren sie. Das war für Ottfried sicher ein vollkommen neues Lebensgefühl.

Zufrieden glitt ich kurz darauf in das duftende Badewasser und träumte mich ein bisschen in die Zukunft. Ich sah den fertigen Salon vor mir und die Kundschaft Schlange stehen.

Die Badewanne war der perfekte Platz für solche Tagträume. Ich hatte immer das Gefühl, dort besonders intensiv in meine Vorstellungen einsinken zu können. Leider tauchte ich dieses Mal so tief ein, dass ich die Muskelspannung verlor. Meine Beine gaben nach, und ich rutschte unter Wasser. Hustend und spuckend kam ich wieder an die Oberfläche.

Nach dem Bad richtete ich alles für das Abendessen. Chrissi und ich hatten beschlossen, eine Einweihungsparty zu feiern. Ladys Night. Es gab Hühnchen mit Backofenkartoffeln und Salat und natürlich reichlich Prosecco. Das Hühnchen bestrich ich mit einer Marinade aus Öl, Senf, Salz, Pfeffer und Paprika und schob es zusammen mit den fein gewürzten Kartoffeln in den Backofen. Dann machte ich es mir mit der Wolldecke bequem. Meine Arme hatten sich auch dank der ausgiebigen Entspannung in der Badewanne etwas erholt, ich war bereit für die nächsten Reihen. Ich würde die Decke Hope nennen, denn in diesen Maschen steckte die Hoffnung des Neuanfangs. Zufrieden betrachtete ich den Wechsel aus rechten und linken Maschen. Ich hatte mich für eine Art Schachbrettmuster und innerhalb der Felder noch Flecht- und Perlmuster entschieden. Blau und Cremeweiß – genau meine Farben. Frieren würde ich unter diesem Monstrum jedenfalls auch im tiefsten Winter nicht.

Endlich hörte ich Chrissis Twingo vorfahren. Glücklich rannte ich ihr entgegen. »Chrissi, endlich! Bin ich froh, dass du da bist.« Ich riss die Fahrertür auf und hielt entsetzt inne. Chrissi war total verheult. »Was ist denn …?«

Weiter kam ich nicht, weil Chrissi bereits loslegte. »So ein Mistkerl! So ein verdammt mieser Schuft! Tierschänder! Bauerntrampel! Hundsgemeiner …«

»Stopp!«, rief ich dazwischen. »Bevor du jetzt dein gesamtes Repertoire an Schimpfwörtern auf mich abfeuerst, solltest du mir lieber erst mal erzählen, was überhaupt los ist. Hopp!

Aussteigen und mit reinkommen. Dann schenken wir uns ein Glas Sekt ein, und du erzählst.«

Chrissi folgte mir ohne Kommentar. Sie begrüßte Pünktchen und Ottfried. Paul checkte seinen Rivalen kurz ab, aber da Ottfried wirklich ein Lämmchen war, gab es keinerlei Probleme.

Ich schenkte ein, bepinselte schnell noch das Hühnchen mit Bratensaft und setzte mich zu Chrissi an den Küchentisch.

»Und jetzt der Reihe nach, bitte.«

»Stell dir vor, nicht weit von hier habe ich einen Esel auf der Weide stehen sehen.« Chrissi machte eine Pause. Sie barg das Gesicht in ihren Händen und schluchzte.

Okay. Man sah hier zwar überwiegend Kühe, aber so ungewöhnlich war ein Esel nun auch nicht. Und einen Grund zum Heulen konnte ich ebenfalls noch nicht erkennen. Ich zog die Augenbrauen hoch und wartete.

»Das arme Tier ist total verwahrlost. Der ist in einem wirklich erbärmlichen Zustand. Klapperdürr, Striemen und offene Wunden. Die Mähne verfilzt und die Augen trüb.«

»Oje, das tut mir leid«, sagte ich, weil ich nicht wusste, was ich sonst hätte sagen sollen.

»Glaub mir, dem Kerl wird es noch leidtun, der daran Schuld hat«, brauste Chrissi auf. Sie erzählte mir, dass sie natürlich sofort losgestürmt sei, zu dem alten Bauernhaus, das in der Nähe der Eselweide stand. Sie habe geklopft und getobt, mit dem Ergebnis, dass ein alter krummbeiniger Mann ihr mit einem Holzknüppel hinterhergerannt sei und sie vom Hof gejagt habe. Sie solle sich um ihre eigenen Angelegenheiten kümmern, habe er ihr hinterhergebrüllt. Und der Esel komme sowieso zum Schlachter. Zumindest nahm Chrissi an, dass er das gesagt habe. Gehört hatte sie: »Mach, dass de Land gwinsch, und kümmer dich um dien oagene Pfludder! Luftschnappergsoggs, verreckts! Des Vieh wird eh gmetzget!«

»Wir können das arme Tier doch nicht seinem Schicksal überlassen!« Chrissis Augen tropften und tropften. »Wenn er jetzt stirbt, sind wir schuld, weil wir nicht geholfen haben! Wenn der Kerl ihn wirklich zum Schlachter bringt ... Stell dir das doch mal vor!«

Lieber nicht. Während ich Masche für Masche strickte und von der linken auf die rechte Nadel bugsierte, überlegte ich fieberhaft, was wir tun könnten.

Gedankenverloren füllte ich unsere Gläser wieder, die schon zum wiederholten Mal leer waren. »Hör zu, Chrissi. Heute ist es schon zu spät. Aber morgen gehen wir als Erstes zur Polizei und erstatten Anzeige wegen Tierquälerei. Wenn der Esel Wunden hat und die nicht versorgt werden, dann wird sich die Polizei ganz sicher darum kümmern.«

Chrissis Gesicht verzerrte sich vor Widerwillen. »Bullen? Sag mal, spinnst du? Erstens will ich mit der Polizei nichts zu tun haben, und zweitens machen die sowieso immer nur was, wenn es schon zu spät ist. Und wenn es nur um einen Esel geht, dann reißen die sich kein Bein aus.«

Ich versuchte Chrissi zu beruhigen. Ich glaubte an unseren Staat und die Polizei als Freund und Helfer. Das hatte meine Mutter mir von klein auf eingetrichtert, und so etwas ließ sich nicht so einfach abschütteln. Bislang hatte es dafür auch nie einen Grund gegeben. Genau genommen hatte ich mit der Polizei noch nie etwas zu tun gehabt.

»Süße, du bist manchmal wirklich ein Schaf, und wenn du glaubst, die Polizei würde einen alten Esel retten, dann bist du sogar ein ganz besonders naives Schaf. Was glaubst du, wieso es so viele Tierschutzorganisationen braucht? Doch genau, weil die Staatsmacht in diesem Punkt eben versagt. Und zwar komplett! Die können ja noch nicht mal die Kinder vor Übergriffen schützen, woher sollen sie dann die Mittel für den Tierschutz nehmen?«

Während wir diskutierten, servierte ich das Essen und die nächste Flasche Sekt. Nach ein paar Bissen schob Chrissi den Teller von sich. »Ich krieg nichts runter, wenn ich weiß, dass der arme Esel gleichzeitig dem Schlachter übergeben werden könnte. Das ist so ungerecht! Und dieser alte Sack, dem müsste man es mal so richtig zeigen.«

Sie goss sich nach, vor lauter Rage schluckte sie den Prosecco wie Wasser, und weil mich das alles so aufregte, tat ich es ihr gleich.

Dann fiel Chrissi ein, dass sie mir ja ein Geschenk mitgebracht hatte. Sie zog ein Päckchen aus ihrer Tasche. »Für deinen männerfreien Start ins neue Leben, meine Süße!« Ihr Gesicht bekam einen sehr spitzbübischen Ausdruck. »Und für einsame Stunden«, fügte sie hinzu.

Was für eine wunderbare Freundin sie doch war. Neugierig riss ich das Papier auf und spürte Hitze in mir aufsteigen. Ich starrte das Geschenk ungläubig an. War es das, was ich dachte?

»Jetzt tu nicht so jungfernhaft«, meinte Chrissi und kicherte. »Du wirst die Liebchen noch schätzen lernen.«

»Die Liebchen?« Mehr brachte ich nicht raus.

»So nenne ich meine immer. Ich finde, das passt.« Inzwischen waren wir bereits reichlich angeschickert.

»Du musst sie dir anschauen«, fügte Chrissi hinzu.

»Die Liebchen?« Ich drehte die Liebeskugeln in der Hand. »Aber das mache ich doch.«

»Quatsch. Die musste nur im richtigen Moment genießen. Die Wunden von dem armen Esel meine ich, *die* musst du dir anschauen. Die Situation auf der Weide.«

Sie ließ nicht locker, und ich, immer noch unter dem Schock des Geschenks, gab nach.

»Also gut«, sagte ich. »Dann lass uns hinfahren. Ich schau ihn mir an, und vielleicht kann man mit dem Halter doch in Ruhe sprechen. Einen Versuch ist es wert.«

Ich überlegte einen Moment, dann stopfte ich die Kugeln in die oberste Kommodenschublade neben Omas Handtücher. Hauptsache, sie lagen nicht offen rum. Nicht auszudenken, wenn die jemand sehen würde. Allein der Gedanke an diese Peinlichkeit ließ das Blut in meinen Ohren rauschen.

Chrissi grinste, sie hatte ihr Ziel erreicht. »Aber wir müssen das Fahrrad nehmen«, erklärte sie. »Ich kann nicht mehr Auto fahren.«

Gesagt, getan. Wir saßen zu zweit auf Omas Rad. Chrissi strampelte, wackelte herum und kicherte. Wenn ich uns nicht immer wieder mit den Füßen abgefangen hätte, wären wir ein paarmal im Graben gelandet. Unsere Hunde liefen nebenher. Wir fuhren über landwirtschaftliche Wege einmal über den Berg und auf der anderen Seite wieder ein Stück abwärts. Zwischendurch machte Chrissi schlapp, und ich musste das Treten übernehmen. Vom vielen Lachen taten uns beiden schon die Bauchmuskeln weh. Es ging bereits auf Mitternacht zu, der Sternenhimmel funkelte, und der Mond warf fahles Licht auf uns.

Dann wurde Chrissi auf einmal ernst. »Psst! Schau, da steht er. Ist das nicht ein Schatz?«

Sie hatte recht. Da stand ein kleiner zerzauster Esel mit hängendem Kopf und hängenden Ohren auf einer Weide, die eigentlich nur aus Matsch bestand. Mir schossen die Tränen in die Augen.

»Wir müssen ihm helfen«, erklärte Chrissi. Von der Sektlaune war nichts mehr zu spüren. Sie wirkte zu allem entschlossen.

»Ja«, stimmte ich ihr zaghaft zu. »Nur wie?«

Pünktchen und Paul waren über den Zaun hinweg direkt zu dem Grautier gelaufen und schnupperten. Ottfried schmiegte sich von hinten an meine Beine und zitterte. Offensichtlich hatten Moschusduft und Leberwurstbrote seinen Mut dahingerafft.

Ratlos standen wir am Gatter und suchten nach einer Lösung.

Mia Sonne @MiasWelt
Lösung gesucht! Wie hilft man einem wehrlosen Esel, der schlecht behandelt wird? Ideen?

Jonnysonni @MiasWelt
Vergiss den Esel. Ich könnte dir den Hengst machen!

SummseBiene @MiasWelt
Hat er einen Halter? Dann könntest du ihn mit deinen weiblichen Argumenten überzeugen.

PaulaPaula @MiasWelt
Ist es eine Eselin? Dann musst du alles daransetzen, dem Tier zu helfen!

Nicht weit von uns entfernt knackte es. Chrissi und ich gingen in Deckung.

War das der Besitzer? Würde er uns gleich wieder davonjagen, so wie vorher schon Chrissi?

Acht

»Sakrament, elender Grasdackel, verreckter«, brummelte Franz immer noch stinkwütend vor sich hin. Inzwischen war es Abend geworden und wie im Schwarzwald üblich schon wieder empfindlich frisch. Nicht umsonst nannte man die Gegend Badisch Sibirien. Kaum war der Hauch Frühlingssonne verschwunden, kroch die Kälte mit spitzen Krallen unter die Klamotten und ließ scine Kronjuwelen schrumpfen.

Franz trat von einem Fuß auf den anderen und träumte von Kolumbien, während das Leben hinter ihm vorbeihastete. Frauen mit krakeelendem Nachwuchs im Schlepptau. Alte Tanten, die von ihren Einkaufstüten Richtung Erdmittelpunkt gezogen wurden. Schlipsträger mit wichtigtuerischer Aktentasche und Handy am Ohr, die dem Feierabend und der warmen Bude entgegenhetzten. Heim zu Weib und nervendem Balg. Spießbürger!

Franz drehte den Kopf zur Seite und spuckte aus, einer alten Frau direkt vor die Füße. Die brauchte einen Moment, bis sie sich von dem Schreck erholt hatte. Aber dann gab sie ihm Saures. »Flegel!«, zeterte es aus einem von Falten zerfurchten Gesicht, und ehe Franz auch nur Deckung denken konnte, hatte die Alte ihm schon eins mit ihrem Schirm übergebraten. Verdammt!

Unauffällig, beobachten geht unauffällig!, pflaumte er sich innerlich selbst an.

»Schon gut, sorry, ey«, rang er sich ab und drehte seiner Angreiferin den Rücken zu. Alte Weiber waren zwar nicht die Wunschzeugen der Bullen, aber lieber nichts riskieren. Bei seinem Glück hatte ausgerechnet dieses Waschweib Adleraugen und ein fotografisches Gedächtnis.

Die Alte zeterte immer noch, aber sie ging weiter.

»Geh sterben, alte Hexe«, murmelte Franz, als die Alte es nicht mehr hören konnte.

Dann kehrte wieder Ruhe ein. Weib und Schirm waren um die nächste Ecke gebogen. Nicht ohne noch mal drohend mit dem Mordwerkzeug in der Luft herumzufuchteln.

Die Auslage des Spielzeuggeschäfts kannte Franz inzwischen auswendig. Seit drei Stunden lauerte er bereits auf dem Beobachtungsposten und passte auf, was beim Juwelier auf der anderen Straßenseite abging. Immer durch die Spiegelung im Schaufenster des Spielzeugladens natürlich. Schließlich war er ein Profi.

Vier Kunden hatten den Laden betreten. Vor – Franz schaute auf die Uhr – genau zweiundzwanzig Minuten war die Putzfrau reingegangen und wuselte jetzt mit Schrubber und Handbesen im Laden umher. Kameras gab es auch. Eine im oberen Eck des Eingangs und eine über dem Verkaufstresen, das hatte er erspähen können, als die Putzfrau die Ladentür weit aufgerissen und den Eingangsbereich abgebeselt hatte. Auf jeden Fall würde er sich einen Bart ankleben und die Perücke mit den schwarzen Fransen aufziehen.

Sicherheitsleute konnte Franz bislang keine ausmachen. Wie es schien, war der Besitzer allein im Laden. Es war auch keine Verkäuferin da. Alles in allem sah es nicht nach der Riesenbeute aus, aber Kleinvieh machte schließlich auch Mist. Großen Mist, wenn er an den Berg Geldbündel dachte, die im Koffer unter seinem ehemaligen Kinderbett bei Mutti lagen. Gebrauchte Scheine, groß und klein, bunt gemischt. Auf Leo, den Hehler, war Verlass.

Ein Knurren störte Franz beim Denken. Sein Magen meldete sich. Klar, der hatte seit Stunden nichts mehr gekriegt.

Hatte ja kein Mensch ahnen können, dass Franz heute doch noch die Observierung würde übernehmen müssen. Wenn wenigstens Timo hier wäre, dann hätte der ihm 'nen Burger oder Döner oder sonst was zwischen die Zähne besorgen können. Aber nein, den hatte er davongescheucht. Was auch besser war, sonst wäre Franz wohl zum Mörder geworden. Der Gedanke an Timo brachte sein Blut direkt wieder zum Kochen. Hatte die Welt je einen hirnloseren Idioten gesehen? Das durfte doch alles nicht wahr sein. Juwelier! Ju-we-lier! Was verdammt noch mal konnte man daran nicht kapieren? Eben.

Und was machte der Windelpisser? Legte sich vor einem Modeschmuckladen auf die Lauer. Verreckt noch mal. Wenn man Timo vor 'ne Litfaßsäule stellte, würde er drum rum laufen und schreien: »Hilfe, man hat mich eingesperrt!« Der Kerl war so dumm wie die Nacht finster. Verdammte Hacke!

Wegen dieses Deppen mussten sie den Bruch um einen Tag verschieben. Was, wenn Franz es nicht gemerkt und sich auf Timos Beobachtungen verlassen hätte? Ade, Kolumbien! Im Knast wären sie gelandet. Aus. Vorbei. Schwedische Gardinen. Und nur weil er sich mit einem Vollidioten eingelassen hatte. Endlich ließ der Juwelier die Gittertür runterrasseln. Feierabend. Morgen würden sie dem Anzugheini einen netten Besuch abstatten. Franz rieb sich die Hände. Der würde Bauklötze staunen. Aber nur wenn Franz bis dahin wieder aufgetaut war. Im Moment hatten sich sogar seine Hirnwindungen zu Eisklumpen zusammengezogen, von anderen Körperteilen ganz zu schweigen. Da mussten fachkundige Hände ran. Ihm war nach was Deftigem. Edith. Sie würde ihm ordentlich einheizen. Schon der Gedanke an ihr fülliges Hinterteil ließ die ersten Eiskristalle tauen. Und dass sie auch noch fast so gut kochen konnte wie Mutti, machte die Sache perfekt.

Am nächsten Tag saß Franz wieder einmal in seinem Lieblingslokal. Er rührte in seinem Kaffee und zwinkerte zwei Mädchen zu, die am Fenster vorbeiliefen. Die beiden kicherten. Die Kessere wackelte ordentlich mit ihren Hüften, bevor beide lachend losrannten. Küken. Kein Vergleich zu einer erfahrenen Frau, die wusste, was ein Mann wie Franz brauchte. Er grunzte wohlig, als er an die letzte Nacht dachte. Dann schnappte er sich sein Prepaidhandy und tippte auf die Kurzwahl.

»H...h...hallo?«, meldete sich Timo nach dem zweiten Läuten.

»Oller, es ist so weit. Komm in die Hufe. In einer halben Stunde. Du weißt, wo ich bin.«

»Ja, Frederick, ist in Ordnung. Bin gleich da. Äh, w...w... wo g...g...genau bist d...d...du noch mal?«

»Sag mal, bist du jetzt völlig meschugge? Seit wann nennst du mich Frederick, Oller? Willst du mich etwa mit dem dicken Schwein ausm Sandmännchen vergleichen? Und du bist der Piggeldy? Ich heiße immer noch Franz. Franz! Geht das in dein Spatzenhirn rein? Und ich bin in meinem Stammcafé, wie immer. Idiot!«

»Äh, j...j...ja, a...a...aber ich d...d...dachte, ich darf dich nicht bei deinem Namen nennen«, stotterte Timo, und Franz konnte förmlich die Rädchen im Minihirn seines Komplizen rattern hören.

Verdammt. Timo hatte recht. Dass er das noch erleben musste. Er, der Kopf, vorgeführt vom Oberdeppen. Franz biss sich auf die Lippen. Hoffentlich färbte die Idiotie nicht ab. Um seinen Fauxpas zu überspielen, donnerte er extragrob: »Stotter keine Opern, schwing deinen Windelhintern hierher! Aber dalli.«

Keine Stunde nach Franz' Anruf standen die beiden Obergauner nebeneinander vor dem überrumpelten Juwelier. Dem war die Farbe aus dem Gesicht gefallen, als er nach einem höflichen »Guten Tag, die Herren, womit kann ich dienen?« direkt in den Lauf von Timos Wumme geschaut hatte. Weiß wie ein »Kleiner Feigling« nach dem Klopfen.

»Kein Mucks, sonst kannst du deine Kugeln von der Wand kratzen und dich bei den Wiener Sängerknaben bewerben. Capito?«

»Woher wissen Sie …?« Der Juwelier biss sich auf die Lippen. Anscheinend waren ihm die Worte rausgerutscht.

Franz merkte auf. Was meinte der Lackaffe? Woher wussten sie *was*? Schnell kombinierte er. Das konnte eigentlich nur bedeuten, dass es mehr zu holen gab, als es auf den ersten Blick schien. Hatte der Juwelier etwa eine Lieferung bekommen? Ausgerechnet *heute*?

»Kumpel, wir wissen es einfach – woher, werden wir dir gerade auf die Nase binden. Und jetzt hopp, ab nach hinten und schön die Finger still halten! Sonst hörst du gleich die Englein singen.«

»A…a…aber F…f…franz, wieso n…n…nach hinten?« Timo zeigte mit der Pistole auf die Auslagen. »Hier l…l…liegen doch die Sachen.«

»Halt's Maul, Oller. Bist du bescheuert? Misch dich nicht in Sachen ein, die du eh nicht kapierst.« Der Zorn schäumte in Franz hoch und brachte seinen Schädel fast zum Platzen. Timo, dieser Idiot, hatte ihn beim Namen genannt, vor einem Zeugen! Dem würde er die Haut vom nackten Hintern ziehen, wenn sie nachher beim Treffpunkt waren. »Los jetzt, beweg dich!«, zischte er den Ladenbesitzer an. »Und du passt hier auf! Klar?«

Timo stand die Verwirrung ins Gesicht geschrieben, aber er nickte und hielt seine Waffe auf den Verkaufstresen gerichtet. Franz hatte keine Zeit nachzufragen, ob Timo meinte, der Tresen könnte vielleicht flüchten. Es gab Wichtigeres. Seine Fingerspitzen kribbelten vor Aufregung. Sollte Timos Dummheit ihnen tatsächlich unverhofft zu einem großen Coup verholfen haben?

Vor dem Safe bedeutete er dem Juwelier, dass er öffnen sollte.

»Ich kann nicht«, versuchte der Lackaffe sich rauszuwinden. »Da ist ein Zeitschloss dran. Das lässt sich nicht so einfach –«

»Du glaubst wohl, du hast es mit 'nem Obertrottel zu tun, was? Und jetzt halt's Maul und mach das Ding auf. Aber dalli!« Um seiner Forderung Nachdruck zu verleihen, schob Franz ihm den Lauf der Spielzeugpistole in die Seite. Überredungskunst vom Feinsten. Und wie immer verfehlte sie auch heute die Wirkung nicht. Mit fahrigen Bewegungen drehte der Mann an den Rädchen. Rechts, links, rechts und klack. Sesam, öffne dich, die Tresortür schwang auf.

Der Juwelier zog ein Kästchen raus und versuchte Franz mit seinem Körper den Blick auf das Safe-Innere zu verwehren. Der holte aus und knallte dem Mann die linke Faust so auf die Nase, dass ein hässliches Knirschen erklang. Der Kerl riss die Augen auf, verdrehte sie gleich darauf und ging elegant wie eine Lady zu Boden. Na also.

Schon sah Franz, was sein Herz so sehr begehrte. Es funkelte und glitzerte, da konnte man blind von werden. Oder reich, dachte Franz und lachte auf. Verdammte Hacke, so viele Brillis hatte er noch nie auf einem Haufen gesehen. Das war 'ne Million. Mindestens! Von wegen Kleinvieh und so. Genau jetzt in diesem Moment schrieb er, Franz, Ganovengeschichte. Das war ein Jahrhundertbruch! Davon würden noch seine Urenkel reden.

Die Aufregung blubberte in ihm hoch. Er kicherte und ließ die Steinchen durch die Finger gleiten. »Volltreffer, Oller!«, rief er nach vorn. Vielleicht würde er dem Kleinen sogar verzeihen, dass er seinen Namen ausgeplaudert hatte. Aber nur vielleicht.

Nicht mal zwei Minuten später stürmten die Gauner aus dem Laden.

»In zwei Tagen. Um Mitternacht beim Treffpunkt. Alles klar, Oller?« Franz hatte ein mulmiges Gefühl. Sollte er Timo wirklich so einen Haufen Asche anvertrauen? Nicht dass er damit abhauen könnte, dazu war er viel zu treu, aber was, wenn ihm eine Trottelei einfiel?

Während Franz einen Moment zögerte, nickte Timo eifrig.

»A...a...alles klar. Siehste, w...w...war doch g...g...gut, dass wir den Bruch v...v...verschoben haben.« Timo freute sich wie ein kleiner Bub unterm Weihnachtsbaum.

Franz klopfte ihm so fest auf den Rücken, dass der Kleine beinahe das Gleichgewicht verlor und mit der Nase das Pflaster küsste. »Blindes Huhn findet auch mal ein Korn, nich wahr, Oller?«, brummte er. »Aber bild dir bloß nix drauf ein.« Er drohte ihm mit der flachen Hand. »Und bau keinen Mist!«

»N...n...nein, i...i...ich doch n...n...nicht«, stotterte Timo und duckte sich wie ein Straßenköter. Unterwürfigkeit zeigen.

So war es fein. Den Timo hatte Franz im Griff. Er wollte ihm noch mal ins Gewissen reden, da tönte nicht allzu weit entfernt eine Sirene. »Mist!« Franz rannte los, drehte sich noch mal um. »Pass auf, Oller. Dieses Mal ist es eine verdammt große Verantwortung. Vermassel das Ding nicht!«

Neun

»Halt mal, ich muss unbedingt pinkeln, sonst passiert ein Unglück!«

Bevor ich reagieren konnte, hatte Chrissi mir die Schnur in die Hand gedrückt und war hinter einem Gebüsch verschwunden. Ich hörte, wie sie den Reißverschluss aufzog, kurz darauf plätscherte es, und ein erleichtertes Seufzen schlüpfte durch die Dunkelheit. Während sich das alles vor meinen Ohren abspielte, stand ich da, mitten in der Nacht, in der rechten Hand das Fahrrad, in der linken Hand die Schnur mit dem Esel dran. Um genau zu sein: dem geklauten Esel.

Pünktchen, Paul und auch Ottfried, der sich von seiner Angst erholt hatte, sprangen über die Wiesen und amüsierten sich. Ich sah ihre Silhouetten wie Scherenschnitte im fahlen Licht des Vollmondes. Gespenstisch.

Wie hatte es nur so weit kommen können? Alles, was ich wollte, war ein neues Leben im Schwarzwald. Ruhig, ohne Männer und ohne Ärger. Ich wollte wieder Weicheisurfen und nicht mit unberechenbaren Monsterwellen kämpfen. Doch die Rechnung hatte ich offensichtlich ohne Chrissi gemacht. Dabei klang der Satz für sich allein genommen gar nicht mal so gefährlich:

»Wir nehmen ihn mit!« Genau das hatte sie nämlich verkündet, nachdem wir uns von dem Schreck erholt hatten, den das Knacken ausgelöst hatte. Zum Glück war es nur ein Tier gewesen und nicht der Besitzer. Von dem hatte man weit und breit nichts gesehen. Ich hatte geglaubt, der Wind hätte mir einen Streich gespielt. Oder der Alkohol – wovon sich immer noch reichlich in meinen Hirnzellen tummelte. Und in Chrissis offensichtlich auch.

»Ihn mit? Wie meinst du das? Willst du ihn etwa klauen? Bist du vielleicht räuchergeschädigt?« Konnte man ja nicht wissen, was für Nebenwirkungen solche Räucheraktionen vielleicht mit sich brachten. »Chrissi! Das ist Diebstahl! Dafür kann man in den Knast gehen.«

Sie hatte den Verstand verloren. Ich sah mich schon in Handschellen vor dem Richter. Meine schluchzende Mutter im Zuschauerraum, die laut lamentierte, dass es so weit hatte kommen müssen. »Das Kind war schon immer schwierig«, würde sie sagen. Oder: »Vielleicht wurde sie als Baby vertauscht? Ich kann mir das sonst nicht erklären!« Und mein Bruder würde den Mia-Retter spielen und sich dabei fühlen wie Superman. Er würde ein feuriges Plädoyer für mich, seine vom Weg abgekommene Schwester, halten und dann den Richter bitten, mich nicht zu schonen. Sie muss endlich lernen, Recht und Unrecht zu unterscheiden, würde er sagen, und meine Mutter würde schluchzen, sich die Augen tupfen und nicken.

Wie bitte? An dieser Stelle meiner Fantasie stieg ich aus. Das Herz klopfte mir bis in die Haarspitzen, und während ich noch fassungslos den Kopf schüttelte, schaffte Chrissi bereits Tatsachen.

Mia Sonne @MiasWelt
Ich werde meine Freiheit vermissen. Und eure idiotischen Kommentare.

Oder durfte man im Knast twittern? Vermutlich nicht.

»Komm, kleines Eselchen, komm zur Tante Chrissi.« Ohne zu zögern, stieg sie über den schwankenden Holzzaun und ging Zentimeter für Zentimeter auf das verängstigte Tier zu.

Und jetzt?

Jonnysonni @MiasWelt
Sweetie, Sehnsucht? Komm und lass dir mal zeigen, was Freiheit ist. Wild und ungezügelt. Mein Jonny freut sich schon.

SummseBiene @MiasWelt
Sag nur, du hast wieder einen Kerl! Wusst ich es doch. Vergiss die Freiheit!

PaulaPaula @MiasWelt
Du wirst doch nicht so dumm sein und wieder einen Typen an dich ranlassen? Kämpfe um deine Freiheit!

Wenn die wüssten, dass sie mit einer Diebin zwitscherten. Da würde sogar Jonny seinen Jonny einziehen.

»Ich hab ihn.« Chrissi hatte an den maroden Zaunlatten gezerrt, die mit lautem Knirschen nachgegeben hatten. Der Weg war frei. »Weg hier, bevor der Alte was merkt!« Und schon marschierte sie davon. Den Esel im Schlepptau.

Und ich Idiotin stolperte hinter ihr her.

Und deshalb stand ich jetzt hier, während Chrissi es immer noch plätschern ließ. Mein Handy meldete sich. Im Sekundenbruchteil schoss ein Schwall Adrenalin durch mich hindurch. Hatte der Besitzer des Esels den Diebstahl schon bemerkt? Sofort die Polizei gerufen? Und die hatte uns geortet? Dann wurde mir klar, dass es lediglich ein Anruf war. Kein Grund zur Panik! Ich klemmte mir den Strick unters Kinn und wühlte in meiner Tasche. Mist. Wieso hatte ich das Ding nur nicht lautlos gestellt? Wir waren so auffällig wie ein Schwarm Bikinimodels im Seniorenheim.

Endlich hatte ich das Teil gefunden und schaute aufs Display. Mama? Es war nach Mitternacht, was um aller Esel willen konnte sie um diese Zeit wollen? Hatte sie etwa einen

Sensor, der ihr anzeigte, dass das schwarze Schaf der Familie gerade noch schwärzer wurde? Ich holte tief Luft. »Hallo, Mama. Noch wach?«

»Mia, hör zu, mir geht es gar nicht gut. Du musst sofort etwas unternehmen. *Sofort*, hörst du?« Ihre Stimme schepperte hysterisch an mein Ohr. Sie stöhnte und ächzte.

»Mama, was ist los? Wo ist Papa? Bist du verletzt?«

»Dein Vater hat ein wichtiges Geschäftsessen. Ich bin allein. Oh, Mia-Kind, worauf wartest du? Mach doch endlich was!«

Mach doch endlich was? Ja, klar, natürlich. Nur was? Ich wusste ja noch nicht mal, was es überhaupt für ein Problem gab. Wieso ging es meiner Mutter nicht gut? War sie krank? Hatte sie einen Unfall? »Mama, jetzt sag mir doch endlich –« Ich hörte ein Poltern. »Mama? Himmel, Mama, was ist denn los?«

»Mia?« Die Stimme meines Vaters.

»Papa, was ist denn los?«

»Ich weiß nicht, bin ja gerade erst zur Tür reingekommen. Hör zu, Mia. Ich muss jetzt Schluss machen und mich um deine Mutter kümmern. Mach dir keine Sorgen.«

Klick. Die Verbindung war unterbrochen.

»Was ist los?« Chrissi war zwischenzeitlich hinter dem Gebüsch vorgekommen. Sie musterte mich neugierig.

Ich stöhnte fast so laut wie meine Mutter gerade eben und schüttelte den Kopf. »Keine Ahnung. Meiner Mutter geht es nicht gut. Mein Vater ist gerade erst nach Hause gekommen. Er kümmert sich um sie.«

»Wieder mal hysterisch?« Chrissi grinste. Es wäre nicht das erste Mal, dass sie ein Mia-Mama-Spezial mitbekam.

»Ich glaube, sie hat Schmerzen.« Ich war hin- und hergerissen. Hysterisch oder vielleicht doch etwas Ernstes? Gallenkolik? Sie war im kritischen Alter. Ich beschloss, eine halbe Stunde abzuwarten und dann anzurufen. Bis dahin würde sich die Sache sicher geklärt haben. Hinfahren hatte ohnehin keinen Zweck. Außerdem stand ich immer noch mitten in der Pampa mit einem ungelösten vierbeinigen Problem, wie mir schlagartig wieder bewusst wurde.

»Und was genau willst du jetzt mit dem Esel machen?« Ich drückte Chrissi die Schnur in die Hand und funkelte sie an. »Du kannst doch nicht allen Ernstes glauben, dass man so einfach ungeschoren einen Esel von der Weide klauen kann. Und überhaupt. Wo willst du mit dem Tier denn hin? Du wohnst mitten in der Stadt. Schon vergessen? Mensch, Chrissi, du ziehst mich hier voll mit rein. Wenn wir erwischt werden, kann ich meinen Neuanfang vergessen. Aber so was von!«

Ich redete mich in Fahrt und drehte dabei bereits um. War ja wohl klar, dass wir den Esel zurückbringen mussten.

»Mia, warte.« Chrissi hielt mich an der Jacke fest. Ich blieb stehen.

Verdammt! Ich wusste schon, dass ich verloren hatte, bevor sie auch nur den Mund aufgemacht hatte. Der Esel knabberte an meinem Kragen und prustete mir voller Vertrauen ins Ohr. Wie hätte ich den armen Kerl wieder in die Hölle zurückschicken können?

»Okay, überredet.« Ich seufzte.

Chrissi prustete fast so aus wie eben der Esel. »Ja, aber ich hab doch noch gar nichts gesagt«, sagte sie verdutzt.

»Eben. Aber das, was du nicht gesagt hast, das hat mich voll überzeugt.«

Mia Sonne @MiasWelt
Manchmal muss eine Frau tun, was eine Frau eben tun muss.

»Äh, ja.« Chrissi brauchte zwei Sekunden, um meiner Logik zu folgen. Dann war sie wieder in der Spur. »Also. Erst mal würde ich vorschlagen, wir hören auf, dauernd von ›dem Esel‹

zu reden. Das ist doch unwürdig. Ich finde, Rico wäre der perfekte Name für ihn.«

Sehr schön. Jetzt hatte unser Problem also auch einen Namen. Und dann ausgerechnet Rico. Wusste ich es doch. Chrissi hatte ein Pickeltrauma! Schlagartig hüpften meine Gedanken zu ihrem verpatzten Date damals. Aber ihrer Namenswahl auf den Grund zu gehen, hatte ich jetzt weder Zeit noch Nerven. Wichtiges zuerst! Ich zwang meine Konzentration wieder in die Gegenwart.

»Verrate mir bitte mal, was du mit Rico vorhast«, forderte ich Chrissi auf, während wir nebeneinanderher gingen.

»Das ist doch wohl klar!« Chrissi lachte. »In mein Auto werd ich ihn wohl kaum packen können. Der bleibt natürlich bei dir. Dann hast du wenigstens wieder einen Mann im Haus.«

Wie bitte? War Chrissi vom wilden Esel getreten? »Nein. Nein, nein. Nein! Chrissi, das kommt überhaupt nicht infrage. Ich kann unmöglich … ich meine, stell dir doch mal vor, also …«

Vor lauter Aufregung brachte ich keinen geraden Satz mehr raus. Schlimm genug, dass ich Mittäterin war. Aber jetzt auch noch Diebesgut bei mir unterstellen? Lebendes Diebesgut? So ein Esel brauchte Betreuung, er brauchte Heu, Stroh und Pflege. Was, wenn seine Wunden sich entzündeten? Wenn er krank wurde?

»Ich will nicht ins Gefängnis«, heulte ich. »Chrissi, bitte, streng dein Köpfchen an. Du musst eine andere Lösung finden.«

»Immer locker bleiben, Mia. Okay? Erst mal bin ich ja auch noch da. Du bist also mit Rico nicht allein. Vielleicht fällt uns morgen wirklich eine bessere Lösung ein. Heute Nacht will ich ihn einfach nur noch in den Stall bringen und schlafen. Einverstanden?«

Mein Handy klingelte wieder. Mama! »Mia, hallo?«, meldete ich mich sofort.

»Alles in Ordnung, Mia. Deine Mutter schläft, und das sollten wir auch tun. Gute Nacht, Schatz.«

»Halt!« So einfach kam er mir nicht davon. »Was war denn los?«

Ein Seufzen drang an mein Ohr. Sekundenlanges Schweigen. Dann: »Ach, Mia. Deine Mutter hatte nur ein Problem mit ihren Nerven. Sie hatte einen Albtraum und sich eingebildet, es wären Eindringlinge im Haus. In der Aufregung war sie dann überzeugt, einen Herzanfall zu haben, und weil sie sich nicht zu helfen wusste, hat sie bei dir angerufen. Am besten, wir vergessen das Ganze.«

Na wunderbar. Und wegen so einem Fliegenschiss an der Wand veranstaltete Mama einen Wirbelsturm der höchsten Kategorie? Das war doch wieder typisch! Und ich war natürlich wieder drauf reingefallen. Wie immer.

»Und?«, fragte Chrissi, nachdem ich das Gespräch beendet hatte. Ich konnte ihr breites Grinsen ahnen, auch wenn Wolken sich vor den Mond geschoben hatten und Dunkelheit uns umhüllte. »Heiße Luft, oder?«

»Kochend heiß«, bestätigte ich und stöhnte. »Ein hysterischer Anfall, sonst nichts.«

»Dann ist ja gut. Und jetzt ab mit Rico in die Sicherheit.« Wir hatten mein Haus erreicht, und Chrissi schob das Stalltor auf. Das Holz ächzte und knarzte, dann gab es nach. Im Stall war die Dunkelheit noch schwärzer als draußen. Ich drehte den Lichtschalter, aber nichts passierte. Da war wohl eine neue Glühbirne fällig. Unsicher machte ich zwei Schritte und knallte mit dem Knie gegen einen Futtertrog.

»Autsch!«, jammerte ich und blieb stehen. »Hast du zufällig eine Taschenlampe im Auto?«, wollte ich von Chrissi wissen.

»Nein. Ach, das kriegen wir schon hin. Warte mal, ich geh mit Rico vor.« Sie streifte an mir vorbei. »Huch!«, rief sie Sekunden später. »Was ist denn das?«

»Was ist *was*?«, fragte ich. Meine Augen hatten sich inzwischen an die Schwärze gewöhnt, und ich konnte schemenhaft Gegenstände erkennen. Direkt vor Chrissi lag etwas auf dem Boden. Im ersten Moment sah es aus wie ein Sack. Ich machte zwei Schritte, bückte mich und tastete danach.

Entsetzt keuchte ich, als mir klar wurde, was ich da gerade fühlte. Ich sprang auf und stolperte ins Freie. Mühsam versuchte ich Luft zu bekommen. Draußen ging ich in die Knie. Oh mein Gott! Oh mein Gott! OHMEINGOTT!

Paul und Ottfried winselten. Pünktchen schlabberte mir übers Gesicht. Ich hatte nicht die Kraft, sie abzuwehren.

Da schrie Chrissi auf. Aha, sie hatte auch getastet. »Mia! Miiiaaaaa!«

»Pst! Still! Willst du, dass uns jemand hört?«, flüsterte ich in ihre Richtung. Und dann zwang ich mich, wieder hineinzugehen.

Ich musste mich vergewissern. Musste sichergehen, dass ich mich nicht getäuscht hatte. Was, wenn ich mit meiner Vermutung richtiglag? Verdammt. Das war ein Fall für die Polizei. Aber die konnten wir nicht rufen. Nicht mit einem geklauten Esel im Stall. Ich zwang meine Gedanken in positivere Gefilde. Vielleicht schlief da nur ein Penner seinen Rausch aus? Hatte ich in der Eile die Lage falsch eingeschätzt? Vermutlich war das ein Fall von zu viel Mia-Fantasie! Tausend Sachen fielen mir ein, die ich in diesem Moment lieber gemacht hätte, als in den Stall zu gehen und nachzusehen. Sogar eine Wurzelbehandlung wäre besser gewesen, als noch einmal mit der Hand in die Dunkelheit zu greifen. Aber es half nichts. Ich musste Klarheit haben.

Vorsichtig bückte ich mich und tastete zögernd. Schnell zog ich die Hand wieder zurück. Keine Fantasie! Schreckliche, tödliche Realität. Von wegen Rausch ausschlafen. Da rauschte nichts mehr. Null. Nada.

»Wer ist das?«, fragte Chrissi mit zitternder Stimme.

»Woher soll ich das wissen? Ich kann außer Umrissen ja nicht mal was sehen. Aber wer auch immer das ist, auf jeden Fall ist er mausetot.« Meine Stimme klang blechern – vielleicht hatte die Gänsehaut, die meinen gesamten Körper überzog, sich auch auf die Stimmbänder gelegt?

»Und jetzt?«

Das war allerdings eine sehr gute Frage. Rico holte Luft und fing an zu brüllen. Es klang, als würde er rückwärts hupen. Super. Wenn das die Antwort war, fehlte nur noch ein Übersetzer. Die Hunde hatten sich auch wieder in den Stall gewagt.

Pünktchen drückte ihr Fell gegen mein Bein, von der anderen Seite kam Ottfried.

Ich holte tief Luft und fasste einen Entschluss. »Pack mal mit an, Chrissi. Egal wer das ist, hier ist er im Weg.«

Wir ächzten und stöhnten, zogen, zerrten und rissen, bis der Körper vor der Scheune lag.

»Warte hier. Ich kümmere mich schnell um Rico und mache den Stall zu. Und dann überlegen wir, wie es weitergehen soll.« Chrissi schnappte einen Eimer und ging zum Brunnen rüber. Die Hunde schnupperten interessiert an dem Toten herum.

Kurz entschlossen sagte ich: »Pünktchen, Paul, Ottfried, kommt mit! Ich hab was Feines für euch!« Der Tote würde ja sicher nicht weglaufen, und die drei Rabauken hatten sich eine kleine Stärkung redlich verdient.

Nachdem ich die Küchentür hinter den Hunden zugezogen hatte, kramte ich in der Abstellkammer. Gleich darauf trat ich mit einem Windlicht in der einen und einer Flasche Schnaps in der anderen Hand wieder neben den leblosen Körper. Chrissi kam dazu. Im flackernden Kerzenlicht betrachteten wir das Gesicht des Fremden. Gruselig! Seine Augen starrten leer ins Nichts. Mir wurde schlecht, und ich nahm einen kräftigen Schluck von dem Schwarzwälder Kirsch und hielt dann Chrissi die Flasche hin. Die Wärme, die der Schnaps mit sich brachte, tat gut.

Dann studierte ich noch einmal die Gesichtszüge des Toten. Nicht ein Funke von Vertrautem. Ich kannte den Kerl nicht.

»Lass uns mal nachschauen, ob er Papiere bei sich hat. Oder ein Handy«, schlug ich vor.

Es kostete mich Überwindung, in den Taschen seines Jogginganzugs zu wühlen, aber die Hoffnung auf einen Hinweis war stärker als mein Ekel. Außer einem Fetzen Papier mit einer Adresse in Vollingen hatte er nichts bei sich.

Den Zettel steckte Chrissi in die Hosentasche. »Vielleicht bringt uns das weiter«, meinte sie.

»Viel ist es nicht, aber immerhin eine Spur«, stimmte ich ihr zu.

Ich starrte wieder den Leichnam an. Wieso, verdammt noch mal, hatte der ausgerechnet in meiner Scheune mit dem Tod ein Tänzchen wagen müssen? Ich hatte doch weiß Gott genug Probleme! Und natürlich war es wieder ein Mann, der mir Ärger machte.

Mein Handy meldete sich. Neue Nachricht von Nils und ein neuer Kommentar von Jonnysonni. Noch mehr Männer! Die hatten mir gerade noch gefehlt. Hatte ich beim letzten Tweet tatsächlich gedacht, ich sei verwegen? Uiuiui, die Mia, die traut sich was. Klaut einfach einen Esel. Von wegen, was eine Frau eben tun muss … Im Moment erschien mir das wie ein Frühlingsspaziergang bei Sonnenschein im Vergleich zu der Bergtour bei plötzlichem Wintereinbruch, die ich dem Toten zu verdanken hatte.

Ich löschte die Nachricht von Nils ungelesen, der konnte mir den Buckel runterrutschen! Jonnysonnis Tweet ignorierte ich ebenfalls und steckte das Handy wieder weg. Es musste ein Plan her. Während ich grübelte, nahm ich noch zwei oder drei ordentliche Schlucke von dem Kirschwasser.

»Wir können auf keinen Fall die Polizei rufen«, erklärte ich Chrissi, indem ich meine Gedanken von vorhin laut aussprach.

»Wenn die Rico bei uns finden, ist es aus. Dann kann ich mein neues Leben vergessen – zumindest so, wie ich es geplant habe. Dann fange ich hinter schwedischen Gardinen neu an.«

»Der Kerl sieht aus wie ein Penner«, überlegte Chrissi halblaut, ohne auf mein Gejammer einzugehen. »Meinst du, den vermisst jemand? Was, wenn wir ihn einfach irgendwo an den Straßenrand legen?«, fragte sie und riss mich aus meinen trüben Gedanken.

»Bist du verrückt? Wenn uns jemand dabei sieht! Nein, Chrissi, das trau ich mich nicht.«

»Wir müssten ihn irgendwie zwischenlagern, bis wir wissen ...«

Zwischenlagern? Mensch, das war die Idee! »Chrissi, du bist genial!«, jubelte ich und klatschte vor Begeisterung in die Hände.

»Äh, ja, ich weiß, aber was genau hab ich gesagt, was so genial ist?«

»Wir lagern ihn zwischen«, erklärte ich. »Und ich weiß auch schon, wo! Komm mal mit, ich zeig's dir.«

Vor Aufregung musste ich hicksen – vielleicht lag es aber auch am Schnaps. Ich fühlte mich, als wäre ich in Watte gepackt und würde die Welt nur gedämpft wahrnehmen. Genau richtig also, um meinen Plan auszuführen. Nüchtern hätte ich mich das sicher nie getraut.

»Das ist nicht dein Ernst!«, rief Chrissi drei Minuten später und kratzte sich am Kinn. »Oder doch?«

»Das Ding ist uralt, das muss sowieso entsorgt werden. Wenn ich an die Energiekosten denke ... Jetzt kann es mir noch einen letzten Dienst erweisen.«

»Kriegen wir ihn da überhaupt rein?« Skeptisch beugte Chrissi sich über Omas alte Gefriertruhe.

Woher sollte ich denn wissen, ob ein ausgewachsener Toter in eine Gefriertruhe passte? Ich zuckte mit den Schultern. »Das werden wir gleich merken.«

Allerdings war »gleich« ein ziemlich dehnbarer Begriff. Wer hätte gedacht, dass eine Leiche so schwer sein konnte? »Ich kann nicht mehr!« Drei Meter vor der Kellertür ließ ich die Füße des Typen auf den Boden knallen und wischte mir mit dem Unterarm über die nass geschwitzte Stirn. Mein Puls jagte im anaeroben Bereich. Mein Rücken jaulte, und die Muskeln in den Armen brannten wie Hölle.

»Echt klasse, dass du keine Nachbarn hast«, meinte Chrissi während der kurzen Pause. »Sonst hätten wir längst die Bullen am Hals.«

»Das wäre ein gefundenes Fressen für meine Mutter«, keuchte ich. »Mia, das schwärzeste aller schwarzen Schafe! Sie würde mich enterben. Verstoßen. Aus dem Familienbuch streichen lassen und behaupten, ich sei ein Kuckuckskind.«

»Neben einem Perlweißbruder sieht selbst grau schwarz aus«, gab Chrissi zu bedenken. »Und außerdem finde ich schwarze Schafe extrem süß! Viel interessanter als das gängige Einheitswollweiß.«

»Sag das mal dem Richter, wenn wir ihm zu erklären versuchen, wie wir an einen geklauten Esel und einen mausetoten Toten kommen.«

Ich konnte immer noch nicht glauben, was für Kurven mein Leben gerade nahm. Zum Glück war mein Tiersalon noch nicht eröffnet. Aber auch ohne den Laden war die Lage schwierig genug. Wie lange konnte man ein Grautier wohl unentdeckt halten? Von der Leiche im Keller ganz zu schweigen …

»Los jetzt, hol noch mal tief Luft, dann nehmen wir die letzten Meter in Angriff.«

Der Morgen dämmerte, als ich den Deckel der Gefriertruhe über unserem unbekannten Toten zuklappte. Mit angewinkelten Knien hatte er gerade so reingepasst.

Zehn

Verdammt noch mal, konnte denn niemand den Krach abstellen? Brummend zog ich mir das Kissen über den Kopf und drehte mich auf die andere Seite. »Always look on the bright siiide of life, dudum, dudumdudumdudumm! Always look on …« Die Melodie quetschte sich gewaltsam zwischen meine Hirnwindungen. Wütend grapschte ich nach meinem Telefon und nahm den Anruf an. Beinahe hätte ich dabei Pünktchen aus dem Bett geschmissen, die es sich mit Paul und Ottfried auf meinen Beinen gemütlich gemacht hatte. Wo war Chrissi?

»Ja«, knurrte ich unwillig. »Wasisdenn?«

»Mia-Kind, sag nur, du schläfst noch? Es ist bereits sieben Uhr! Na ja, kein Wunder, bei deinem verlotterten Lebenswandel. Ich bin ja nur froh, dass du bislang noch nicht mit dem Gesetz in Konflikt geraten bist. Das würde mir gerade noch fehlen. Als Mutter hat man doch wirklich genug Sorgen mit den Kindern.«

Ähhh … Ich warf das Handy auf die Matratze, drückte mein Gesicht ins Kissen, stöhnte und ließ meine Mutter reden. Mein Kopf dröhnte. Sieben Uhr! Ich hatte gerade mal eine Stunde geschlafen. Wenn ich es wagen würde, Mama mitten in der Nacht anzurufen – auweia. Aber ihr das zu sagen, sparte ich mir. Mit meiner Mutter zu diskutieren, hatte ich bereits vor Jahrzehnten aufgegeben. Da könnte ich auch der Waschmaschine was erzählen. Während ich immer noch versuchte, meine Lebensgeister zu wecken, drang Mamas Stimme ungebremst durch den Lautsprecher: »Das war ja wieder typisch,

Mia-Kind. Ich bin in Not, und du kommst nicht!«, lamentierte sie.

Wie bitte? Das durfte doch nicht wahr sein. Von wegen Not! Und wie, bitte schön, hätte ich denn mitten in der Nacht – noch dazu mit einem geklauten Esel im Schlepptau – innerhalb kurzer Zeit in der Stadt sein sollen? Der geklaute Esel setzte sich in meinen Gedanken fest, direkt daneben platzierte sich das Bild eines Fremden. Eines toten Fremden, der in einer Tiefkühltruhe lag. Meiner, um genau zu sein. Ach du meine Güte. Schlagartig war alles wieder da. Die ganze grausige Wahrheit.

Ich konnte nicht fassen, dass wir das wirklich getan hatten. Vor allem konnte ich überhaupt nicht mehr verstehen, wieso. Wie waren wir nur auf die vollkommen bescheuerte Idee gekommen, den toten Mann in die Tiefkühltruhe zu packen? Verdammt noch mal, vor lauter Schnaps im Kopf hatte ich nicht mehr von da nach dort gedacht, sonst wäre das alles nie passiert!

Chrissi und ich hatten lange beratschlagt, wie es weitergehen sollte. Sie wollte den Toten unbedingt irgendwo vergraben, ich war der Meinung, wir mussten rausfinden, wer er war. Vielleicht wurde er vermisst. Vielleicht weinte sich irgendwo irgendjemand die Augen nach ihm aus. Am einfachsten wäre es, doch die Polizei zu informieren, aber davon wollte Chrissi gar nichts wissen. Sie hatte zu viel Angst um Rico.

Wir hatten uns mit unseren Argumenten im Kreis gedreht. Irgendwann war ich vor lauter Müdigkeit vom Küchenstuhl gekippt und hatte mich ins Bett geschleppt. Okay, vielleicht war auch einer der fünf Schnäpse dran schuld, dass ich nicht mehr hatte sitzen können. So genau wollte ich das gar nicht wissen. Ich raufte mir die Haare. Ach du schöner ruhiger Schwarzwald!

»Aber weshalb ich anrufe.« Huch, immer noch Mama. Die hatte ich vor lauter Chaos im Kopf beinahe vergessen. »Ich wollte dich nur in Kenntnis setzen, dass dein Vater und ich für zwei Wochen nach Italien fahren. Diese ganze Aufregung … Nicht jede Mutter hat so einen begabten Sohn, der in die Riege der Topanwälte aufsteigt. Meine Nerven brauchen dringend Beruhigung.«

In Wahrheit musste mein Vater einmal im Jahr seine italienischen Lieferanten besuchen, die Qualität der Produkte vor Ort prüfen und die neuen Preise aushandeln. Das machte er schon, seit ich denken konnte. Aber Mutter liebte es eben, es so hinzustellen, als leisteten sie sich einen Luxusurlaub. Wenn es sie glücklich machte.

Ein frischer Wind bauschte die Vorhänge, eine Böe war so stark, dass irgendwo im Haus eine Tür ins Schloss krachte. Ich zuckte zusammen, doch meine Mutter bekam von dem Knall nichts mit. Sie redete unbeirrt weiter. Erzählte von Reisevorbereitungen, den schlechten Straßenzuständen, der Freude über den Erfolg meines Bruders …

Ganz lieb von dir, Mama, dass du dir Sorgen machst. Aber das brauchst du nicht. Ganz echt. Es geht mir gut. Ich bin gerade in meinem neuen Leben angekommen. Ja, Mama, genau. Ich freue mich auch schon auf meinen eigenen Salon. Es ist so schön, wie stolz du auf mich bist. Und mach dir keine Gedanken um den geklauten Esel. Auch die Leiche im Keller muss dich nicht beunruhigen. Bei mir ist wirklich alles prima.

»Also, Mia-Kind, mach mir keine Schande. Ich sage nur: Heribert-Eberhard Pollenflug! Ich melde mich, wenn wir aus der Toskana zurück sind.«

Puh. Genau das hatte mir jetzt gerade noch gefehlt. Obwohl es exakt so gewesen war wie immer, hatte Mamas gefühlloser Redeschwall mich unerwartet hart getroffen. Vielleicht lagen die Nerven besonders blank, wenn man einen tiefgekühlten Mann im Haus hatte? Am liebsten hätte ich losgeheult. Aber den Triumph gönnte ich ihr nicht.

Mia Sonne @MiasWelt
Gibt es eigentlich einen Klub für muttergeschädigte Töchter?

Jonnysonni @MiasWelt
Sweetie. Vergiss die Alte. Ich helfe dir dabei!

PaulaPaula @MiasWelt
Wir könnten einen gründen. Verein zur Verteidigung gegen Schäden durch Mütter und Männer. #VVSMM

Jonnysonni @MiasWelt
Lasst ein paar Buchstaben weg. Bei SM sind mein Jonny und ich auch dabei.

PaulaPaula @MiasWelt
Hey, Jonnysonni, und wenn frau genau hinsieht, bist du doch nur 'ne komplette Nullnummer. Lass deine fünf Zentimeter ruhig stecken.

SummseBiene @MiasWelt
PaulaPaula, wenn er sie richtig zu verwenden weiß …

Ich schüttelte den Kopf und drückte die Verrückten weg. Mein Kopf dröhnte, und meine Gedanken sprangen im Kreis. Verdammt. Wie gern wäre ich einfach noch mal eingeschlafen. Müde genug war ich, aber das konnte ich komplett vergessen. Außerdem hupte Rico schon wieder. Bestimmt hatte er Hunger. Wo sollte ich nur das Heu für ihn herbekommen? Wieder ein Problempunkt für meine Wie-mach-ich-das-nur-Liste, die inzwischen die Länge einer Klopapierrolle hatte.

In Schlabbershirt und Slip tappte ich, die Hunde dicht auf meinen Fersen, die Treppe runter in die Küche. Auf dem Weg schaute ich ins Gästezimmer. Keine Chrissi. Im Erdgeschoss war auch nichts von ihr zu sehen. Vielleicht war sie im Stall? Ich lehnte mich auf den Fenstersims und schaute zur Scheune hinüber. Es war nichts zu sehen, die Stalltür war geschlossen. Mein Blick wanderte zum Himmel. Die Wolken hatten sich zu einem dichten Teppich zusammengetan. Heftiger Wind schüttelte die noch kahlen Bäume. Da zog ein Frühlingsgewitter auf.

Schnell machte ich alle Schotten dicht und kümmerte mich dann um die Kaffeevorbereitungen. Ich stellte den Wasserkessel auf und bereitete den Filter vor. Oma hatte handgebrühten Kaffee geliebt. Eine Kaffeemaschine wäre ihr nie ins Haus gekommen, obwohl sie technischen Neuerungen gegenüber ansonsten durchaus aufgeschlossen gewesen war. Auf ihre Spülmaschine hätte sie nie freiwillig verzichtet. »Auch Frauen können mit ihrer Lebenszeit etwas Sinnvolleres anfangen, als Geschirr zu spülen und sich dabei Schrumpelhände zu holen, Mia«, hatte sie mir einmal erklärt. Ach, Oma. Bestimmt würde sie sich im Grab umdrehen, wenn sie mitbekäme, was ihre Katastrophenenkelin gerade alles anstellte.

Während ich mich mit dem Kaffee beschäftigte, hielt mich dieses ungute Gefühl, das ich seit Mutters Anruf nicht mehr loswurde, immer noch in den Krallen. Wieso hatte Mama ausgerechnet heute davon geredet, dass ich bislang nicht mit dem Gesetz in Konflikt geraten war? Hatten Mütter vielleicht doch so etwas wie einen siebten Sinn?

Erst als die Haustür knallte und Chrissi gut gelaunt in die Küche stürmte, fühlte auch ich mich etwas besser. Sie war meine perfekte Mutterfrustmedizin. Eine zärtliche Freundschaftswelle erfasste mich. Ich umarmte Chrissi stürmisch und gab ihr ein Küsschen. »Wo warst du? Ich bin so froh, dass du da bist.«

»Und ich erst!« Chrissi lachte. »Hast du gesehen, was sich

da oben für ein Süppchen zusammenbraut? Ich war mit der Sense auf der Wiese dort drüben und hab für Rico ein paar Arme voll Gras geschnitten. Ich hab's gerade noch geschafft.«

Wie um ihre Worte zu bestätigen, zerriss in dieser Sekunde ein Blitz den inzwischen blauschwarzen Himmel, dicht gefolgt von einem Donner. Pauls Kopf verschwand mit lautem Jaulen unter Pünktchens Bauch. Der arme Kerl zitterte am ganzen Leib. Ottfried kroch unter die Eckbank und jaulte. Es klang, als würde er singen.

Die Schleusen öffneten sich, und innerhalb kürzester Zeit prasselte der Regen so laut gegen die Fenster, dass man seine eigenen Gedanken nicht mehr verstehen konnte.

»Ich habe übrigens ... gesehen!«, schrie Chrissi mir ins Ohr.

»Was?«, brüllte ich zurück. Der Mittelteil ihres Satzes war im Donner untergegangen.

»Den perfekten Platz!«, rief sie. Ich zuckte mit den Schultern.

»Na, um ein Grab zu schaufeln!« Die Worte surrten durch die Küche und prallten von den Wänden ab, weil Chrissi sie in die plötzlich aufgetretene Stille hineingebrüllt hatte.

Mir blieb beinahe das Herz stehen vor Schreck. Ich konnte fühlen, wie mein Blut in die Beine sackte. Meine Knie wurden weich. »Spinnst du?«, schrie ich und schaute mich ängstlich um. »Wenn dich jemand hört!«

Chrissi machte eine wegwerfende Handbewegung. »Du altes Angstschaf! Wer, bitte schön, soll mich denn hören?«

Der nächste Blitz sauste Richtung Erde. Der Donner kam fast gleichzeitig und so laut, dass ich vor Schreck aufschrie.

»Wir hätten das nicht tun sollen, Chrissi!«, rief ich. »Lass es uns einfach rückgängig machen und die Polizei informieren.«

»Rückgängig machen?« Chrissi schaute mich fassungslos an. »Bist du wahnsinnig? Hör mal, wir haben diesen Typen doch nicht vom Stall in den Keller geschleppt, um jetzt doch die Bullen zu rufen. Kommt gar nicht infrage! Wenn die Rico in die Finger kriegen, muss er wieder zurück zu seinem Besitzer. Dann war alles umsonst. Nein. Das machen wir auf keinen Fall.«

Verdammt. Chrissi konnte so stur sein.

»Aber ich werde verrückt, wenn ich weiß, dass da ein Toter im Keller liegt. Wie konnten wir ihn nur in die Tiefkühltruhe stecken? Das war eine vollkommen idiotische Idee!«

Mir kamen die Tränen, ich schniefte. Ich sah mich in Handschellen aus dem Haus gehen, mit Polizeieskorte.

Chrissi legte den Arm um mich. »Jetzt beruhige dich. Wir werden uns was einfallen lassen. Hey, wir haben doch Fantasie. So schwer kann es nun auch wieder nicht sein, so ein bisschen Mann verschwinden zu lassen.«

Zwischen meine Schluchzer mischte sich ein Glucksen, ich musste lachen. Chrissi war wirklich unmöglich. Kein normaler Mensch käme auf die Idee, einen Toten in der Tiefkühltruhe »ein bisschen Mann« zu nennen. Immerhin hatte sie es geschafft, dass ich wieder etwas ruhiger wurde. Ja. Wir würden uns etwas einfallen lassen.

Wir standen nebeneinander am Fenster, tranken unseren Kaffee, sahen den Blitzen zu, die den Himmel zerrissen, und hingen unseren Gedanken nach. Chrissi sah sich vermutlich schon schwitzend Mr. Tiefkühls Grab ausheben. Ich landete immer wieder bei den Handschellen und der Polizeieskorte. Es war zum Verzweifeln.

Dann war das Gewitter vorbei. Ein sachter Landregen plätscherte noch, die Wolkendecke war aufgerissen, und der erste Sonnenstrahl wagte sich aus seinem Versteck. In großem Bogen spannte sich ein Regenbogen über den Himmel. Paul hatte es auch gemerkt und saß wieder neben Pünktchen, als wäre nie etwas gewesen. Typisch Mann. Nur keine Schwäche zeigen. Ottfried hatte das Singen eingestellt und schnarchte stattdessen entspannt.

Ich stellte Kaffee und Tassen auf den Tisch und kuschelte mich auf die Eckbank. Die Füße oben und das Shirt über die Knie gezogen.

Chrissi packte den Brotkorb zu den Tassen und ging zum Kühlschrank. »Trockener Kaffee ist mir nicht genug. Ich hab einen Bärenhunger! Und ich hab übrigens dein Schwarzwälder Schnuckelchen gesehen.«

Kurz darauf blinzelten mir Wurst und Käse appetitlich entgegen. Ich griff zu. Jetzt merkte ich erst, wie ausgehungert ich war.

»Schwarzwälder Schnuckelchen … Du meinst den Kerl mit der Ente?«, fragte ich zwischen zwei Bissen. Der, dem wir auf dem Weg in mein neues Leben begegnet waren? Sofort wurde die Erinnerung wieder wach. Und den hatte Chrissi wiedergesehen? Ich schaute sie fragend an.

Sie grinste und nickte. »Ich war mit dem Rad unterwegs, hab geschaut, ob ich irgendwo Heu finde. Der Typ stand schon wieder mit seiner Schrottlaube am Straßenrand. Anscheinend ist das sein Hobby.«

»Na, ich an seiner Stelle würde es mal mit einer Werkstatt probieren. Oder mit einem neuen Auto.«

»Aber so eine feuerrote Ente ist ja schon Kult«, gab Chrissi zu bedenken. Sie nahm einen Schluck Kaffee und zuckte heftig.

»Autsch!«

»Du Arme. Vielleicht solltest du doch mal zum Zahnarzt gehen?« Ich tätschelte ihren Arm. »Soll ich dich begleiten? Ich würde sogar Händchen halten.«

Aber Chrissi schüttelte energisch den Kopf. »Lass mal. Nicht nötig.« Sie trank wieder, dieses Mal etwas vorsichtiger. Es hatte keinen Wert, weiter auf sie einzureden. Vermutlich war es noch lange nicht schlimm genug. Ich erinnerte mich an die Nacht vor etwa einem Jahr, als Chrissi vor lauter Schmerzen fast verrückt geworden war. Um ein Uhr hatte sie mich aus dem Bett geklingelt und die ganze Nacht gelitten wie ein Tier, das in eine Bügelfalle getappt war. Der Arzt hatte ihr Valium verschreiben müssen, damit sie sich endlich behandeln lassen konnte, und selbst dann war es noch ein Drama gewesen.

»So!« Ich spülte einen Bissen Brot mit einem Schluck Kaffee runter und rieb mir die Hände. »Jetzt ist das Lotterleben vorbei. Wir müssen uns unseren Problemen stellen. Lass uns erst mal zu Rico gehen. Ich will mir seine Wunden bei Tageslicht anschauen.«

Rico schnaubte erfreut, als wir die Stalltür aufschoben. Unglaublich, wie schnell dieses Eselchen Vertrauen zu uns gefasst hatte, und das trotz der offensichtlichen Misshandlungen, die er hatte erleiden müssen. Ich konnte nicht verhindern, dass mir wieder Tränen in die Augen schossen, als ich über sein struppiges Fell strich.

Da stand es also, mein Problem auf vier Beinen. Ein graues Problem mit lustigen Puschelohren, um genau zu sein. Rico prustete mir in die Halsbeuge und ließ es zu, dass ich seine Flanke abtastete. Zum Glück war keine der Verletzungen so ernst, dass wir einen Tierarzt rufen mussten.

»Verdammt, Chrissi«, rief ich. »Schau dir das an!« Chrissi kam und pfiff durch ihre Zahnlücke. »Mist.«

»Wir sind verloren. Damit haben sie uns. Am besten zeigen wir uns direkt selbst an. Das gibt vielleicht mildernde Umstände«, schlug ich vor.

»Okaaay«, gab Chrissi lang gezogen zurück. Sie rieb sich die Augen und gähnte. »Und wie genau erklären wir Mr. Tiefkühl?«

Verflixt! Den hatte ich vor Schreck über Ricos Brandzeichen total vergessen.

»Also keine Selbstanzeige«, gab ich kleinlaut bei. »Und dann?«

Ottfried, der sich bis jetzt noch nicht in Ricos Nähe getraut hatte, kam vorsichtig herbei und schnupperte. Der Esel streckte neugierig den Kopf vor. Jetzt standen sie Nase an Nase. Ganz zaghaft wedelte Ottfried mit dem Schwanz und leckte Rico über die Nüstern.

»Eins nach dem anderen. Jetzt kümmern wir uns zuerst um das dringendere Problem. Komm mit«, kommandierte Chrissi. Weil ich nicht schnell genug reagierte, schnappte sie meine Hand und zog mich quer über den Hof Richtung Waldrand. Dort blieb sie stehen und strahlte mich an. »Na, was meinst du?«

Ich kapierte gar nichts, deshalb konnte ich auch schlecht etwas meinen.

»Der Platz! Hier ist es doch ideal. Also mal ehrlich, wenn ich mir ein Plätzchen für die Ewigkeit aussuchen müsste, hier könnte es mir gefallen. Das sanfte Rauschen der Bäume, die Wiese, auf der sich bestimmt Hase und Igel Gute Nacht sagen. Der Ausblick über den Schwarzwald. Herrlich!«

Langsam wurde mir klar, was sie meinte, und ich verschränkte meine Arme vor der Brust. »Chrissi, nein. Hier ist ein wunderbarer Platz, um eine Bank hinzustellen. Hier könnte man das Leben genießen. Aber wir können nicht einfach einen Toten – von dem wir nicht mal wissen, wer er ist – hier verbuddeln. Und überhaupt! Hast du eine Ahnung, wie tief man graben muss? Das schaffen wir doch gar nicht.«

»Dann leihen wir uns eben einen Minibagger. Ist doch heutzutage alles gar kein Problem.« Chrissi ließ sich nicht beirren. Aber das kam überhaupt nicht infrage.

»Ein Minibagger, haha! Ganz unauffällig. Echt. Willst du dann auch gleich die Nachbarschaft zur Beerdigung einladen und einen Leichenschmaus organisieren?« Ich tippte mit dem

Zeigefinger an meine Stirn und schüttelte den Kopf. »Hör mal, wir haben den Kerl in der Kühltruhe zwischengeparkt, was echt schlimm genug ist. Das ist nur passiert, weil wir betrunken waren. Nüchtern hätten wir gleich geschnallt, was für eine bescheuerte Idee das war.«

Chrissi blieb unbeeindruckt. »Dann trinken wir jetzt eben auch ein paar Gläschen, und schwupp, schon wird dir meine Idee mit dem Plätzchen auch gefallen.«

»Und dann schau ich mein Leben lang vom Haus aus hier hoch und weiß, dass da ein Toter liegt, den ich verbuddelt habe? Chrissi! Ich will hier glücklich werden. Das schlechte Gewissen würde mich auffressen.«

Sie seufzte. »Okay. Ich verstehe es zwar nicht, aber gut. Hast du eine andere Idee?« Sie unterdrückte ein Gähnen.

Ich schüttelte den Kopf. »Woher denn? Aber in diesem Fall ist es ja fast wieder gut, dass er gefroren ist. Wir haben noch etwas Zeit. Vielleicht finden wir ja raus, wer er ist.«

»Und was dann? Bringen wir ihn dann nach Hause?«, fragte Chrissi spöttisch.

Sie hatte recht. Was dann? Ich versuchte Ordnung in meine Hirnwindungen zu bringen, aber die blockierten jeden vernünftigen Gedankengang. Ich fühlte mich elend, und eine Lösung der Probleme schien weiter weg als zuvor.

»Ich weiß es doch auch nicht«, jammerte ich. »Vielleicht wäre die Polizei doch die beste Lösung? Was sollen wir nur tun?«

Chrissi zuckte mit den Schultern. »Keine Ahnung. Polizei jedenfalls nicht. Und hier stehen und warten, dass der Blitz uns trifft, sicher auch nicht. Komm. Jetzt vergessen wir mal die Sache mit dem Esel und Mr. Tiefkühl und tun so, als wäre alles vollkommen in Ordnung. Normaler Wahnsinn eben. Was hätte heute auf dem Plan gestanden?«

»Weiter ausräumen?« Die Worte hingen halb als Frage, halb als Ansage in der Luft.

»Wunderfein. Genau das Richtige, um den Kopf freizukriegen.«

Wir gingen zum Haus zurück und betraten meinen künftigen Salon. Die Hunde tobten draußen. Chrissi gähnte. Sie setzte sich auf den einzigen Stuhl, der noch herumstand, und legte den Kopf in die Hände. »Ich bin so müde. Wie wäre es, du räumst den Rest aus, und ich passe auf, dass du es richtig machst?«

Übermütig stupste ich ihr meinen Ellbogen in die Seite.

»Das würde dir so passen! Komm schon, du Faultier. Du hast schließlich Urlaub, da kann frau ruhig ein bisschen schuften.«

»Sklaventreiberin«, murrte Chrissi, erhob sich aber und zeigte keine weiteren Anzeichen von Meuterlust.

Hatte ich wirklich gedacht, der Raum sei fast leer? Wir schleppten und fluchten, und es nahm einfach kein Ende. Wir räumten nicht nur die letzten Sachen aus der großen Stube, sondern packten gleich noch Kleinkram aus dem restlichen Haus in Kartons. Alles, was ich nicht haben wollte.

»Vielleicht kannst du demnächst einen Garagenflohmarkt machen? Das würde deiner Kasse bestimmt guttun.«

»Genau. Damit kann ich dann den Anwalt zahlen, wenn einer der Besucher Rico erkennt«, gab ich zurück und tippte mir mit dem Finger gegen die Stirn. Chrissi hatte wirklich schon bessere Ideen gehabt.

Mir fiel ein, dass ich ihr noch gar nichts von meinem ersten Honorar erzählt hatte, und holte das umgehend nach. Sie ließ den Schirmständer mit Bauernmalerei fallen und starrte mich mit offenem Mund an. »ECHT?«, hauchte sie.

»Echt!«, antwortete ich und schob mich mit einer Bodenvase inklusive Trockenblumen an ihr vorbei.

Zwei Stunden später trug ich die letzte Kiste über die Schwelle und ließ sie unsanft in der Scheune auf den Boden knallen. Ich hatte einfach nicht mehr die Kraft, sie ordentlich abzustellen. Rico machte vor Schreck einen Satz.

»Entschuldige, Süßer«, rief ich zu ihm nach hinten. »Alles in Ordnung, nichts passiert.«

Zwischen Ricos Beinen tauchte Ottfrieds Kopf auf. Er blinzelte verschlafen. Aha, da hatten sich wohl zwei gefunden.

Ich wankte in den jetzt endgültig leer geräumten Raum zurück. Es gab keine Stelle an meinem Körper, die nicht schmerzte. Da taten sogar Muskeln weh, von denen ich vorher nicht mal gewusst hatte, dass ich sie besaß. Und weil ich so fertig war, ließ ich mich einfach auf den Boden sinken und streckte mich der Länge nach aus. Jetzt gerade hätte ich nicht mal die Kraft, um Stricknadeln zu halten. Nicht mal ganz dünne – von der Decke ganz zu schweigen!

»Nie wieder umziehen! Das schwöre ich dir. Da ist ja ein ganzer Tag Ställe ausmisten Urlaub dagegen.«

Chrissi legte sich neben mich und drehte sich auf die Seite. Sie stützte ihren Kopf auf die Hand und grinste trotz Plackerei übermütig. »Und was stellen wir zwei Hübschen jetzt an?«

Ich schüttelte den Kopf. »Nichts. Einfach nichts. Ich stehe die nächsten zwei Jahre nicht mehr auf«, stöhnte ich. »Mindestens!«

»Das könnte dir so passen«, kicherte sie. »Pass auf. Du steigst jetzt unter die Dusche, und ich koche uns Spaghetti bolognese. Ich habe das Originalrezept. Du weißt doch, Paolo konnte super kochen.« Chrissi verdrehte genüsslich die Augen. »Und wenn du fertig bist, übernimmst du den Rührdienst, und ich gehe duschen. Dann machen wir uns einen gemütlichen Abend. Rotwein. Pasta. Fehlen eigentlich nur die Kerle.«

»Wir haben Paul, Rico und Ottfried. Das genügt!«

Mein Körper reagierte nur sehr zögerlich auf meinen Aufstehbefehl. Aber dann hatte ich es geschafft und schleppte mich ins Bad. Das heiße Wasser weckte meine Lebensgeister, und als sich der Duft angedünsteter Zwiebeln mit dem Wasserdampf mischte, fühlte ich mich schon wieder unternehmungslustig.

Ich stapfte in die Küche und umarmte Chrissi, die am Herd stand und konzentriert in der Soße rührte, von hinten. »Es ist wirklich wunderbar, dass du mir bei meinen ersten Schritten zur Seite stehst. Habe ich mich eigentlich schon für deine Hilfe bedankt?« Ich schmatzte ihr ein Küsschen in das kleine Grübchen unterhalb des Haaransatzes.

Mia Sonne @MiasWelt
So viele Probleme, und trotzdem ist das Leben toll! Ich glaub, ich bin komplett verdreht.

Jonnysonni @MiasWelt
Mein Jonny ist der beste Problemlöser aller Zeiten. Immer bereit! Und verdreht findet er besonders geil!

SummseBiene @MiasWelt
Manchmal können Probleme ziemlich sexy sein. Besonders wenn sie männlich sind.

PaulaPaula @MiasWelt
Wenn du dich erst mal an das männerfreie Leben gewöhnt hast, wirst du bald nicht mehr wissen, was Probleme sind. #Frauenpower

Chrissi verzog sich unter die Dusche, und ich rief die Hunde ins Haus und gab ihnen Futter. Dann rührte ich die Spaghettisoße um und setzte mich mit dem Strickzeug auf die Eckbank. Ein Knarzen ließ mich zusammenzucken und verscheuchte auf einen Schlag die entspannte Stimmung. Waren das Schritte? Oder die Tür? Die Hunde rührten sich nicht, aber was hieß das schon?

Ein ungutes Gefühl schlich meinen Rücken hinauf. Meine Haut prickelte, als würde ich beobachtet. Hastig blickte ich mich um. Nichts. Da war niemand.

Ich fröstelte.

Elf

Nachdem ich auch noch im Hausflur nachgesehen hatte, setzte ich mich wieder an den Küchentisch. Einbildung ist auch eine Bildung, Mia, redete ich mir ein und versuchte das Frösteln loszuwerden. Wer sollte mich schon beobachten?

Die Zeit, während Chrissi unter der Dusche schräg und laut trällerte, nutzte ich nicht nur zum Stricken, sondern auch, um meine Mobilbox neu zu besprechen. Bis jetzt kam da immer noch: »Hallo, leider Pech gehabt. Mia ist beschäftigt. Bestimmt kuschelt sie mit ihrem Süßen oder macht sonst was Schönes. Probier es später noch mal oder hinterlasse eine Nachricht – du weißt schon, nach dem Piep! Tschü-hüs!«

Das ging jetzt gar nicht mehr.

Mia Sonne @MiasWelt
Es hat sich ausgesüßt. Männerfreie Zone!

Jonnysonni @MiasWelt
Mein Jonny ist nicht süß, sondern scharf – komm kosten!

Ich drückte ein paar Tasten und räusperte mich: »Hallo! Hier ist die Anrufbeantworterin von Mia. Leider kann sie gerade nicht. Alles, was nicht männlich ist, darf gern eine Nachricht hinterlassen. Wie immer nach dem Piep.«

»Anrufbeantworterin?« Chrissi rubbelte sich die Haare mit dem Handtuch und kicherte. »Hast du einen Schnellkurs belegt: Wie werde ich Feministin?«

Ich streckte ihr die Zunge raus. Mir gefiel's jedenfalls, und damit setzte ich ein deutliches Zeichen.

Mein Handy klingelte. Nils. Was wollte der Idiot denn? Ich war versucht, den Anruf einfach nicht anzunehmen, aber dann kamen Zweifel auf. Vielleicht hatte ich etwas in der Wohnung vergessen? Oder er hatte Post für mich. Immerhin hatte ich noch keinen Nachsendeantrag gestellt.

»Ja?«, meldete ich mich mit Reibeisenstimme mit Frostüberzug. Der sollte ja nicht glauben, dass er ein freundliches Wort von mir bekäme!

»Hallo, Mia, ich habe dich jetzt extra ein paar Tage in Ruhe gelassen, damit du dich abregen kannst. Es tut mir echt leid, das hab ich ja schon gesagt. Zuckermäuschen, komm, jetzt sei nicht so. Dein Schokohäschen möchte angeknabbert werden. Und dein Zeh sehnt sich doch bestimmt auch schon nach mir. Schau, es ist doch eigentlich gar nichts …«

Ich drückte ihn weg. Sein Süßholz konnte er raspeln, bei wem er wollte, nur nicht mehr bei mir. Wie dumm konnte ein einzelner Mann eigentlich sein? Glaubte er wirklich, er könnte hier angeschmolzen kommen, und alles wäre wieder gut? Einmal Mia auf Reset bitte? Nicht mit mir! Mein Reset hieß Schwarzwald und war absolut nilsfrei. Und du, blöder Zeh, hörst sofort auf zu wackeln, sonst knallt's!

Gleich darauf klingelte es wieder. Noch mal Nils. Erst wollte ich ihn wieder wegdrücken, aber dann beschloss ich, es durchklingeln zu lassen. Sollte er ruhig Bekanntschaft mit meiner neuen Assistentin machen. Ich beobachtete das Handy, und es zeigte kurz darauf tatsächlich eine neue Nachricht an. Hey! Hatte Nils etwa Watte in den Ohren? Oder war er jetzt nicht mehr männlich, nur weil er seit Neuestem schwul war? Ich versuchte den Gedanken aufzuhalten. Aber es war zu spät. Ich sah Nils und Brian eng aneinandergekuschelt und verschwitzt im Bett liegen. Verdammt, das war mein Platz! Gewesen, fügte mein inneres Stimmchen hinzu. Die Nachricht löschte ich, ohne sie vorher anzuhören. Von Nils wollte ich nichts mehr wissen.

Chrissi und ich machten es uns gemütlich. Das heißt, wir versuchten es uns gemütlich zu machen. Leider war es ziemlich kühl, Frühjahr im Schwarzwald hieß eben dicke Socken, Decken und vor allem Heizung. Eigentlich gar kein Problem. Man musste nur den Einschaltknopf am Brenner drücken.

»Chrissi, ich trau mich nicht allein in den Keller. Wenn ich mir vorstelle, da liegt ...« Ich sprach nicht weiter.

»Hast du Angst, dass Mr. Tiefkühl aus der Truhe springt und dich überfällt?« Sie grinste.

»Doofe Ziege«, gab ich zurück und streckte ihr die Zunge raus. »Du kannst ja gehen, wenn es dir nichts ausmacht.«

Die Situation war wirklich unerträglich. So konnten wir unmöglich weitermachen. Kein Mensch kann ein ruhiges Leben führen, wenn er eine Leiche im Keller hat – tiefgekühlt oder auch nicht.

»Der Kerl muss weg. So schnell wie möglich. Stell dir mal vor, der Strom würde ausfallen!« Vor Entsetzen wurde mir eiskalt.

»An mir liegt es nicht«, erklärte Chrissi. »Von mir aus nehmen wir Schaufel und Hacke und machen uns an die Arbeit.« Chrissi hatte sich immer noch nicht ganz von ihrer Idee verabschiedet. »Oder wir betonieren ihn ein. Mensch, Mia, das ginge! Kein Mensch kommt auf die Idee, dass eine freundliche junge Frau einen Toten im Keller einbetoniert hat. Damit wäre das Problem gelöst.«

»Das eine Problem vielleicht, dafür hätte ich jede Menge anderer. Ich kann nicht mit einem Toten im Haus leben, Chrissi. Stell dir nur mal vor, wie es mir ginge. Der Mann hat vielleicht Angehörige, und ich wäre daran schuld, dass sie im Ungewissen blieben. Und wenn es mir dann richtig schlecht ginge, könnte ich nicht mal zu einem Therapeuten, weil ich Angst hätte, dass alles rauskäme. Nein. Wir müssen rausfinden, wer der Tote ist. Und was wir dann machen, werden wir sehen. Einfach wegschaffen können wir ihn nicht.« Ich schaute zu Chrissi.

»Du bist echt einfach viel zu gut für diese Welt, meine Süße«, kommentierte sie.

»Und mir ist immer noch kalt«, gab ich zurück. »Was machen wir jetzt mit der Heizung?«

»Weißt du was, wir gehen beide«, schlug Chrissi vor.

Das Kellerlicht flackerte, unsere Schatten tanzten an der Wand, und die Treppe knarzte unter unseren Schritten. Ich klammerte mich an Chrissis Arm.

Woher hatten wir nur den Mumm genommen, einen Toten in die Tiefkühltruhe zu bugsieren? Heute kam mir das alles zum Zehennägelkringeln gruselig vor. Mein Mund war vor Nervosität ausgetrocknet, und meine Adrenalinproduktion lief auf Hochtouren. Bei jedem Geräusch zuckte ich zusammen.

»Reiß dich am Riemen!«, fauchte Chrissi mich an. »Der Typ ist tot, schon vergessen?«

Ja und? Noch nie was von der Auferstehung der Zombies gehört?, hätte ich am liebsten zurückgefeuert. Aber dann würde Chrissi endgültig an meinem Verstand zweifeln. Meine Fantasie schlug offensichtlich Purzelbäume. Vor Aufregung musste ich ganz dringend auf die Toilette, ich kniff beim Gehen die Beine zusammen.

Dann war es vollbracht. Der Brenner brummte, und ich sprang in Riesensätzen die Treppe hoch und rauf aufs Klo.

»Gut, dass du das Gas nicht hast abstellen lassen«, meinte Chrissi und drückte ihren Rücken gegen die inzwischen mollig warme Heizung. Sie hatte eine Decke über den Beinen, und ich hatte mein inzwischen ordentlich großes Strickzeug auf dem Schoß. Wir hatten es richtig kuschelig. Eine Kerze brannte. Das Flackern vermittelte sofort eine entspannte Atmosphäre. Nachdem die Kellertür verschlossen war, konnte ich mich auch wieder entspannen – soweit man mit einem Toten im Keller und Angst vor der Verhaftung eben entspannen kann. Chrissi ging an den Herd. Sie gab der Soße die letzte Würze und stellte zwei gut gefüllte Teller auf den Tisch. Es duftete himmlisch.

Ich kostete und verdrehte voller Genuss die Augen. »Genial, Chrissi. Absolut köstlich!«

Das erste Mal seit dem Desaster mit Nils spürte ich wieder so etwas wie innere Wärme. Die Leere füllte sich mit Zuversicht. Alles würde gut werden, auch wenn ich nicht den leisesten Schimmer hatte, wie es weitergehen sollte. Verträumt schaute ich nach draußen …

… und sah einen Schatten!

»Chrissi, da ist jemand!«, rief ich und zeigte Richtung Fenster.

Oh mein Gott! Jetzt waren wir erledigt. Jemand hatte uns beobachtet und die Polizei informiert. Die hatten ein Sondereinsatzkommando losgeschickt. Deshalb hatte ich auch nur einen Schatten gesehen. Die Beamten waren schwarz vermummt und organisierten gerade den Sturm auf das Haus.

Mein Puls raste, meine Hände waren schlagartig klitschnass, und in meinem Mund herrschte Dürre wie nach sieben regenfreien Jahren in der Wüste. Ob es helfen würde, wenn ich das Fenster aufriss und »Ich ergebe mich!« rufen würde? Oder durften die dann gleich schießen? War das das Ende? Mir wurde schlecht.

»Chrissi, jetzt mach was! Komm, wir rufen die Polizei an. Entweder sie stehen eh schon da draußen und schlagen gleich zu – dann können wir es vielleicht noch verhindern und

Pluspunkte sammeln, wenn wir uns ergeben –, oder es ist der Mörder. Dann sind wir ohne Polizei verloren. Komm! Bitte.« Mit zitternden Händen griff ich nach meinem Handy.

Aber Chrissi nahm es mir weg. »Jetzt flipp nur nicht gleich aus«, sagte sie. Sie sprang auf und schaute hinaus. Die Hunde, durch meinen Schrei alarmiert, drängten zur Tür. Aber Chrissi pfiff sie zurück. »Mia, du siehst Gespenster. Da ist niemand«, sagte sie und setzte sich wieder.

Konnte das sein? Litt ich unter Verfolgungswahn? Erst das Knarzen, jetzt der Schatten. Ich versuchte meine vibrierenden Nerven zu beruhigen, indem ich zu praktischen Überlegungen überging und die Angst zurückdrängte. »Morgen müssen wir unbedingt Heu und Stroh besorgen. Wann willst du wieder in die Stadt?«, fragte ich Chrissi zwischen zwei Spaghettiladungen.

»Meine Zeit gehört dir, Süße«, kam die großzügige Antwort.

»Mario hat angerufen. Ich hab noch eine zweite Woche Urlaub genehmigt bekommen. Hab ich doch glatt vergessen, dir zu erzählen.«

»Oh, wie schön! Was bin ich froh!« Ich prostete ihr zu. Der Rotwein schmeckte süffig, aber nach meinem Grappaabsturz und dem gestrigen Rückfall mit den Proseccos und fünf Schnäpsen war ich lieber zurückhaltend und griff zwischendurch immer wieder nach dem Wasserglas. Ein Kater pro Woche genügte vollauf, zwei waren heftig, drei wären echt zu viel.

Meine Gedanken machten Sprünge wie Fohlen auf einer Frühlingswiese. »Ich glaube, ich streiche weiß und pink. Was meinst du?«

Chrissi folgte mir problemlos. Sie überlegte kurz. »Brombeer finde ich auch schön. Das ist nicht ganz so laut. Immerhin wirst du dich viele Stunden täglich in dem Raum aufhalten.«

Ein Seufzer schlüpfte mir aus der Kehle. »Meinst du? Und was mache ich, wenn niemand kommt?«

»Dann strickst du.«

»Genau. Und wenn ich genug Decken, Pullover und Socken habe, könnte ich auf Hundepullis und Schals umschwenken«, witzelte ich. Wolle hatte ich jedenfalls genug, für die ersten fünf Kollektionen mindestens.

Chrissi starrte mich einen Moment an. »Hey, das ist *die* Idee! Du könntest einen Teil des Raumes als Tierboutique einrichten. So etwas gibt es hier ganz sicher nicht.«

»So etwas braucht man hier auch ganz sicher nicht. Wer soll das denn kaufen?«

»Papperlapapp!«, wischte sie meinen Einwand zur Seite.

»Verrückte Tiereltern gibt es überall. Auch auf dem Land. Du kannst ja klein anfangen. Aber das wird bestimmt ein Renner!«

Die gerade erst zurückgekehrte Zuversicht verabschiedete sich schon wieder. Plötzlich war ich gar nicht mehr sicher, ob meine Idee so gut war. Die Eingeborenen werden gerade auf dich gewartet haben, spöttelte meine innere Stimme. Ich zeigte ihr den Stinkefinger und nahm noch einen Schluck Rotwein. Pfeif auf den Kater, ich war ja tierlieb.

Mia Sonne @MiasWelt
Pink oder Brombeer? Was haltet ihr von Tiermode?

PaulaPaula @MiasWelt
Schräg. Aber keine schlechte Idee. Wenn schon, dann aber exklusiv und Handarbeit. Keinen Mist von der Stange.

Jonnysonni @MiasWelt
Gibt es da dann auch was für einen echten Hengst?

Chrissi schaute mit mir zusammen aufs Display. Sie zog mir das Handy aus der Hand. »Na warte«, murmelte sie und tippte in einer Höllengeschwindigkeit drauflos.

Mia Sonne @Jonnysonni
OMG! Wenn wir nach der Hirngröße gehen, suchst du wohl eher was für einen Vogel Strauß.

PaulaPaula @MiasWelt
Vergessen. Brombeer!

Chrissi hob ihr Glas. »Auf dich, auf deine Zukunft, deinen Tiersalon und auf dein Omchen«, sagte sie feierlich. »Wie gut, dass sie dir Stricken beigebracht hat.«

»Auf Oma«, ich ließ mein Glas gegen ihres stoßen. Es gab ein tiefes Klingen. »Und auf die beste Freundin, die frau sich wünschen kann.«

»Und ich weiß auch, wie wir das mit dem Heu und Stroh anstellen.«

Ich blickte fragend auf. Noch eine von Chrissis fantastischen Ideen?

Aber sie grinste nur wieder ihr Chrissi-Grinsen.

»Vertrau der Tante Chrissi«, sagte sie und lachte, als ich das Gesicht verzog. Mehr brachte ich nicht aus ihr raus.

»Wir müssen unbedingt nach Vollingen. Ich will wissen, was es mit der Adresse auf dem Zettel auf sich hat, den Mr. Tiefkühl eingesteckt hatte«, sagte Chrissi. »Irgendwie muss es ja weitergehen, wenn ich ihn schon nicht einbuddeln darf. Wobei – hast du eigentlich schon mal an den Komposthaufen gedacht?«, fragte sie.

Was um Himmels willen wollte sie denn jetzt damit?

Chrissi redete weiter. »Du hast doch Bedenken, weil es schwierig ist, ein Grab auszuheben, das tief genug ist. Aber was, wenn wir gar kein Loch buddeln, sondern den Komposthaufen umschichten? Einfach auf ihn drauf. Und im Laufe der Jahre verschwindet dein Problem auf ganz natürliche Art und Weise.« Langsam, aber sicher ging Chrissi mir mit ihren abstrusen Vorschlägen auf die Nerven. »Hörst du mir überhaupt zu, wenn ich dir was sage? Wenn ich schon Probleme hätte mit einem Grab am Waldrand, was glaubst du wohl, wie ich mich mit einem Toten im Kompost fühlen würde? Und überhaupt, die Idee ist total bescheuert. Hier gibt es Wildsauen. Was, wenn die Witterung aufnehmen und den Kompost umwälzen?« Ich schüttelte mich, als die Bilder in meinem Kopf auftauchten. Sauen, die sich über den Leichnam hermachten. Widerlich!

»Ganz abgesehen davon wissen wir dann immer noch nicht, was mit Angehörigen ist. Was, wenn Mr. Tiefkühl Kinder hat? Eine Ehefrau?«

»Okay, okay«, gab Chrissi sich geschlagen. »Dann also Vollingen. Wollen wir?« Chrissi stand schon halb, aber ich schüttelte den Kopf.

»Jetzt noch? Nein. Echt nicht. Ich bin platt. Ich brauche Schlaf. Und vermutlich ist es ohnehin besser, am Tag dahin zu fahren. Jetzt sind die Bürgersteige hochgeklappt und die Straßen leer. Was willst du da ermitteln? Lass uns morgen fahren.« Obwohl mir alles andere als wohl war bei dem Gedanken, Detektivin zu spielen. Irgendwann musste ich mich dem Rätsel um den Toten stellen – und eine Lösung finden.

Jonnysonni @MiasWelt
Dir würde ich die Federn gern mal bürsten. Ich steh auf Küken – von mir aus auch Strauß!

Elvira meldete sich. »Mia, es tut mir leid, wir müssen meinen Besuch leider verschieben! Dieses Wochenende ist mir was dazwischengekommen.«

Ach du je. Was für ein Glück! »Das tut mir aber leid. Aber du musst auf jeden Fall bald kommen. Versprochen?«

Ich konnte ihr ja schlecht sagen, wie erleichtert ich über ihre Absage war. Ohne Rico und ohne Mr. Tiefkühl hätten wir es uns sicher gemütlich gemacht, aber so ... Das wäre eine Katastrophe geworden. Ich wusste ja schon ohne Besuch nicht mehr, wo mir der Kopf stand.

»Aufgeschoben ist nicht aufgehoben. Ich komme auf jeden Fall! Mach es gut, Mia. Und viel Erfolg bei den Vorbereitungen für die Geschäftseröffnung. Wir telefonieren bald, dann musst du mir erzählen, wie weit du bist. In Ordnung?«

»Ja, machen wir. Gute Nacht, Elvira!«

»Gutes Stichwort«, kommentierte Chrissi. »Ich bin hundemüde. Lass uns schlafen gehen.«

Ich drehte den Schlüssel an der Haustür zweimal rum und rüttelte an der Klinke, um sicherzugehen, dass wirklich zu war. Dann stieg ich die Treppe hoch.

»Bleibst du bei mir?«, fragte ich Chrissi. »Du hast doch bestimmt Angst!«

»Angst hast wohl eher du – oder wieso verbarrikadierst du dich wie in einer Festung?«

»Stimmt.« Leugnen war zwecklos. »Irgendwie ist mir unheimlich.«

»Mia, du spinnst! So ein Toter ist echt harmlos. Und außerdem ist er eh schon im Haus, da bringt es dir nicht mehr viel, wenn du die Haustür abschließt. Im Gegenteil. Stell dir mal vor, er kommt mit seinen tiefgefrorenen Händen auf dich zu, will dich packen, und du rennst davon, willst zur Haustür raus und – abgeschlossen!«

»Hör auf, Chrissi, bitte! Das ist nicht witzig!«

»Okay, ich hör auf, und ich bleibe bei dir. Wir passen alle auf dich auf: Pünktchen, Paul, Ottfried und Chrissi. Was soll dir da schon passieren?«

Zum Glück waren nicht alle meine Aufpasser so mutig wie Ottfried, sonst hätte ich alle Hände voll zu tun gehabt, meine Beschützer zu beschützen. Frei nach dem Motto: Seid nicht feige, Kameraden, lasst mich auf den Baum!

Nachdem am nächsten Morgen die Tiere versorgt waren und wir Mädels ausreichend Kaffee intus hatten, machte Chrissi sich zum Aufbruch bereit.

»Ich kümmere mich jetzt um meine Idee, du kannst hier weitermachen. Bin bald wieder da. Vielleicht krieg ich auch raus, ob irgendjemand vermisst wird. Mal sehen. Und ich bring Farbe mit, damit wir später streichen können. Du kannst ja schon mal abkleben, wenn du willst.«

Sie ging, streckte gleich darauf aber den Kopf noch mal durch die Küchentür. »Und denk dran, Mia. Keine fremden Männer ins Haus lassen! Höchstens Staubsaugervertreter. Die dürfen rein und sollen dir den neuesten Sauger haarklein vorführen. Das ist praktisch, dann ist gleich alles sauber. Und danach sagst du sehr freundlich, dass du leider kein Interesse hast, und wenn er nicht gehen will, drohst du mit der Polizei.«

Weg war sie.

Genau. Ich drohte mit der Polizei. Haha. Sollte der Vertreter oder wer auch immer Rico entdecken, würde wohl eher ich ein Problem mit der Polizei bekommen. Nachdenklich schlürfte ich den letzten Rest Kaffee. Dann krempelte ich die Ärmel hoch. Höchste Zeit, dass ich die Hosenbeine flattern ließe, von allein würde sich mein Salon sicher nicht richten. Schließlich musste ich demnächst wieder Geld verdienen, so lange reichten meine Ersparnisse nun auch wieder nicht.

Die Haustür ließ ich offen stehen, damit die Hunde rein- und rauskonnten. Ottfried war direkt nach dem Aufstehen bei Rico im Stall verschwunden, von dem war nichts zu hören und zu sehen. Paul lag auf der Bank in der Sonne und grunzte zufrieden vor sich hin. Pünktchen stöberte über die Wiese. Zu meinem großen Bedauern hatte sie eine Vorliebe für Schnecken entwickelt. Kein normaler Hund mochte Schnecken!

Heute nahm der Frühling ordentlich Anlauf, es war angenehm warm, und ich hüpfte barfuß treppauf, treppab. Ein Teil meines Hab und Guts musste noch verstaut werden. Als das erledigt war, ging ich in meinen künftigen Salon, um mit dem Abkleben zu beginnen.

»Wuä! Igitt! Pünktchen, muss das denn sein?«, schrie ich in der nächsten Sekunde und hüpfte auf einem Bein durch den Raum. An meiner rechten Fußsohle klebte Schneckenschleim.

Mit frisch gewaschenem Fuß stand ich ein paar Minuten später wieder im Salon. Die Haustür hatte ich geschlossen – sollte Pünktchen ihre Schnecken vor dem Haus verteilen. Ich setzte gerade den ersten Streifen Klebeband an, als die Türklingel mich aus meiner Arbeit riss. Das schrille Klingeln fuhr durch mich hindurch, und ich erschrak so sehr, dass ich einen Adrenalinausstoß hatte wie bei einem Bungeesprung. Die Polizei! Sie wissen, dass ich einen Toten im Keller habe. Sie haben seine Spur verfolgt und wollen mich verhaften. Oder sie haben Rico entdeckt! Hat jemand ihn gehört, der vom geklauten Esel wusste, und uns angezeigt? Ich sah mich schon, wie ich in Handschellen vom Hof geführt wurde. Gab es eigentlich wirklich nur Wasser und Brot für Häftlinge, oder waren das Geschichten? Verzweifelt überlegte ich, ob ich mich vielleicht einfach tot stellen sollte.

Es klingelte noch mal. Nachdrücklich.

Wenn es die Polizei war, würde ich mich nur verdächtig machen, wenn ich nicht öffnete. Schnell schaute ich noch mal nach, ob die Kellertür zu war. Ich versuchte meinen Magen zu beruhigen, der sich schmerzhaft zusammenzog. Ob ich mir wohl ein paar Sachen zusammenpacken durfte, bevor sie mich abführten? Sollte ich gleich alles zugeben oder lieber abstreiten? Wenn ich es schaffte, die Unschuldige zu spielen, vielleicht würden sie wieder abziehen. Falls ja, würde ich meine Meinung zu Chrissis Lösungsvorschlägen überdenken müssen. Die verdammte Leiche musste aus dem Haus. Ich gab mir einen Ruck und zog die Haustür auf. Eine Frau lächelte mich an. Sie trug eine Postbotenuniform.

»Hallo, ich habe mehrere Pakete für Frau Sonne.«

»Das bin ich«, sagte ich und hätte sie vor lauter Erleichterung am liebsten umarmt. So eine sympathische Frau! Und so eine schicke Uniform! Viel schicker als alles, womit ich gerechnet hatte.

Das erste Mal Post im eigenen Haus und dann auch noch gleich die erste Lieferung für den Salon! Aufgeregt schleppte ich die Kartons ins Haus. Große oder kleine Stube? Beim Streichen waren die Sachen nur im Weg, deshalb beschloss ich, alle Waren erst einmal in der kleinen Stube zwischenzuparken. Gut gelaunt kramte ich in der Schublade nach einer Schere. Wenigstens mal reingucken musste erlaubt sein – Arbeit hin oder her.

Wieder klingelte es. Oh nein! Wer denn nun schon wieder? Ich drückte die hochkochende Panik nieder, rannte zur Tür und riss sie auf. Mein Blick fiel auf einen Urwald aus Haaren. Zwischen dem Gewusel fand ich irgendwo zwei Augen.

»Gut Tag. Ich suchen Arbeit. Haben Job?«

»Nein, tut mir leid.«

»Ich sehr gut …«

Keine Zeit für Diskussionen. »Nein, wirklich nicht«, wiederholte ich und drückte schnell die Tür zu.

Entschlossen stapfte ich zu den Kartons mit meinen Waren und bestaunte die Stücke. Prima Qualität. Bald würde ich damit die ersten Locken bürsten. Der Trimmtisch war als Puzzle geliefert worden, aber es ließ sich schon erahnen, dass er prima aussehen würde. Ich konnte es kaum erwarten, alles eingerichtet zu sehen.

Als es erneut klingelte, hatte ich mich schon so an den Ton gewöhnt, dass ich nicht mal mehr erschrak. Wer es wohl dieses Mal war? Vielleicht die Heilsarmee. Oder die Zeugen Jehovas. Bei dem Gedanken daran musste ich kichern. Wenn die wüssten, was ich für ein schwarzes Schäfchen war, würden sie mir noch was zahlen, damit ich nicht zu ihnen überwechselte. Breit lächelnd öffnete ich die Tür und knallte sie in der gleichen Sekunde auch schon wieder zu.

Nils! Das durfte doch nicht wahr sein! War der Idiot von allen guten Zuckergeistern verlassen? Wie konnte er es wagen? Schnell riss ich die Tür noch mal auf und brüllte: »Vermutlich sind deine Hirnwindungen verklebt. Noch mal für Idioten: Verpiss dich!«

Peng. Tür wieder zu.

Ich lehnte mich von innen dagegen und kramte mit zitternden Fingern mein Handy aus der Hosentasche.

Mia Sonne @MiasWelt
Was genau versteht ein Idiot eigentlich nicht, wenn ich NEIN sage?

Zwölf

»'n Bier und 'n Schnaps!«, rief Franz, kaum dass er einen Fuß in die Tür gesetzt hatte. »'nen Doppelten!«

Er hatte die Schnauze gestrichen voll. Vielleicht brachte der Alk seine Hirnzellen auf Tour. Er brauchte dringend eine Idee. Irgendeine geniale Wendung, um das Ruder rumzureißen. Aber dafür musste er erst mal rausfinden, was überhaupt los war. Den ganzen verdammten Tag hatte er Spuren gesucht, und was hatte es ihm gebracht? Nichts! Er war genauso schlau wie gestern.

Auf seinem Stammplatz hatte es sich ein Pärchen bequem gemacht. Sie hingen Zunge an Zunge über dem Tisch, hatten die Welt um sich herum vergessen. »Habt ihr kein Bett?«, blaffte Franz sie an. »Sucht euch 'nen anderen Platz für eure Kinderspielchen, ihr Pfeifen. Hier sitze ich – und zwar immer!«

Die zwei schauten ihn zwar kurz an, ließen sich aber erst einmal nicht stören.

Das wurde ja immer besser! Jetzt tanzten ihm schon die Flöhe auf der Nase rum, als wäre er ein räudiger Köter! Franz knurrte und knallte die flache Hand auf den Tisch. »Extraeinladung gefällig? Pickelgesicht?«

Der Jüngling zuckte zusammen. Erschrocken zog er die Hand unter dem Shirt seiner Tussi hervor. Die Kleine grinste ihn dämlich an.

»'tschuldigung, das wussten wir nicht. Wir setzen uns woandershin«, beeilte sich die Knutschlippe zu versichern.

Aha, ein bisschen schwer von Kapee, der Kleine. Braucht Anlauf, bis die Botschaft ankommt. Zwei Sekunden, Alter, dachte Franz, mehr haste nicht, dann gibt's auf die Fresse.

Das käme ihm gerade recht. Da könnte er seine schlechte Laune vielleicht loswerden. Ein bisschen Dampf ablassen. So ein knirschendes Nasenbein wäre Musik in seinen Ohren. Leider wurde nichts draus. Das Babyface schnappte seine Schnalle und zog sie in Turbogeschwindigkeit ans andere Ende des Gastraumes. Die beiden schauten noch ein paarmal zu Franz rüber, halb empört, halb ängstlich, dann machten sie mit der Zungenakrobatik da weiter, wo sie ein paar Minuten zuvor unterbrochen worden waren.

Franz legte sein Gesicht in die Hände und brummte. Was für ein elendiger Tag …

»Bitte schön. Zum Wohl!« Die Bedienung, es war wieder die Platinblonde mit dem ordentlichen Vorbau, musterte ihn neugierig. »Schlechter Tag?«, fragte sie und konnte das Grinsen nicht verbergen.

»Halt's Maul!« Franz kippte den Schnaps und knallte das Glas auf den Tisch. »Noch einen. Und gleich noch 'n Bier dazu. Dalli!«

Bis die zweite Runde kam, hatte er das erste Bier in zwei Zügen geleert. Er rülpste. Als die Kellnerin die Nase rümpfte, legte er einen Extrarülpser nach. Dann zwinkerte er ihr zu und leckte sich die Lippen.

Die Schlampe drehte sich schwungvoll um, dabei warf sie ihre Mähne herum, dass sie ihm übers Gesicht streifte. Franz schlug ihr aufs Hinterteil und lachte, als sie aufschrie. Beleidigt stöckelte sie davon.

Allein am Tisch, hob Franz das Schnapsglas und sagte ins Leere: »Auf dich, Oller. Genieß deine letzten Stunden. Wenn ich dich erst erwischt habe, bist du kalt! Und ich schwöre dir, ich finde dich!«

Er verfluchte sich. Wie hatte er nur auf die Idiotenmasche reinfallen können? Timo hatte ihm den Oberdeppen nur vorgespielt – jahrelang! –, um im richtigen Moment zuzuschlagen.

Wie sonst ließe es sich erklären, dass er wie vom Erdboden verschluckt war? Der Olle hatte sich mit der Knete vom Acker gemacht. So war es und nicht anders. Vielleicht. Auch wenn Franz es immer noch nicht glauben konnte.

Gestern Nacht hätten sie sich treffen sollen. Franz war zwei Stunden früher zur Scheune gekommen. Er wollte noch 'ne Runde pennen. Sylvie hatte ihn geritten, als gäbe es kein Morgen. Gigantisch, die Alte, und absolut unersättlich! Danach war Franz in den Stall gehuscht. Auch wenn es keine Nachbarn gab, war Vorsicht die Mutter aller freien Gauner. Er hatte drei Schritte gemacht und war über einen Esel gestolpert. Heilige Muttergottes, ihn hatte fast der Schlag getroffen!

Was machte dieses Mistvieh da? Seit wann war dieses mistverkackte Haus überhaupt wieder bewohnt? Monatelang hatten sie hier ihre Ruhe gehabt. Schon als die Alte noch da war, hatte es problemlos geklappt. Die war so stocktaub gewesen, die hätte nicht mal mitgekriegt, wenn man ihre Hütte mit dem Presslufthammer auseinandergenommen hätte. Und jetzt, wo sie mit den Regenwürmern tanzte, war es komplett prima gewesen. Ein Treffpunkt vom Feinsten. Keine Nachbarn, keine neugierigen Blicke. Ein echtes Gaunerparadies.

Franz war aus dem Stall geschlichen und zum Haus rüber. Er hatte das Flackern hinter einem der Fenster gesehen. Kerzenschein. Da wohnte jemand! Und nun? Hatte Timo das mitgekriegt? Waren die vor zwei Tagen auch schon da gewesen? Hatte der Olle die Beute trotzdem versteckt, so wie immer?

Er beschloss, erst einmal rauszukriegen, wer sich in seinem Bezirk eingenistet hatte. Vielleicht waren es Penner, die es sich gemütlich machen wollten? Denen würde er im Handumdrehen klarmachen, dass es vorbei war mit der Gemütlichkeit. Er schlich ums Haus herum. Plötzlich wurde das Fenster, hinter dem er Sekunden zuvor erst das Flackern gesehen hatte, aufgerissen, und eine Tussi schaute sich um. Franz hatte gerade noch einen Satz hinter den Brunnentrog machen können. Verfluchte Hacke!

Wie ein Penner sah die Alte allerdings nicht aus. Okay, dann also neue Bewohner.

Inzwischen war es Zeit, Timo musste jeden Moment aufschlagen. Franz beschloss, ihn in sicherer Entfernung abzupassen. Er wartete eine halbe Stunde. Ungeduldig rauchte er eine Kippe nach der anderen. Dann kramte er sein Handy raus und tippte Timos Nummer.

»Der Teilnehmer ist zurzeit leider nicht erreichbar«, tönte die blecherne Computerstimme an sein Ohr. Fluchend legte er auf.

Eine weitere halbe Stunde später wurde ihm langsam klar, dass Timo nicht mehr auftauchen würde. Franz überlegte. Hatte sich der Sack etwa vom Acker gemacht? Mit der Kohle? Nee, das würde der Olle nicht machen. Er war so ein Hosenschisser, der würde seinen Chef nicht vorführen. Nicht der. So viel Mumm hatte der nicht in der Windel! Aber was dann?

Vermutlich hat er verpennt, dachte Franz. Das würde zu Timo passen. Der hatte sich den Kopf zugesoffen und war dann eingepennt. Ja, genau so musste es gewesen sein. Das war sein Timo. Der Oberdepp.

Etwas beruhigt überlegte Franz weiter. Wenn Timo alles so gemacht hatte, wie sie vereinbart hatten, dann wäre die Beute im Stall. Franz beschloss, dem Kleinen einen Denkzettel zu verpassen. Unzuverlässigkeit gehörte bestraft. Er schlich in den Stall zurück und fing an zu suchen. Dabei bemühte er sich, dem Eselungetüm nicht zu nahe zu kommen. Er konnte Viecher nicht ausstehen – zumindest nicht, wenn sie noch atmeten. Als Steak auf dem Grill waren sie okay, wobei er Eselsteak noch nicht versucht hatte.

»Wenn du blöd machst, probier ich mal, wie du schmeckst, du Langohr«, drohte Franz dem Ungetüm. Seine Laune sank unter den Gefrierpunkt, als seine Hand die Nische hinter der Futterkiste abtastete. Nichts. Nada. Null!

Verdammt, genau hier müsste sein Schlüssel zum Paradies liegen. Genau hier hätte Timo die Klunker deponieren müssen. Vielleicht hatte er das Versteck verwechselt? Blöd genug war er. Vorsichtshalber suchte Franz jeden Flecken ab, tastete in jeden Hohlraum und rutschte auf Knien durch den Stall. Als er den Esel zur Seite schieben wollte, um auch dort nachzuschauen, wo das Langohr stand, holte das verdammte Vieh aus und trat ihm gegen das Schienbein.

Franz sah Sternchen. Er fluchte und wollte zurücktreten, als ihm einfiel, dass er lieber keinen Krawall machen sollte. Das Haus war bewohnt.

»Ich komm wieder, Kleiner, dann mach ich dich kalt!«, zischte er.

Kurze Zeit später humpelte er zu seinem Auto, das er sicherheitshalber ein gutes Stück vor dem Treffpunkt abgestellt hatte. Komplett bedient und schachmatt, warf er sich auf die Rückbank und beschloss, erst einmal eine Runde zu schlafen. Am nächsten Tag musste er die Hausbewohner unter die Lupe nehmen. Vielleicht hatten die die Beute gefunden, und Timo konnte gar nichts dafür? Auf jeden Fall wollte er wissen, wer ihm da in die Quere gekommen war.

In der Morgendämmerung wachte Franz auf. Übel gelaunt und mit einem Schädel, der kurz vorm Platzen war, legte er sich auf die Lauer. Als er sah, dass die Weiber, die sich im Haus breitgemacht hatten, drei Hunde hatten, wurde seine Laune noch schlechter. Blöde Tölen!

Der Rottweiler verschwand gleich im Stall, das war Franz sehr recht. Die anderen beiden tummelten sich ums Haus. Eins der Weiber, eine Blondine mit ordentlich Kurven, machte sich bald darauf vom Acker. Die andere blieb und ließ die Haustür sperrangelweit offen stehen.

Das wäre seine Chance – wenn da nicht dieses Vieh auf der Bank direkt neben der Tür liegen würde. Egal, einen Versuch war es wert. Franz behielt den schlafenden Köter im Auge. Ein schwarz-weißer Kläffer schnüffelte auf der Wiese herum. Alles im grünen Bereich, solange der Rottweiler nicht auftauchte.

Franz wischte sich die schwitzigen Hände an der Jeans ab. Noch ein paar Meter. Hinter ihm erklang Motorengeräusch. Verdammter Mist! Mit großen Sätzen sprang er hinter die nächstbeste Hecke und beobachtete das Geschehen. Die Post. Ausgerechnet jetzt. Hatte sein Glücksengel heute etwa Urlaub?

In der nächsten Sekunde grinste er breit. Das war genial! Wieso war er nicht gleich auf die Idee gekommen? Schnurstracks marschierte er zu seinem Auto und kramte in einer Schachtel im Kofferraum. Zehn Minuten später stand er wieder vor dem Haus. Er drückte noch mal den falschen Bart fest und klingelte.

»Blödes Weib«, fluchte er, als er kurz darauf wieder in seinem Auto saß. »Der Blitz soll dich beim Kacken treffen, du blöde Kuh!«

Das wollte er sich nicht bieten lassen. Die konnte doch einem Franz nicht einfach so die Tür vor der Nase zuknallen! Er hatte ganz höflich nach Arbeit gefragt – dabei den Ausländer gegeben, damit im Fall der Fälle niemand auf seine Spur käme. Er hatte doch gesehen, dass sie schuftete, die hätte garantiert Hilfe brauchen können. Hundert Prozent sicher war er gewesen, dass der Plan funktionieren würde.

Franz riss sich die Perücke und den Vollbart runter und

hieb wütend auf das Lenkrad ein. Okay. Die Tussi wollte also den harten Weg. Wenn sie so darum bat, bitte schön. Franz ließ die Fingerknöchel krachen.

Wieder machte er sich auf den Weg zum Haus. Dieses Mal brauchte er keine Perücke. Er hatte die Faxen dicke. Es würde keine Zeugen geben. Als er aus dem Wald trat, sah er, dass gerade ein junger Mann auf die Haustür zuging. »Himmelarschsakramentverfluchtermistnocheins!«, entfuhr es Franz. Lebten die Weiber doch nicht allein?

Die Verzögerung brachte Franz zum Umdenken. Vielleicht wäre es besser, erst mal herauszufinden, wo Timo steckte? Am Ende wussten die blöden Hühner gar nichts, und er halste sich völlig umsonst jede Menge Ärger auf. Wobei er mit der üppigen Blonden bestimmt auch jede Menge Spaß hätte haben können. Die Kurven waren vielversprechend.

Vielleicht sollte er noch mal bei Sylvie reinschauen? Die würde schon dafür sorgen, dass er Stress abbaute. Stattdessen fuhr er aber zu Timos Wohnung. Erst die Arbeit, dann der Spaß.

Vorsichtig näherte er sich dem Gebäude. Immer auf der Hut. Auf sein Klingeln gab es keine Reaktion. Er drückte die Knöpfe zu allen Wohnungen, und als es in der Sprechanlage knackte, rief er: »Post!« Schon summte der Türöffner, Franz war drin.

Doch auch das Läuten an Timos Wohnungstür brachte ihn nicht weiter. Er legte das Ohr ans Schloss. Nichts. Kein Mucks. Die Nachbartür ging auf, und eine Kittelschürzenalte fing an, die Treppe zu fegen. Dabei schaute sie immer wieder neugierig zu ihm rüber.

Franz gab auf. Frustriert schlappte er zum Dönerimbiss und spülte den Kebab mit einem Bier runter. Dann klapperte er verschiedene Kneipen ab. Vielleicht war Timo abgestürzt? Wär ja sogar verständlich, immerhin hatte er einen wesentlichen Anteil an dem Bruch. Blöd wie der war, feierte er vielleicht schon.

So war Franz den ganzen Nachmittag durch unzählige Kneipen getingelt. Bis er am Tiefpunkt seiner schlechten Laune in seinem Stammcafé aufgeschlagen war. Er kippte das zweite Bier, ließ die platinblonde Bedienung nicht aus den Augen und sinnierte. Hatte Timo ihn wirklich vorgeführt? Er sah den Kleinen vor sich, wie er ihn anhimmelte, wie er versuchte, ihm alles recht zu machen. Hatte die Kohle ihn tatsächlich so schnell verändert? Vom Franzverehrer zum Denunzianten? Vor fünf Minuten war Franz noch davon überzeugt gewesen.

Jetzt kamen Zweifel in ihm hoch, ob seine Theorie wirklich stimmte. Irgendetwas stank zum Himmel. Die Hölle musste zufrieren, damit Timo Franz die Treue brechen würde. Das bisschen Geld konnte ihn sicher nicht verführen. Aber was dann? Franz schob die Möglichkeiten in seinem Hirn von links nach rechts. Schlagartig wurde es Tag in seinem Oberstübchen. Die Erklärung lag so offen vor ihm, dass es wehtat. Wieso nur hatte er den ganzen Tag vertrödelt, sich Plattfüße gelatscht und vor sich hin geflucht? Wieso war ihm die naheliegendste Lösung nicht eingefallen? Naheliegend und verflixt! Aber so was von.

»Hey, du!«, rief er der Bedienung zu und konnte seine Aufregung nur schwer im Zaum halten. Sie feilte gerade an ihren Nägeln und schaute gelangweilt auf. »Ich brauch Zeitungen. Schwabo, Südkurier, Badische. Mach hinne! Und noch ’n Bier.«

»Die hängen da!«, gab der gelangweilte Servierschlitten zurück und zeigte auf den Garderobenständer, an dem die Zeitungen an so ’nem Holzteil hingen.

»Ich hab dich nicht gefragt, wo die hängen«, fauchte Franz die Bedienung an. »Beweg dich und bring mir die Teile!«

Die Blondine ließ eine Kaugummiblase platzen und schien zu überlegen. Nach einem weiteren Blick auf Franz setzte sie sich in Bewegung. »Schon gut, mach mal halblang. Dir hat's ja echt die Laune verhagelt.«

»Kümmer dich lieber um deine Nägel und lass mir meine Ruhe!« Franz war nicht zum Quatschen zumute. Mit zittrigen Fingern blätterte er die Zeitungen durch. Politik, aus aller Welt, Promimist, Todesanzeigen, Regionales. Hier stoppte er, las die einzelnen Überschriften. Autounfall. Ballonabsturz. Traktorrennen. Kein Wort zum Überfall – klar, das war schon wieder Schnee von gestern. Aber auch nichts von wegen: Räuber geschnappt!

Dabei war Franz so sicher gewesen. Das war die einzig logische Erklärung. Nur eine Verhaftung konnte Timo abgehalten haben, zum Treffpunkt zu kommen. Franz war sich sicher. Vielleicht hatte das gestern schon dringestanden.

Zehn Minuten später hatte er die Zeitungen der letzten Tage durchforstet. Die Blondine wischte den Tisch neben Franz und linste neugierig zu ihm rüber. »Suchst du was Bestimmtes?«, fragte sie und beugte sich neben ihn. So tief, dass er in ihre Schluchten fallen konnte.

»Ja, was Warmes für heut Nacht«, knurrte er.

»Och, da brauchste die Zeitung aber nicht für«, säuselte das blonde Gift, und schon steckte ihre Zunge in seinem Ohr.

Die verdammten Weiber waren doch alle gleich. Sei fies zu ihnen, und sie küssen den Boden, auf dem du läufst.

Okay. Timo war also nicht verhaftet worden. Es sei denn, die Bullen hielten die Nachricht zurück, aber darauf würde er nicht wetten. Blieb nur noch der Treffpunkt. Er würde sich noch einmal auf die Lauer legen müssen. Vielleicht bekam er Gelegenheit, sich in der Hütte umzuschauen. Irgendwo musste es einen Hinweis geben auf Timo und die Beute. Ganz konnte sein Glück ihn nicht verlassen haben. Er musste eine

Spur finden, und die Scheune schien ihm der richtige Ansatzpunkt zu sein. Die Scheune oder das Haus.

Aber nicht mehr heute Nacht. Die Zunge in seinem Gehörgang machte ihm das Denken nahezu unmöglich. In Turbogeschwindigkeit sackte sein Blut in die Lenden.

»Wusste ich doch, dass du 'nen richtigen Kerl brauchst«, knurrte er und fasste der Blondine zwischen die Beine.

Die kommentierte den Griff mit einem gurrenden Lachen.

Dreizehn

So plötzlich Nils gegenüberzustehen, brachte mich ziemlich aus der Fassung. Wieso ließ er mich nicht einfach in Ruhe? War ich fremdgegangen oder er? Es gab keine zweite Chance für ihn. Nie und nimmer! Wie sollte ich jemandem vertrauen, der bei der erstbesten Gelegenheit mit einem Mann ins Bett hüpfte? Und wieso wollte er mich überhaupt zurück? Offensichtlich war ich ihm doch nicht genug gewesen.

Mitten in meine Überlegungen hinein klingelte es erneut. Das durfte doch nicht wahr sein! Ich holte tief Luft, riss die Tür auf und donnerte los: »Lass mich in Ruhe! Ich will dich nicht mehr. Aus. Ende. Finito. Geh zu deinem B…«

Das Wort blieb auf meinen Lippen kleben. Gleichzeitig schoss mir Hitze in den Kopf. Ich kochte. Bestimmt würden jeden Moment meine Ohren qualmen. Oder ich würde pfeifen wie ein Wasserkessel. Genauso wie bei Harry Potter, wenn man etwas von Freds und Georges Süßigkeiten genascht hatte.

Ach du meine Güte! Gab es hier irgendwo ein Loch, in das ich hätte kriechen können? »Ähhh«, krächzte ich und versuchte mühsam, meine Fassung wiederzuerlangen. Meine Stimmbänder versagten ihren Dienst.

Das Schnuckelchen stand vor mir. Nicht irgendein süßer Kerl – das wäre schlimm genug gewesen. Oh nein. Es war das Schwarzwaldschnuckelchen, mit dem wir auf der Fahrt in mein neues Leben das Zwischenspiel gehabt hatten. Die Erinnerung daran steigerte meine Hitze noch um ein paar Grad.

Der Mann – aus der Nähe sah er noch besser aus! – lächelte mich an. Ob er wusste, wer ich war? Sein Gesicht verriet nichts. Kein Zeichen von Wiedererkennen.

»Guten Tag. Ich bin Sebastian Brommer. Entschuldigen Sie bitte den Überfall. Mir scheint, Sie haben jemand anderen erwartet.« Er zögerte einen Moment, lächelte weiter und sagte dann: »Meine Missi«, er drehte sich um und zeigte auf die Ente in Feuerwehrrot, die kurz vor der Hofeinfahrt mit offener Motorhaube am Straßenrand stand, »macht schon wieder Zicken. Ich glaube, ich hab das Problem jetzt behoben, aber meine Hände ...« Er streckte mir seine über und über mit schwarzer Schmiere bedeckten Hände entgegen. »Wäre es wohl in Ordnung, wenn ich mich an Ihrem Brunnen ein bisschen wasche?« Okay. Durchatmen, Mia! Er sieht umwerfend aus, seine braunen Augen glänzen wie Zartbitterschokolade, und die Locken schreien »Fass mich an! Zerstrubbel mich!«, aber hier ist männerfreie Zone. Auch für dich, du verflixter Zeh.

Mühsam brachte ich meine Gedanken von meinem Zeh wieder zu dem Fremden, der mir immer noch seine schwarzen Hände entgegenhielt. »Äh, ja, natürlich. Kein Problem.«

Ich zwang meine Gesichtsmuskeln zu einem Lächeln und hoffte, mein Brustkorb könnte dem Hämmern meines Herzens standhalten.

Schnuckelchen drehte sich um und ging zum Brunnen.

»Und Entschuldigung!«, rief ich ihm hinterher. »Ich meine, wegen ...«

»Kein Problem«, sagte er über seine Schulter hinweg. »Ich bin aber ganz froh, dass ich ich bin und nicht der andere.«

Ich nickte und drückte die Tür ins Schloss. So viel Aufregung an einem Vormittag, das war zu viel für mich. Ich brauchte Urlaub! Eine einsame Insel wäre perfekt.

Im nächsten Moment schoss ein beängstigender Gedanke durch meinen Kopf. Was, wenn der Kerl das mit der Autopanne nur vorgeschoben hatte? Spionierte er mich etwa aus? Wusste er von dem Toten? Himmel, ich Naivchen machte hier völlig arglos die Tür auf und wusste gar nicht, ob es nicht vielleicht ein Mörder war, dem ich gegenüberstand? Wenn ich wenigstens den Penner von vorhin dabehalten hätte, der einen Job wollte. Der hätte mich beschützen können. Und überhaupt: Wo waren eigentlich die Hunde?

Jonnysonni @MiasWelt
Die, die ganz laut NEIN brüllen, haben es doch besonders nötig. Mein Jonny weiß, was dir fehlt.

Du nicht auch noch!, dachte ich und drückte Twitter weg. Dafür hatte ich gerade keinen Kopf. Andererseits ... Ich kam ins Grübeln. Erst der schräge Goldidiot, dann der Kerl, der eine Arbeit suchte, und jetzt das. War das nicht ein merkwürdig passendes Timing? Vielleicht steckte Jonny mit dem Kerl am Brunnen unter einer Decke? Konnte es sein, dass die Twitterleute irgendwie mit drinhingen? Hatten sie sich gegen mich verschworen und schmiedeten hier gerade ein Komplott? Aber wieso?

Nein, Mia, jetzt tanzt dir deine Fantasie mal wieder auf der Nase rum! Und überhaupt, die wussten doch gar nicht, wo ich wohnte. Entschlossen wehrte ich diese verqueren Gedanken ab. Ein Toter im Keller und ein geklauter Esel im Stall waren eindeutig zu viel für meine Nerven. Ich wollte mich nicht verrennen, sonst könnte ich mich nicht mehr über Jonnys schräge Sprüche amüsieren. Am Ende müsste ich das Handy vom Netz nehmen, sonst könnte jemand meinen Standort ... STOPP! Nicht weiterdenken, Mia. Nur nicht weiterdenken!

Mia Sonne @MiasWelt
Könnte mal jemand meine schrägen Gedanken stoppen und meinen Zeh zur Räson rufen? Jetzt!

Jonnysonni @MiasWelt
Oh, lass mich mal ran, Sweetie. Ich werde Sachen mit deinem Zeh machen, da werden dir alle Gedanken vergehen!

SummseBiene @MiasWelt
Geht es um 'nen Kerl? Vergiss das Denken! Freiheit für die Zehen!

PaulaPaula @MiasWelt
Es ist immer gut, Dinge zu hinterfragen und gründlich über *das Leben nachzudenken. Du machst das richtig!*

Ich ging zum Küchenfenster und beobachtete den Fremden, der sich immer noch am Brunnen wusch. Sebastian Brommer. Ob das sein echter Name war? Um besser sehen zu können, schob ich die Gardine ein bisschen zur Seite. Er hatte die Hände und Unterarme notdürftig geschrubbt. Jetzt hob er den Kopf und schaute genau zum Küchenfenster. Mist!

Mein Satz nach hinten kam Ewigkeiten zu spät. Er hatte gesehen, dass ich am Fenster gehangen hatte wie ein neugieriges Waschweib. Lächelnd winkte er zu mir rüber.

Was machte ich da eigentlich? Es gab doch wirklich genug zu tun. Ich musste mir ein Schild besorgen und es an der Hofeinfahrt platzieren: »Männer müssen draußen bleiben!« Mein verflixter Zeh sah das anders, der wackelte schon wieder vergnügt. Und auch mein Bauch kribbelte, als hätte ich fünf Brausepäckchen auf einmal geschluckt. Kein gutes Zeichen. Gar kein gutes Zeichen.

Konnte man sich vielleicht gegen Männer impfen lassen? Das wäre genau das Richtige für mich. Dann wäre ich immun. Schluss jetzt, Mia, fauchte ich mich selbst an. Jetzt reiß dich zusammen. Du machst dich hier gerade so dermaßen zum

Schaf. Erst hast du eine große Klappe von wegen »In meinem Leben gibt es keinen Platz mehr für Männer, die machen nur Ärger«, und kaum steht ein akzeptables Exemplar vor der Tür, franst der Entschluss aus wie Ricos Fell.

Rico! Der Schreck fuhr mir durch die Glieder. Hoffentlich blieb er ruhig. Mit einem Schritt war ich wieder beim Fenster. Dieses Mal hatte ich aber keine Augen für das Schnuckelchen, sondern behielt angespannt die Stalltür im Blick. Pünktchen und Paul sprangen auf der Wiese hinter der Scheune herum, jagten Schmetterlinge oder Fliegen. Feine Wachhunde, prima. Und Ottfried kuschelte bereits Stunden mit dem Esel.

Die Zeit schien eingefroren. Ich trommelte ungeduldig mit den Fingern auf den Fenstersims und hoffte, mein ungebetener Gast würde sich endlich vom Acker machen, bevor es zur Katastrophe käme. Als Sebastian Brommer nach einer gefühlten Ewigkeit mit einem letzten Winken in sein Auto stieg, pustete ich mir erleichtert eine Locke aus dem Gesicht und ließ mich auf den nächstbesten Stuhl fallen. Gerade noch mal gut gegangen.

Mein Puls hatte den roten Bereich noch nicht verlassen, da ließ mich die Klingel schon wieder hochfahren. Ich stapfte zur Tür und riss sie auf. Auch wenn ich ziemlich sicher war, gleich Nils zu sehen, hielt ich mich mit verbalen Attacken zurück. Vorsichtshalber.

Zum Glück, wie ich gleich darauf feststellte, als mein Blick sich im sonnigen Schnuckelchenlächeln verfing. Mein Kopf wurde zum schwarzen Loch. Verzweifelt suchte ich nach Worten. Wie artikulierte man sich noch mal?

»Es tut mir wirklich leid«, erlöste mein Besucher mich aus meiner Sprachnot. »Missi scheint es heute ernst zu meinen. Sie macht keinen Muckser. Und zu meinem Pech ist jetzt auch noch der Handyakku leer. Wäre es möglich, Ihr Telefon zu benutzen? Ich müsste die Werkstatt anrufen.« Er machte eine kurze Pause. Ich brachte immer noch keinen Ton raus.

»Natürlich bezahle ich das Gespräch«, beeilte er sich zu versichern. Mein Schweigen schien ihn zu verunsichern.

Am liebsten hätte ich die Tür zugeknallt. Ich wollte keinen Mann in meinem Haus. Schon gar keinen, der meinen Zeh zum Wackeln brachte. Und ich wollte nicht ins Gefängnis. Je länger der Kerl sich bei mir auf dem Hof rumtrieb, desto größer wurde die Gefahr, dass Rico anfing zu schreien. Dann wäre alles zu spät. Sicher hatte er längst von dem gestohlenen Esel gehört und würde eins und eins zusammenzählen. Auf dem Land verbreiteten sich solche Neuigkeiten doch schneller als eine Grippewelle.

Mit einem Seufzer trat ich zur Seite und wies Richtung Küche. »Kommen Sie. Sie können mein Handy nehmen. Festnetz habe ich noch nicht.«

Nach einem kurzen Gespräch, von dem ich kaum ein Wort verstand, legte er auf und gab mir mein Handy zurück. »Danke. Hubert kommt gleich, ich werde draußen warten. Was bin ich Ihnen schuldig?«

»Nichts, kein Problem.« Ich begleitete ihn hinaus. »Alles Gute für Missi!«, rief ich hinter ihm her und schloss rasch die Haustür.

Zurück in der Küche blieb mir keine Zeit, über Sebastian Brommer und seine Zartbitteraugen nachzudenken. Mein Handy meldete sich. Chrissi? Nein. Ein kurzer Blick auf das Display brachte mich nicht weiter. Die Nummer hatte ich noch nie gesehen.

»Mia, hallo?«, meldete ich mich.

»Ja, guten Tag, ich bin der Rodler Werner. Der Georg von der Feuerwehr hat mir gsagt, dass Sie en Tiersalon eröffnen tun. Fitte Sie au Küh?«

Mein Gesprächspartner bemühte sich eindeutig, Hochdeutsch zu sprechen, wenn auch nur mit mäßigem Erfolg. Was hatte er gefragt? Es ging um Kühe, so viel hatte ich verstanden.

Aber was war mit den Kühen? Wollte er sie zu mir in den Salon bringen? Der Gedanke amüsierte mich. Ich sah es bildlich vor mir. Mia – die Kuhfriseurin.

»Entschuldigen Sie, ich habe Ihre Frage nicht verstanden. Der Salon ist auch noch gar nicht eröffnet, es wird sicher noch einige Tage dauern«, erklärte ich höflich.

»Ob Sie Küh fitte, han ich gfrogt«, wiederholte der Rodler Werner. »So trimme und föhne un so halt«, fügte er hinzu.

Fitten? Trimmen? Ach du meine Güte! Kühe fitten, natürlich! Das war der neueste Schrei. Vor Ausstellungen und Auktionen wurde das Vieh gestylt und hergerichtet. Klar, davon hatte ich gehört. Aber selbst hatte ich noch nie Hand an eine Kuh gelegt. Zumindest nicht mit Bürste und Kamm.

Andererseits war ich ein Profi. Als Tierpflegerin konnte ich mit allen Tieren umgehen, und mit Bürsten, Shampoo und Fellpflege kannte ich mich auch aus.

»Hallo?«, tönte es an mein Ohr. »Sind Se noch dran?«

Ich räusperte mich. Geschäft war Geschäft. Wenn ich hier im tiefsten Schwarzwald wirtschaftlich überleben wollte, durfte ich bei Aufträgen ganz sicher nicht wählerisch sein.

»Ich bin noch dran. Entschuldigung. Ja, Herr Rodler, ich trimme auch Kühe.«

So viel anders als bei einem Langhaardackel konnte das doch auch nicht sein. Nur etwas größer. Zumindest hoffte ich, dass es keine wesentlichen Unterschiede in der Handhabung gab.

»Aber Sie, ich muss da scho sicher sein. Da hängt en Huufe Zaschter dra, weisch, Maidle.«

Aha. Anscheinend hatte mein Zögern ihn bewogen, an meiner Kompetenz zu zweifeln.

»Um was genau geht es denn, Herr Rodler?«, fragte ich mit fester Stimme.

»Ha, um die Ausstellung Anfang Mai erscht mol. Die Alma soll dort ordentlich Preise kriegen. Wenn des klappt, wird es da noch einige Termine geben. Aber ich würd vorher schon mal ebbes sehen wollen.«

»Okay. Anfang Mai ginge in Ordnung. Wie wäre es, wenn ich nächste Woche zu Ihnen komme und eine Kuh probehalber trimme? Sie schauen es sich an und entscheiden dann, ob Sie mir Ihre Alma anvertrauen wollen. Einverstanden?«

Nach kurzem Hin und Her hatten wir uns auf einen Termin geeinigt und das Gespräch beendet.

Mia Sonne, Kuhfitterin.

Mia Sonne @MiasWelt
Achtung, ihr Kühe, haltet eure Euter fest – jetzt kommt Mia!

Chrissi würde ausflippen, wenn ich ihr das erzählte. Ich musste unbedingt im Internet schauen, da gab es bestimmt seitenweise Tipps und Ideen, was man mit Kühen gemeinhin alles anstellte, um sie fit zu machen für Ausstellungen. Mit etwas Glück würde ich sogar ein YouTube-Video dazu finden. Gesagt, getan. Ein paar Klicks, und ich hatte die ersten spannenden Seiten zum Thema gefunden. Unglaublich, was es beim Fitten einer Kuh alles zu bedenken gab! Hoffentlich schaffte ich das überhaupt. Nach den ersten Informationen wurde mir langsam klar, dass ein Langhaardackel wohl doch nicht nur wegen der Größe eine andere Hausnummer war.

Wildes Hupen riss mich aus meinen Gedanken. Ich schaute zum Fenster raus: Chrissi. Ich war gespannt wie ein Flitzebogen, was sie sich wohl für eine Idee hatte einfallen lassen. Schnell rannte ich ihr entgegen. Von Sebastian und seiner Missi war nichts mehr zu sehen.

»Komm, hilf mir!«, rief Chrissi mir zu, kaum dass ich die Tür geöffnet hatte. Sie beugte sich über die Rückbank und säuselte:

»Ganz ruhig, alles in Ordnung, ihr Süßen. Jetzt lernt ihr Tante Mia kennen und euer neues Zuhause.«

Ich hüpfte und versuchte an Chrissis Rücken vorbei ins Auto zu schauen. Endlich richtete sie sich auf und drehte sich zu mir um. Im Arm hatte sie eine zuckersüße weiße Zwergziege. Aus dem Wageninneren erklang jämmerliches Blöken. Chrissi trat zur Seite, und ich sah ein zweites Zicklein – komplett schwarz.

»Sind die goldig, Chrissi! Wo hast du die her? Ach du meine Güte, wie süß!« Unter lauten Entzückensrufen holte ich das zweite Zicklein von der Rückbank. Es schnupperte und fing direkt an, meine Hand zu lecken. Das Schwänzchen wedelte vor Aufregung wild durch die Luft.

»Darf ich vorstellen? Max und Moritz! Deine neuen Mitbewohner und zwei gute Gründe, Heu und Stroh zu kaufen. Ich hab sie dem Ziegenbauern abgekauft, der seinen Hof am anderen Ende von St. Gregorius hat. Man kommt dran vorbei, wenn man von der Stadt zu dir fährt.« Chrissi strahlte mich an und ließ ihre kleine Zahnlücke dabei aufblitzen. »Ich hab übrigens mit Alfons, so heißt der Bauer, ausgemacht, dass er nächste Woche je einen Ballen Heu und Stroh liefert. So lange wird das reichen, was ich im Kofferraum habe.« Chrissi war voll in Fahrt. Die Energie sprühte förmlich um sie herum. »Komm, wir bringen die beiden zu Rico, dann laden wir den Rest aus.« Die Zicklein sprangen sofort übermütig durch den Stall.

Rico wackelte mit den Ohren, er schien über das Treiben erfreut zu sein. Ottfried zog sich vorsichtshalber hinter seinen Eselfreund zurück und beobachtete Max und Moritz aus sicherer Entfernung. Am liebsten hätte ich mich zu den Kleinen gesetzt und ihnen stundenlang beim Spielen und Schlafen zugeschaut. Aber Chrissi trieb mich unerbittlich an. Das Zickleinschmusen musste warten.

»Und? Schon was entdeckt?«, fragte ich und griff mir die nächste Ausgabe.

Wir saßen am Küchentisch und blätterten uns durch einen Berg Zeitungen. Vielleicht stand irgendwo eine Notiz von einem vermissten Mann.

»Nichts. Das gibt es doch nicht. Der Kerl muss doch von irgendwem vermisst werden.« Chrissi legte die letzte Zeitung auf den Stapel.

»Wir müssen nach Vollingen. Vielleicht hilft uns die Adresse weiter, die er bei sich hatte. Könnte doch sein, dass wir dort was rausfinden.«

»Hm«, machte Chrissi. »Ja, wäre eine Möglichkeit. Aber weißt du was? Jetzt brauch ich erst mal was zu futtern. Mein Magen hängt schon in den Kniekehlen. Gemüseeintopf?«

»Klingt prima! Du hast ja reichlich Frischzeug mitgebracht.«

»Ja, ich weiß, ein bisschen viel. Aber ich konnte nicht widerstehen. Dieses Obsthäusle ist echt klasse. Die haben Obst und Gemüse vom Bodensee.«

»*Du* bist echt klasse. So wie du hier alles erkundest und entdeckst, müsstest du eigentlich wirklich mit mir hier einziehen. Du fühlst dich doch eh schon wie zu Hause.«

»Wer weiß? Ich hätte es mir ja nicht vorstellen können, aber ich finde es hier eigentlich gar nicht so schlecht. Bleibt nur die Frage, ob der Salon gleich zwei Leute tragen würde.«

Ich ließ das Messer sinken, mit dem ich gerade eine Zwiebel schälen wollte. »Mensch, das hab ich ja noch gar nicht erzählt. Stell dir vor, ich hab meinen ersten Termin vereinbart. Mit einer Kuh!«

»Mit einer ...« Chrissi runzelte die Stirn und musterte mich. »Komm, mach dich nicht über mich lustig, Mia!«

»Ehrenwort, es ist die Wahrheit. Also ja, gut, den Termin hab ich natürlich nicht mit der Kuh ausgemacht. Das war der Bauer. Der Rodler Werner. Aber es geht um Alma, seine Preiskuh.«

»Waschen, schneiden, föhnen?«, fragte Chrissi. Sie glaubte mir immer noch nicht.

Ich gab ihr einen Schubs. »Quatsch. Obwohl, ja, doch, so ungefähr. Was man halt bei Kühen so macht – für Wettkämpfe. Waschen, rasieren, die Rückenlinie richten, Euter scheren, damit die Äderung klar hervortritt. Ach, es ist wirklich unglaublich, ich hab gerade erst angefangen, mich in das Thema einzuarbeiten.«

»Stimmt!« Jetzt war auch bei Chrissi der Groschen gefallen. »Darüber hab ich sogar mal einen Bericht gesehen. Cool! Oder eigentlich *kuuuhl*!« Sie pfiff durch die Zähne. »Hey, du startest ja wirklich voll durch. Vielleicht wird das ja was mit uns zwei Hübschen.« Sie zwinkerte mir vielsagend zu.

Ich wurde ernst und legte den Arm um Chrissi. »Ganz ehrlich, Süße. Ich kann mir das supergut vorstellen. Du und ich, Omas Haus und der Tiersalon. Ich glaube, wir wären ein prima Team, wir würden den Schwarzwald rocken!«

»Ich denk drüber nach!«, antwortete Chrissi. »Versprochen. Aber lass uns nach dem Essen erst zu der Adresse fahren.«

Zwei Stunden und ein paar Ehrenrunden später standen wir vor einem Mehrfamilienhaus in Vollingen, in einem Viertel, dessen Häuser und Bewohner die besten Zeiten wohl schon hinter sich hatten.

»Hier muss es sein.« Chrissi deutete auf den rechten der drei Eingänge. »Komm, wir schauen mal die Klingeln an.«

Kurz bevor wir an der Haustür ankamen, steuerte von der anderen Seite ein erbärmlich aussehender Typ drauf zu. Er fuhr sich mit der rechten Hand in den Schritt.

Chrissi und ich blieben stehen. Ich tat, als würde ich etwas in meiner Tasche suchen. Chrissi band sich den Schuh.

Der Kerl drückte auf eine Klingel, wartete, und nachdem nichts passierte, drückte er alle Klingelknöpfe und rief: »Post!«, als die Gegensprechanlage knackte.

»Dem möchte ich nicht im Dunkeln begegnen«, sagte ich und schauderte.

Chrissi machte drei große Sätze und erwischte die Haustür gerade noch, bevor sie ins Schloss fiel. Sie winkte mir. »Komm, wir schauen uns mal um«, forderte sie mich auf.

Wir schlichen möglichst leise die Treppe hinauf. Der Typ von gerade trommelte an eine Tür. Nebenan fing eine ältere Frau in Kittelschürze an, das Treppenhaus zu fegen.

Ich zog Chrissi wieder nach unten. »Das hat keinen Sinn, hier ist viel zu viel los«, flüsterte ich.

»Aber wir hätten die Frau fragen können, ob jemand aus dem Haus vermisst wird«, motzte Chrissi, nachdem wir etwas vom Haus entfernt waren.

Ich nickte. »Ja, genau. Und ihr dann gleich noch sagen, dass der Vermisste vermutlich bei uns tiefgekühlt in der Truhe liegt. Nee, Chrissi, echt nicht! Und außerdem, so wie es hier aussieht, kümmert sich kein Nachbar um den anderen. Vermutlich wissen die meisten gar nicht, wer neben ihnen wohnt.«

Das war jedenfalls eine Sackgasse. Detektivisch steckten Chrissi und ich wohl noch in den Kinderschuhen. Da war noch Luft nach oben. Fürs Erste gaben wir den Versuch auf und fuhren wieder nach Hause.

»Vielleicht setzen wir auch einfach falsch an«, überlegte Chrissi laut, während sie das Auto in den fließenden Verkehr einfädelte. »Unser Mr. Tiefkühl wird nicht vermisst und hat es sowieso schon hinter sich. Sollten wir nicht lieber überlegen, wie wir ihn loswerden können, statt nachzuforschen, wer er ist?«

»Loswerden?«, echote ich. »Wie meinst du das?«

»Ich meine, wir hätten ihn gar nicht erst tiefkühlen sollen, sondern gleich irgendwo ablegen, wo er gefunden wird. Oder ihn im Wald vergraben.«

Ich schüttelte den Kopf und mich gleich dazu. »Chrissi, du bist grausam. Du kannst doch nicht einfach einen Toten irgendwo ablegen. Was, wenn da Tiere drangehen?« Der Gedanke ließ mich direkt noch mal schaudern.

»Ach, aber den Kerl tiefzukühlen, ist nicht grausam? Tagelang mit einer Leiche im Keller leben und so tun, als wäre nichts gewesen, findest du harmloser?«

Nein. Das nun wirklich nicht. Chrissi hatte recht.

»Ich hab mal einen Film gesehen, da haben sie einen Toten in Kloreiniger aufgelöst.«

Mir wurde schlecht. »Chrissi. Hör auf. Sofort! Das ist ja widerlich. Und wahrscheinlich funktioniert so was nur im Film. Pass auf, wir geben uns jetzt noch eine Woche Zeit, die Herkunft von Mr. Tiefkühl zu klären und eine Lösung zu finden. Wenn wir bis dahin nicht weitergekommen sind, werden wir ihm ein feierliches Begräbnis bereiten.« Ich fand, das waren wir ihm schuldig, immerhin hatte er vermutlich in meiner Scheune seinen letzten Atemzug getan.

Mit diesem Vorschlag war Chrissi einverstanden. Wir verschoben Kommando Tiefkühl.

»Mia, ich streiche die Flächen weiß, und du kümmerst dich um die Farbe. Okay?«

Es war später Vormittag, und der Frühling hatte den Schwarzwald mit voller Wucht erobert. Die Sonne strahlte, die ersten Hummeln brummten, und die Natur schien sich nach dem langen Winter zu strecken und zu recken.

Ottfried hatte seine Freunde im Stall nur kurz für das Frühstück allein gelassen. Er hatte sogar bei Rico, Max und Moritz geschlafen. Pünktchen und Paul lagen Seite an Seite auf der Wiese und ließen sich den Pelz wärmen.

Chrissi hatte den CD-Player in den Salon gestellt und trällerte lautstark mit Ina Müller mit, die mit ihrem Humor das

Leben der Frau ab vierzig aufs Korn nahm. »Wenn ich mal vierzig bin, möchte ich so stark sein wie Ina«, erklärte mir die beste aller Freundinnen, während sie die Rolle in die weiße Farbe tunkte.

»Die große Klappe hast du ja schon«, stichelte ich. »Ich finde, da stehst du Ina in nichts nach, und das, obwohl du noch nicht mal dreißig bist.«

Mein sanfter Spott perlte an Chrissi ab. »Findest du?«, fragte sie stattdessen. Als ich nickte, sagte sie: »Prima. Dann muss ich das ja nicht mehr üben.«

Wir arbeiteten Hand in Hand und kamen gut voran. Zum Glück hatte ich den Boden abgeklebt, denn obwohl ich mir Mühe gab, verteilte ich die Farbe nicht nur an der Wand, sondern reichlich um mich herum. Streichen war eindeutig nicht meine Lieblingsbeschäftigung.

Als es läutete, fing mein Puls natürlich sofort wieder an zu rasen. Die Angst, jemand könnte Rico entdeckt haben, saß mir weiter im Nacken. Wir müssen unbedingt eine Lösung für den Esel finden, ging es mir durch den Kopf, während ich zur Tür lief. Meine Nerven würden diese Anspannung auf Dauer nicht aushalten. Und wenn hier erst einmal Kunden ein und aus gingen, könnte ich unmöglich einen geklauten Esel im Stall verstecken. Außerdem brauchte so ein Grautier doch auch Auslauf. Wir konnten ihn nicht dauerhaft im Stall einsperren. Weiter kam ich nicht, denn ich hatte die Haustür erreicht.

Ich atmete durch und drückte die Klinke runter.

Das Erste, was ich sah, war ein Strauß bunter Tulpen. Gleich darauf tauchte ein inzwischen schon beinahe vertrautes Gesicht dahinter auf: Sebastian Brommer.

»Oh«, hauchte ich.

Verdammt. Er musste mich langsam für geistig minderbemittelt halten. In seiner Nähe versagte mein Sprechinstrument auffällig oft.

Doch er schien es gar nicht zur Kenntnis zu nehmen. »Ich wollte mich noch einmal für Ihre Hilfe bedanken«, redete er los. »Und außerdem wollte ich fragen, ob Sie vielleicht Zeit und Lust hätten, spontan einen Kaffee mit mir trinken zu gehen. Es ist Sonntag, der Frühling lockt, und Sie würden mir eine riesige Freude machen.«

Seine Zartbitteraugen schmolzen, während er meinen Blick festhielt. Mein Zeh ließ sich nicht mehr stoppen. Ich räusperte mich.

»Hey, hallo! Besuch?« Chrissi war hinter mich getreten und verschaffte mir einen Moment Bedenkzeit.

»Chrissi, das ist Sebastian Brommer. Herr Brommer, Chrissi Streitberger«, stellte ich die beiden vor. »Herr Brommer hat mich gerade auf einen Kaffee eingeladen, aber ich weiß nicht, eigentlich ...« Ich nagte an meiner Unterlippe, schaute Chrissi hilfesuchend an.

»Eine super Idee!« Mit gewohnter Energie nahm Chrissi das Ruder in die Hand. In ihren Augen blitzte es gefährlich. Natürlich hatte sie das Schwarzwälder Schnuckelchen sofort erkannt. »Ich wollte sowieso gerade vorschlagen, dass wir eine Pause machen. Du gehst Kaffee trinken, und die Hunde und ich fahren mal eben zu mir nach Hause. Ich brauch noch ein paar Sachen. Den Rest streichen wir einfach morgen.« Sie wollte mich zur Tür hinaus und direkt in Sebastians Arme schieben.

»Ja, aber ...«, murmelte ich überrumpelt. Dann musste ich lachen. Chrissi und ihre Monsterwellen, da konnte so ein Weicheisurfer, wie ich es war, wirklich nicht mithalten. »Ich möchte mir aber zumindest noch schnell was anderes anziehen«, wandte ich ein. »Kümmere du dich so lange um Herrn Brommer, ja? Bin gleich wieder da!«

Ach du meine Güte! Ach du meine Güte! Ach du meine Güte! Ich hatte ein Date. Das war doch ein Date, oder?

Mia Sonne @MiasWelt
Ich glaube, das mit dem männerfrei *muss ich noch üben.* *#Date-Alarm*

Jonnysonni @MiasWelt
Wenn er es nicht bringt, Jonny ist bereit!

PaulaPaula @MiasWelt
Ich bin entsetzt. Was ist nur aus der Frauensolidarität geworden? Abtrünnige!

Nein. Kein Date, kommandierte ich mich zurück. Es war eine nette Einladung unter Bekannten. Vielleicht konnten wir ja Freunde werden? Nur Freunde. Das würde mir den Start im Schwarzwald sicher erleichtern.

Mit fliegenden Fingern zog ich fünf Shirts auf einmal aus dem Schrank. Innerhalb von Minuten stand ich umgezogen und notdürftig geschminkt wieder in der Küche. »Von mir aus können wir«, sagte ich. Die Vorfreude auf einen Ausflug mit diesem wirklich netten Typen kribbelte in mir. Und sollte es sich doch um einen Spion handeln, der entweder hinter Rico oder hinter der Tiefkühlleiche her war, würde ich das im Laufe des Tages sicher rausfinden.

Zuversichtlich ging ich mit Sebastian zusammen Richtung Ausgang. Da fiel mir etwas ein. »Aber wir fahren doch nicht mit Missi, oder? Ich meine, falls doch, sollte ich vielleicht vorsichtshalber Wanderschuhe anziehen.«

Er lachte. Okay, Humor hatte er auf jeden Fall.

»Missi ist in der Werkstatt. Ich habe einen Leihwagen.«

»Na dann. Los geht's. Wo fahren wir denn hin?«

»Wie wäre es mit dem Bodensee?«

Vierzehn

Mia Sonne @MiasWelt
Frühling, Sonne, Eiskaffee und nette Gesellschaft. Mehr kann man vom Leben nicht verlangen.

»Ich freue mich schon sehr auf die Eröffnung. Auch wenn ich wirklich noch nicht sicher bin, ob ich allen Herausforderungen standhalten werde«, sagte ich und schlürfte an meinem Eiskaffee. Sebastian und ich saßen an der Strandpromenade und genossen das Leben. Auf dem Weg zum See waren wir zum Du übergegangen.

»So, wie ich dich kennengelernt habe, wirst du die Hürden mit Leichtigkeit nehmen. Vermutlich merkst du oft nicht mal, dass es überhaupt Hürden waren«, meinte Sebastian. Um seine Zartbitteraugen bildeten sich in der hellen Sonne Millionen kleiner Lachfältchen.

Woher nahm er das Zutrauen in mich? Er hatte doch keine Ahnung. Er kannte mich gerade mal ein paar Stunden und wusste so gut wie nichts von mir.

»Wenn ich daran denke, wie temperamentvoll du sein kannst«, sagte er jetzt, als könnte er meine Gedanken lesen.

Ich hob die Augenbrauen und schaute ihn fragend an.

»Na, unser erstes Zusammentreffen zum Beispiel, da warst du voll in Fahrt.« Er lachte.

Ach so, daran hatte ich gar nicht mehr gedacht. »Ich hatte meinen Ex-Freund vor der Tür vermutet«, erklärte ich. Wenn sich Sebastian schon so von mir hatte anpfeifen lassen müssen, hatte er auch das Recht zu erfahren, was der Auslöser gewesen war. »Wir sind frisch auseinander, und die Trennung lief nicht ganz harmonisch – ich meine …«

Ich zögerte. Was wollte ich ihm erzählen? Dass ich meinen Freund mit einem hühnerbrüstigen Austausch… Nein, das ging ihn nichts an. Eigentlich wollte ich überhaupt nicht über Nils sprechen. Der spielte in meinem Leben keine Rolle mehr.

Fertig. Kapitel beendet. Auch wenn er das immer noch nicht kapiert hatte und mich ständig weiter mit Zuckermails bombardierte. Ich löschte sie schon ganz automatisch, ohne lange drüber nachzudenken.

Sebastian grinste. »Ich dachte eher an unser allererstes Zusammentreffen. Du erinnerst dich doch bestimmt, auf der Landstraße.« Er musterte mich. »Du wärst mir beinahe an die Gurgel gesprungen. Ich vermute mal, ich hab es Chrissi zu verdanken, dass ich überlebt habe.«

Ups. Er hatte mich also doch erkannt.

Schnell griff ich nach meinem Eiskaffee und sog so hastig am Strohhalm, dass ich mich verschluckte. Nachdem ich wieder Luft bekam, antwortete ich: »Und dann standst du plötzlich vor meiner Tür. Was für ein Zufall! Eigentlich ein Wunder, dass du nicht gleich davongerannt bist, als du gesehen hast, wer dir öffnet. Hast du eigentlich noch andere Hobbys, als mit Missi die Schwarzwälder Straßen zu blockieren?«

Ich bemühte mich, den Ton locker zu halten, aber innerlich krampfte sich alles zusammen. War es wirklich Zufall gewesen? Sebastian schmunzelte. »Einen Moment hab ich tatsächlich die Flucht erwogen. Zumal du da ja schon wieder auf hundertachtzig warst.« Er beugte sich zu mir rüber. »Deine Augen sprühen förmlich Funken, wenn du wütend bist.«

Das war ein Flirtversuch. Eindeutig. Oh Mann, ich wollte nicht. Konnten wir nicht einfach einen netten Tag haben? Und überhaupt, wie sollte ich mit jemandem schäkern, von dem ich nicht wusste, ob ich ihm vertrauen konnte? Wie sollte das funktionieren? Ganz abgesehen davon hatte ich von Männern die Nase gestrichen voll. Und er hatte mir die Frage nach seinen Hobbys nicht beantwortet.

Bevor ich nachhaken konnte, entschuldigte sich Sebastian und verschwand Richtung Toiletten. Ich schaute ihm hinterher und seufzte.

Meine Gedanken gingen spazieren. Denen war es egal, dass ich mich sträubte. Ich sah mich und Sebastian. In zärtlicher Umarmung. Wir küssten uns. Während wir die Hände auf Wanderschaft schickten, kicherten wir, alberten herum und landeten in meinem Schlafzimmer. Plötzlich tauchte das Gesicht von dem Tiefkühltoten vor mir auf. Oh Gott! Eine heiße Nummer direkt über dem eiskalten Tod! Nein. Neinneinnein.

Ich blinzelte, versuchte das Bild loszuwerden. Ganz abgesehen von allen anderen Vorbehalten: So ging das nicht weiter. Unmöglich! Der Tote musste weg. Schnellstens!

Und ich musste rausfinden, ob Sebastian wirklich der harmlose Entennarr war, wie es schien, oder ob er vielleicht doch ein dunkles Geheimnis mit sich rumschleppte. Wusste er von dem Toten? War das alles nur eine Masche? Oder drehte ich einfach nur langsam, aber sicher durch und sah im hellen Sonnenlicht dunkle Geister? Meine Finger zuckten, wie gern hätte ich jetzt mein Strickzeug in der Hand. Das würde mich beruhigen. Stattdessen nahm ich mein Handy und drehte es gedankenverloren zwischen den Fingern. Ich tippte.

Mia Sonne @MiasWelt
Okay, alles wundervoll, aber etwas weniger Grübelei wäre nett.

Jonnysonni @MiasWelt
Du hast meinen Jonny vergessen. Der gäbe die Sahne obendrauf ☺

Mia Sonne @Jonnysonni
Wuä! Manchmal bist du echt eklig.

SummseBiene @MiasWelt
Sieht er gut aus?

Jonnysonni @Sumsebiene
Mein Jonny? Komm und schau ihn dir an! Du darfst auch anfassen.

PaulaPaula @MiasWelt
An deinem Gesellschaftsgeschmack müssen wir noch arbeiten, aber Eiskaffee klingt gut.

Ich stopfte das Handy wieder in die Handtasche zurück und lächelte zu Sebastian rüber, der sich gerade wieder setzte. Ich würde einfach unverbindlich nett sein, und basta. Keine Zehenwackelei, keine geschmolzene Schokolade. Einfach nichts in dieser Richtung. So schwer konnte das doch nicht sein!

»Lebst du in St. Gregorius? Du weißt schon so viel von mir und ich noch so gut wie gar nichts von dir. Ich weiß noch nicht mal, was du arbeitest«, sagte ich, auf der Suche nach unverfänglichem Gesprächsstoff. Männer redeten normalerweise doch gern und ausführlich über ihre Arbeit.

Bevor er antworten konnte, tönte »Always look on the bright siiiide of life, dudum, dudumdudumdudumm! Always …« aus meiner Handtasche. Ich kramte. Mit einem entschuldigenden Schulterzucken in Sebastians Richtung nahm ich den Anruf an. Könnte ja ein Kunde sein. Vielleicht sollte ich dieses Mal ein Schwein stylen? Oder einem Huhn die Federn polieren?

»Mia, hallo?«, meldete ich mich und lächelte zu Sebastian rüber.

»Mia-Kind, gut, dass ich dich erreiche. Ich sage dir, Kind, es ist etwas Schreckliches passiert! Du kannst es dir nicht vorstellen. Meine Nerven! Wenn das so weitergeht, brauche ich dringend eine Kur.«

Himmel, Mama! Verdammt. Schon wieder Weltuntergang. Wenn ich das geahnt hätte, wäre ich nicht drangegangen. Ich legte meine Hand übers Telefon und flüsterte zu Sebastian:

»Dauert nicht lange. Es ist meine Mutter.« Zur Untermalung rollte ich mit den Augen, was ihn zu einem breiten Grinsen veranlasste. Aha, Mütteraugenrollen schien ihm nicht unbekannt zu sein.

Ich konzentrierte mich wieder auf die verbale Mamadusche.

»Also, Mia. Du musst das kontrollieren. Unverzüglich. Ich habe keine ruhige Sekunde mehr, bis ich weiß, dass alles in Ordnung ist.«

Ups. Da hatte ich wohl etwas Wesentliches verpasst.

»Melde dich, wenn du dort warst.«

Zack. Aufgelegt. Verdammt. Und jetzt? Unschlüssig schaute ich auf mein Handy. Ich war versucht, die Sache einfach auf sich beruhen zu lassen.

»Probleme?« Sebastians Stimme holte mich an den Bodensee zurück.

»Irgendwie wohl, ja. Aber ich weiß nicht … Entschuldige, Sebastian, ich muss noch mal eben zurückrufen.«

»Was ist denn noch, Mia-Kind?«, meldete sich meine Mutter sofort nach dem ersten Klingelton mit ungeduldiger Stimme.

»Sag mir nicht, dass du schon dort warst. So schnell kannst du unmöglich am Haus gewesen sein.«

»Stopp!«, rief ich etwas zu heftig. Wenigstens wirkte es. »Ich hatte eine Störung während unseres Gesprächs«, beeilte ich mich zu erklären, bevor Mutter sich von dem Schreck erholt hatte und wieder loslegen konnte. »Sag mir noch mal, um was es eigentlich geht. Ich hab es nicht verstanden.«

Zuerst kam ein lauter Seufzer. »Ich hatte vergessen, dass du nicht so leicht verstehst wie dein Bruder. Er hat die Fähigkeit, Zusammenhänge innerhalb von Sekunden … Ach, was rede ich, du weißt ja, was für ein brillanter Kopf Lukas ist. Schade, dass du so gar nichts von ihm hast. Also, Mia-Kind. Ich erkläre es dir jetzt in aller Ruhe. Vermutlich hat dein Vater das Kellerfenster auf Kipp stehen lassen. Stell dir das einmal vor! Das ist ja wie eine Einladung für Einbrecher und Gesindel! Du musst umgehend zu unserem Haus fahren und nach dem Rechten sehen. Ich erwarte deinen Rückruf«, sagte sie und legte auf.

Kopfschüttelnd saß ich da. Ein gekipptes Kellerfenster? Das war ja wohl nicht ihr Ernst. Ich würde keinesfalls wegen eines gekippten Fensters über eine Stunde in die Stadt fahren. Sollte das doch ihre Hausperle machen! Immerhin hatte die ebenfalls einen Hausschlüssel. Ich würde sie anrufen. Später. Dazu musste ich erst mal im Netz nach ihrer Nummer suchen. Wenigstens wusste ich, wie sie hieß und wo sie wohnte, das sollte also kein Problem sein. So lange musste das gekippte Fenster eben warten.

»Okay. Alles erledigt«, sagte ich zu Sebastian, der während des Telefonats das Treiben auf dem Wasser beobachtet hatte.

»War doch nichts so Wichtiges.«

Es entstand eine Pause. Ich spielte mit dem Strohhalm meines Eiskaffees und spürte Nervosität in mir hochsteigen. Um den Moment aufzufangen, fing ich an loszuplappern:

»Stell dir vor, ich hab sogar schon den ersten Kunden. Noch bevor ich überhaupt den Laden eröffnet habe. Ich soll eine Kuh fitten.«

»Super! Die Bauern werden froh sein, endlich jemanden zu haben, der das macht. Bislang haben sie es meist selbst versucht – mit sagen wir mäßigem Erfolg.«

Was er alles wusste. Ein Mann, mit dem ich fachsimpeln konnte. Der ohne Mühe in ein Gespräch einsteigen konnte, auch wenn es eine etwas unerwartete Wendung nahm. Ob er das beruflich machte? Gesprächsführungscoach? Oder vielleicht Psychologe? Bevor ich ihn danach fragen konnte, hatte mein Mund sich bereits selbstständig gemacht und meine Sorgen vor Sebastian ausgebreitet. »Das Problem ist nur, ich hab keine Ahnung, ob ich es kann. Ehrlich gestanden: Ich hab das noch nie gemacht.« Ich knabberte an meiner Unterlippe. »Wenn ich das verbocke, kann ich die Sache mit dem Tiersalon vermutlich direkt vergessen. Dann ist mein Ruf hier in der Gegend ruiniert.«

Als ich es ausgesprochen hatte, merkte ich, was für eine Heidenangst ich vor diesem Auftrag hatte. Nein, nicht direkt vor dem Auftrag, eher vor den Folgen, falls ich es nicht so hinbekam, wie der Bauer es erwartete. Und was, wenn die Richter Alma bei der Ausstellung schlechte Wertungen gaben? Selbst wenn es nicht meine Schuld wäre, ein Teil des Misserfolgs würde an mir kleben bleiben. Und es würde sich rasend schnell rumsprechen. Wusste man doch. Auf dem Land waren alle miteinander verknüpft. Ganz ohne Facebook und Twitter verbreiteten sich hier Neuigkeiten wie ein Buschbrand. Hatte ich ja gerade selbst erlebt. Ich hatte die Kisten noch nicht ausgepackt, da redeten sie schon über mich und meine Geschäftsidee. Auch wenn mir in diesem Punkt das Gerede entgegengekommen war. In meinem Fall hatte der Fehleinsatz der Feuerwehr natürlich zusätzlich das Feuer geschürt. Von wegen Brandbekämpfung! Graswurzelmarketing vom Feinsten, sozusagen.

Aber das Blatt konnte sich innerhalb kürzester Zeit wenden. Wenn ich die Sache mit Alma vermasselte, konnte ich Koffer packen.

»Weißt du was?«, fragte Sebastian. »Ich hab eine Idee. Ich bin ganz gut mit der Meierin bekannt. Die hat eine kleine Landwirtschaft in Königsfeld. Und die Resi, das ist die Kuh von der Meierin, ist das sanftmütigste Wesen, das die Welt je gesehen hat. Wenn du willst, rede ich mit ihr, damit du an ihr üben kannst.« Er hielt inne. Ich grinste. Bevor ich fragen konnte, ob er Kuhisch spreche, merkte er es selbst und beeilte sich klarzustellen: »Also ich rede natürlich mit der Meierin, nicht mit der Kuh.«

»Das würdest du für mich tun?« Mein Mund stand offen, während ich zu Sebastian schaute.

Waren alle Schwarzwälder so hilfsbereit? Eigentlich habe, sie doch eher den Ruf, brummbärig zu sein und verschlossen. Meine Oma hatte immer gesagt: Bei einem Schwarzwälder ist nicht geschimpft wie gelobt. Sie hatte manchmal unter der schroffen Art meines Opas gelitten, an den ich mich allerdings kaum noch erinnern konnte. Ich wusste das nur aus ihren Erzählungen und auch nur aus dem, was sie zwischen den Zeilen gesagt hatte. Offen aussprechen hatte sie das nie wollen, denn obwohl er ein schwieriger Mensch gewesen war, hatte sie ihn aufrichtig geliebt.

Gerade als wir locker plauderten und ich endlich das Gespräch Richtung Sebastians Arbeit gelenkt hatte, tönte erneut mein Handy dazwischen. Mist. Bestimmt wieder meine Mutter, die wissen wollte, ob ich bereits auf dem Weg in die Stadt war. Ich zog mein Handy aus der Tasche und wollte den Anruf schon wegdrücken, als ich Chrissis Namen sah.

Sofort ging ich ran. Das musste wichtig sein. Sie würde mich nicht ohne Grund stören, wenn ich mit einem Mann unterwegs war.

»Hey, Chrissi, was gibt's? Bist du schon wieder zurück?«

»Ja, ich bin gerade angekommen.« Chrissis Stimme klang eigenartig gepresst. Sie atmete schwer. »Mia, komm bitte heim. Es ist wichtig. Mach schnell, ja?«

Mein Puls beschleunigte sich. »Was ist denn los? Ist was mit Pünktchen?«

Sebastian blickte fragend auf. Ich bedeutete ihm, dass ich noch nichts wusste, und lauschte auf das Rauschen aus dem Handy. »Chrissi, sag schon! Was ist?«

Ich hörte sie laut atmen, irgendetwas polterte im Hintergrund.

»So wie es aussieht, hatten wir ungebetenen Besuch«, sagte sie endlich.

»Besuch?« Im ersten Moment kapierte ich gar nichts. Dann wurde mir die Bedeutung ihrer Worte klar. »Es ist eingebrochen worden?«, rief ich so schrill, dass sich ein paar Leute nach mir umdrehten. Ich senkte meine Stimme wieder. »Was, ich meine, wie?«

Ich wusste gar nicht, was ich eigentlich fragen wollte. Wie schlimm es war? Was sie gestohlen hatten? Ob sie an der Tiefkühltruhe gwesen waren?

»Wir kommen!«, sagte ich endlich. Ich musste das mit eigenen Augen sehen.

Während Sebastian den Wagen steuerte, saß ich nervös auf dem Beifahrersitz und knetete meine Finger. Einbrecher gehen normalerweise nicht an Tiefkühltruhen, versuchte ich mich zu beruhigen. Die haben es auf Schmuck und Geld abgesehen, nicht auf Spinat und Pizza.

Und was, wenn sie den Toten gesucht hatten? Was, wenn es gar kein normaler Einbruch gewesen war?

Die Zeit schien stillzustehen. Das Auto klebte an der Fahrbahn und kam kaum vorwärts, obwohl ein Blick auf den Tacho mir sagte, dass wir mit hundertachtzig über die Autobahn brausten.

Nach einer gefühlten Ewigkeit tauchte endlich das Ortsschild von St. Gregorius auf. Sebastian hatte während der Fahrt nicht viel gesprochen. Er hatte nur immer wieder zu mir rübergesehen, um sicherzugehen, dass mit mir alles in

Ordnung war. Wenn er was sagte, waren es besänftigende Dinge wie:

»Bestimmt ist es nicht so schlimm, wie es sich anhört.« Oder: »Das wird wieder, Mia. Es wurde niemand verletzt, das ist die Hauptsache. Der Rest regelt sich.«

Der hatte gut reden. Er wusste ja nicht, dass ich eine Leiche im Keller und einen geklauten Esel im Stall hatte. Er hatte schließlich keine Ahnung, dass ich mit mehr als einem Fuß bereits im Knast stand.

Als er fragte, ob Chrissi bereits die Polizei informiert hatte, blieb mir vor Schreck fast das Herz stehen. Polizei? Unmöglich! Wie sollte ich den Einbruch anzeigen? Vielleicht noch die Spurensicherung ins Haus lassen?

Das Auto stand noch nicht, als ich bereits die Tür aufgestoßen und meine Beine rausgeschwungen hatte.

Chrissi erwartete mich an der Haustür. Ihr Gesicht war verzerrt. Ihre Augen rot und verheult.

Pünktchen kam angehetzt und drückte sich an mich. Ich streichelte ihr kurz über den Kopf und schickte sie wieder zu Paul, der auf der Wiese auf sie wartete.

Mit ein paar Schritten war ich am Haus. »So schlimm?«, hauchte ich und blieb direkt vor Chrissi stehen.

Sie schüttelte den Kopf. »Nein. Ja«, stammelte sie.

Was denn nun? Ich drängte mich an ihr vorbei und lief ins Haus. Schubladen standen zum Teil offen, alles schien durchwühlt. Ein paar Teller lagen in Einzelteilen auf dem Küchenboden. Im Schlafzimmer hing die Matratze quer über dem Bettgestell. Zu meinem zurückgelassenen Chaos gesellte sich der Rest des Kleiderschranks – wild im Zimmer verteilt. Kreuz und quer im ganzen Zimmer lagen Wolle und angefangene Stricksachen.

Ich stürmte wieder in die Küche zurück, wo Chrissi wie ein Häufchen Elend auf der Eckbank kauerte. Sebastian saß neben ihr.

»Und im Keller? Im Stall?«, fragte ich.

»Nichts. Wenn sie dort waren, haben sie auf jeden Fall nichts durcheinandergebracht.«

Danke, lieber Gott! Die Erleichterung durchflutete mich.

Meine Knie wurden weich, ich taumelte.

Sofort war Sebastian an meiner Seite und schob mich zu einem Stuhl.

»So wie es aussieht, haben sie nur was gesucht, aber nichts gestohlen«, fasste ich meinen ersten Eindruck zusammen. Mit meiner Lieferung für den Salon hatten sie zum Glück nichts anfangen können. Das war das Wertvollste, was derzeit im Haus hätte gestohlen werden können.

Chrissi schluchzte.

»Hey, Süße!« Ich legte den Arm um sie und drückte sie an mich. »Alles in Ordnung. Das ist nur der Schreck. Schau, es ist doch fast nichts passiert. Das bisschen Chaos haben wir im Nu aufgeräumt.«

Merkwürdig, wie aufgewühlt sie war. Chrissi hatte sonst eigentlich Nerven wie Kuhstricke. »Das ist es doch gar nicht«, heulte sie plötzlich los. »Ach, Mia. Ich hab so schreckliche Zahnschmerzen.«

Oh nein! Nicht das auch noch. Okay. Eins nach dem anderen.

»Chrissi, beruhige dich. Hast du schon eine Tablette genommen?«

Sie schüttelte den Kopf.

Schnell ging ich zum Küchenschrank hinüber. Zum Glück hatten die Einbrecher hier nicht viel Unheil angerichtet. Nach ein paar Sekunden hatte ich die Schmerztabletten zwischen Kuchengabeln und Geschirrtüchern gefunden.

Dann wandte ich mich an Sebastian. »Vielen Dank, dass du mich so schnell hergefahren hast«, sagte ich. »Und auch für den schönen Ausflug. Das hat wirklich Spaß gemacht. Nur jetzt … Ich hoffe, du bist mir nicht böse. Aber ich muss mich um Chrissi kümmern und aufräumen und …«

Was konnte ich noch sagen, um ihn höflich, aber bestimmt loszuwerden? Ich konnte doch nicht nach Mr. Tiefkühl schauen, während Sebastian hier oben in der Küche saß. Und Rico würde vielleicht auch irgendwann zu schreien anfangen. Das wollte ich nicht riskieren.

»Und du willst wirklich keine Polizei rufen?«, fragte er und ließ den Blick über die Unordnung schweifen.

»Nein«, sagte ich und legte so viel Entschlossenheit in meine Stimme, dass er es akzeptierte.

»Gut. Wenn du Hilfe brauchst, melde dich. Ich schreib dir.

Mia Sonne @MiasWelt
Verdammte Idioten!

SummseBiene @MiasWelt
Hast du den Kerl etwa vergrault?

PaulaPaula @MiasWelt
Sag ich doch. Aber auf mich hörst du ja nicht.

Chrissi hatte sich auf dem Sofa zusammengerollt und jammerte leise vor sich hin. Ich hatte mich im Keller überzeugt, dass alles in Ordnung war. Dann hatte ich mir die Küche vorgeknöpft. Hier musste als Erstes klar Schiff gemacht werden.

»Chrissi, soll ich mal nachschauen, ob es einen Zahnarzt in der Nähe gibt?«, rief ich ins andere Zimmer rüber.

»Nein! Ich brauch keinen Zahnarzt. Mir geht es gleich wieder gut.«

Logisch. Was sonst. Ich seufzte. Ob ich warten sollte, bis die Schmerzen sie so niedergestreckt hatten, dass sie sich nicht mehr wehren konnte? Oder sollte ich mit Engelszungen auf sie einreden? Wie auch immer, in der nächsten Zeit würde ich starke Nerven brauchen.

Als ich den Handfeger unter die Spüle räumte, kam Ottfried in die Küche gestürmt. Er winselte und hatte den Schwanz zwischen die Hinterbeine geklemmt. Erst schleckte er mir über den Arm, dann rannte er zur Tür und blieb stehen. Als ich nicht reagierte, kam er zurück. Er stellte sich vor mich und bellte einmal kurz.

»Ottfried, was ist denn los? Willst du mir was zeigen?«

Ich ging hinter ihm her. Er rannte zum Stall. Bevor ich an der Tür war, hörte ich schon ein leises jämmerliches Blöken. Ach du je, hatte der Einbrecher etwa den Tieren doch was getan? Chrissi hatte doch gesagt, es sei alles in Ordnung. Und was sollte ein Einbrecher auch in der Scheune und in einem Stall suchen?

Als ich die Tür öffnete, sah ich das Unglück sofort. Das weiße Fell von Max war rot verfärbt. Er hatte sich an der rechten Kruppe eine Fleischwunde zugezogen. Ob durch ungeschicktes Springen oder durch den Einbrecher, vermochte ich nicht zu sagen.

Nach einem genaueren Blick drehte ich auf dem Absatz um und rannte ins Haus zurück. »Chrissi, komm, hilf mir. Max ist verletzt!«, rief ich. Dann suchte ich Verbandsmaterial zusammen und rannte auch schon wieder zur Scheune.

Chrissi kam hinter mir her.

»Verdammt. Das ist zu tief. Max muss genäht werden«, sagte ich, nachdem ich die Wunde gesäubert hatte. Ich verstand zwar einiges von Wunden, aber dazu gehörte eben auch, die eigenen Grenzen zu kennen. Und die waren hier eindeutig überschritten. Chrissi, die mir assistiert hatte, nickte. »Wir müssen einen Tierarzt rufen«, sagte sie.

»Ja, klar«, sagte ich und tippte mir mit dem Zeigefinger an

die Stirn. »Und der freut sich dann, wenn er Rico sieht.« Ich überlegte. »Bin gleich wieder da!«

Fünf Minuten später saß ich mit Max auf dem Schoß neben Chrissi im Auto. Ich hatte die Adresse des Tierarztes im Internet gefunden und angerufen. Er hieß auch Brommer, aber Egon. Ob das ein Verwandter von Sebastian war? Eine ältere Frau sagte, ich hätte Glück, der Herr Doktor sei gerade nach Hause gekommen und bereit, einen Notfall zu versorgen.

Wir fanden die Straße problemlos, und das Schild mit dem V für Veterinär zeigte uns das richtige Haus, ohne dass wir lang nach Nummern suchen mussten. Die Tür war angelehnt, und wir gingen rein.

»Kommen Sie direkt ins Sprechzimmer durch, ich bin auch sofort da«, erklang eine tiefe Männerstimme, die sehr vertraut klang.

Zögernd trat ich mit Max auf dem Arm in den Behandlungsraum und stand Sebastian gegenüber, der gerade durch eine zweite Tür den Raum betrat. »Was machst du denn hier?«

»Mia, du?«

Wir stellten unsere Fragen gleichzeitig und brauchten beide ein paar Sekunden, um uns von der Überraschung zu erholen.

»Aber wieso? Ich meine, du heißt doch Sebastian?« Ich stand immer noch wie angewachsen da und starrte ihn an.

»Wie? Ach so. Ja. Egon – das ist mein Vater. Ich muss mich mal darum kümmern, dass die Einträge geändert werden.«

Als Max in meinem Arm anfing zu zappeln, war es allerdings sofort vorbei mit weiteren Erklärungen.

»Was ist denn passiert?«, fragte Sebastian und half mir, das Zicklein auf den Behandlungstisch zu legen.

Ich schüttelte den Kopf. »Keine Ahnung. Ottfried hat mich

geholt. Er war ganz außer sich, und als wir in den Stall kamen, wusste ich auch, weshalb.«

»Ottfried?«, fragte Sebastian. »Hat er vielleicht was gesehen? Hast du ihn gefragt?«

»Vielleicht. Aber ich hab sein Winseln nicht genau verstanden«, antwortete ich. »Ottfried ist mein Kurgast und ein Rottweiler.«

»Verstehe.« Sebastian fing an, den Notverband zu lösen, den ich um die Wunde gebunden hatte. »Es ist aber kein Biss?«

»Nein. Auf keinen Fall. Ottfried könnte keiner Fliege was zuleide tun. Er ist ein Lämmchen. Und vernarrt in –«

Chrissi, die bis zu diesem Moment wortlos alles beobachtet hatte, hustete wild los. Meine Rettung! Um ein Haar hätte ich von Rico erzählt. Ich war wirklich nicht zum Gauner geboren. Blöde Plaudertasche, schimpfte ich mich selbst und warf meiner Süßen einen dankbaren Blick zu.

»Er ist ganz vernarrt in die Zicklein«, beendete ich meinen angefangenen Satz. »Ich hab zwei. Max und Moritz.«

Während Sebastian den armen Max versorgte, sortierte ich die neuesten Wendungen. Verdammt! Ausgerechnet der Tierarzt. Damit wurde alles noch schlimmer. Garantiert hatte der Eselbesitzer Sebastian längst über den Diebstahl informiert, damit er die Augen offen hielt.

»Eigentlich würde ich ihn gern hierbehalten. Er muss beobachtet werden. Falls die Wunde sich entzündet oder es sonst irgendwelche Komplikationen gibt.« Sebastian ließ die Aussage im Raum stehen.

»Nicht nötig, Sebastian. Wir werden gut auf ihn aufpassen und alles kontrollieren.«

»Gut. Aber morgen früh kommt ihr in die Sprechstunde. Ich will mir die Wunde anschauen.« Er wandte sich an Chrissi. »Und, wie geht es dem Zahn?«

Chrissi machte einen großen Schritt Richtung Tür. Fast

schien es, als hätte sie Angst, Sebastian wollte ihr in den Mund schauen. »Alles klar. Keine Schmerzen mehr«, sagte sie und drehte sich zum Ausgang um. »Kommst du, Mia?« Weg war sie.

»Sie hat fürchterliche Angst vor Zahnärzten«, erklärte ich ihren überstürzten Abgang und schnappte mir Max. »Vielen Dank, Sebastian, für die schnelle Hilfe. Bis morgen.«

Mia Sonne @MiasWelt
Erst hat man kein Glück, und dann kommt auch noch Pech dazu. Armes krankes Ziegenkind.

Jonnysonni @MiasWelt
Glücksstab gefällig?

SummseBiene @MiasWelt
Nicht dein Tag?

PaulaPaula @MiasWelt
Nimm dein Leben in die Hand und kümmere dich nicht dauernd um Männer. Dann geht es dir schnell wieder gut.

Fünfzehn

Die Meierin war eine kleine gebückte Bäuerin, die mich sehr herzlich begrüßte. »Sie bruuche kei Angscht han, Kindchen, die Resi isch ganz brav, die tut nix«, erklärte sie, während sie vor mir her Richtung Stall wackelte.

Wie sollte ich der Alten erklären, dass ich keine Angst vor Kühen hatte, sondern nur vor meiner eigenen Kühnheit? Ich hatte die halbe Nacht das Internet durchforstet und mir unzählige Seiten angeschaut. Von wegen ein bisschen Euter scheren! Einen Zettel mit den wichtigsten Tipps, auf was man beim Kuhfitten achten muss, hatte ich in der Tasche. Neben den ganzen Trimmutensilien, Shampoo, Schwämmen und Fellspray. Besonders wichtig war neben dem sauber geschorenen Euter die Rückenlinie. Das wusste ich noch.

Ich blickte mich um. Eigentlich hatte Sebastian auch hier sein wollen. Wir hatten uns für fünfzehn Uhr verabredet, und jetzt war es schon zehn nach.

Als hätte es meine Gedanken erraten, fing mein Handy an zu dudeln. »Mia, hallo?«, meldete ich mich.

»Mia, hier ist Sebastian. Hör zu, es tut mir total leid. Ich weiß, wir sind verabredet, aber Missi hat mich schon wieder im Stich gelassen. Ich hab alles versucht, sie will einfach nicht. Jetzt warte ich auf den Abschlepper. Fang einfach schon mal an. Die Resi und du, ihr macht das schon. Da bin ich sicher. Ich komm, so schnell ich kann.«

Die Karre sollte nicht Missi, sondern Mistding heißen. Wie konnte ein Mann nur so viel Ärger in Kauf nehmen wegen etwas Blech?

»Wir müssen nur raus, weil es im Stall heut so unruhig isch. Die Lotte kriegt ihr erschtes Kalb und isch recht nervös«, erklärte mir die Meierin und unterbrach damit meine Überlegungen zum Thema Männer und Auto. »Aber drauße isch sowieso des Licht besser, tät ich sagen.«

Wie schon der Rodler Bauer, versuchte auch die Meierin einigermaßen verständlich zu sprechen, nachdem sie gemerkt hatte, dass ich den breiten Dialekt nicht verstand.

»Ich bin jedenfalls sehr froh, dass Sie mir das Üben an der Resi erlauben, Frau Meier«, brüllte ich. Die Meierin war über achtzig und sehr schwerhörig. Aber sie hatte hellwache Augen.

»Ha wa, für die Resi isch des bestimmt e luschtige Abwechslung. Die mag so gern Leut um sich rum.«

»Hallo, Resi«, begrüßte ich die Kuh, die neugierig ihren Kopf in meine Richtung streckte. Ihre Ohren wackelten, und die Zunge sabberte mir entgegen. Kuhzungen sind tückisch, deshalb wich ich aus. Eine frühere Kollegin war wochenlang mit Schürfwunden herumgelaufen, nachdem sie bei einer Kuh Geburtshilfe geleistet hatte und das Tier ihr aus Dankbarkeit einmal über die rechte Gesichtshälfte geleckt hatte. Aus Erfahrung wird man klug, heißt es doch so schön. Und wenn andere die Erfahrung machen und man selbst dabei lernt – umso besser. Passiert ja selten genug.

»Do! Nimm du die Resi mit. Ich schau inzwischen noch mal nach der Lotte. Wird Zeit, dass der Baschti kommt, des gfällt mr irgendwie net.«

Ein lang gezogenes und klägliches Muhen kam von der Box am Ende des Stalls. Die werdende Mama hatte offensichtlich Schmerzen, und dem Poltern nach zu urteilen, war sie reichlich nervös.

Resi erwies sich wirklich als Engel in Kuhgestalt. Sie trottete hinter mir her, ließ sich anbinden und blieb ganz ruhig stehen, während ich mit meiner Arbeit begann.

Zwischendurch spickte ich immer wieder auf meinen Zettel, um nichts zu vergessen. Nachdem Resi schamponiert und abgeduscht war, begann ich vorsichtig mit dem Scheren. Ich bearbeitete einmal die gesamte Kuh, dann fuhr ich mit einer etwas kürzeren Schereinstellung die Rippenbögen entlang. Dadurch entstand eine schicke Wellenform, die der Kuh eine schnittige Figur verlieh. Das Euter rasierte ich ganz kurz. Im ersten Moment zuckte Resi zusammen und hob das Hinterbein.

»Hey, Süße, sag nur, du bist kitzlig!« Ich lachte und klopfte ihr beruhigend die Flanke.

Der Vorher-nachher-Vergleich am Euter war wirklich enorm. Auf der geschorenen Seite kamen die Adern klar und deutlich heraus. Einziger Nachteil: Das verflixte Euter war verdammt weit unten.

Nachdem ich mit der ersten Euterseite fertig war, kam ich ächzend wieder in die Höhe und reckte meinen schmerzenden Rücken. Ein Blick auf die Uhr sagte mir, dass ich schon seit zwei Stunden an Resi rumwerkelte. Die Sonne brannte mir ins Genick, und vermutlich bildete sich da gerade der erste Sonnenbrand des Jahres.

Ich ging um Resi herum und nahm mir die andere Seite des Euters vor. Mit jedem Strich wurde ich sicherer. Und auch Resi schien sich wohlzufühlen.

»Jetzt noch die Beine, und dann knöpfen wir uns als krönenden Abschluss deinen Rücken vor. Einverstanden, altes Mädchen? Du wirst eine Schönheit!«

Ich kraulte sie kurz hinterm Ohr und wollte gerade weitermachen, als zum wiederholten Mal ein lautes Wehklagen aus dem Stall zu mir rüberwehte. Wo blieb nur Sebastian?

Ich beschloss, nach Lotte und der Meierin zu schauen. Keine Minute zu früh, wie mir schien. Die Bäuerin zog verzweifelt an einem Seil, das sie um die Läufe des ungeborenen Kalbes gebunden hatte. Aber die kleine alte Frau konnte nichts ausrichten. Ihr Gesicht war bereits schweißüberströmt, sie schien – ebenso wie Lotte – am Ende ihrer Kräfte.

Entschlossen trat ich in die Box. »Lassen Sie mich mal!«, schrie ich die schwerhörige Bäuerin an.

»Kindchen, des isch nett, aber da muss man wisse, was ma macht. Du kannsch net einfach drauflosziehe!«

Ich nickte. »Ich bin ausgebildete Tierpflegerin«, brüllte ich, dass meine Stimmbänder kratzten. »Ich weiß, was ich tue.«

»Ja, warum sagsch des denn net glei?«, fragte die Meierin und trat endlich zur Seite.

Ich ging zu Lotte und redete beruhigend auf sie ein, während ich sie untersuchte. Das Kalb lag falsch. Wie ich es mir gedacht hatte. Die Hinterbeine kamen zuerst. Ich legte meine Hand auf Lottes Bauch und spürte die nächste Wehe kommen. Sofort ging ich in Position und zog kräftig, aber vorsichtig. Die Wehe ließ nach, und ich stoppte den Zug. Bei der nächsten Wehe kam das Kalb. Es fiel auf das dicke Strohbett und rührte sich nicht. Verdammt! Lebe, du kleines Ding! Mach keinen Mist, hörst du! Ich stürzte mich auf das Neugeborene, rubbelte es mit händeweise Stroh ab und versuchte damit, die Atmung zu aktivieren.

Von draußen hörte ich eine Hupe.

Das Kalb rührte sich nicht. Ich schaute mich um und sah einen Wassereimer. Schnell kippte ich dem Tier Wasser auf den Hinterkopf, dann rubbelte ich wieder über den reglosen Körper. Endlich! Es machte seinen ersten Atemzug, und die Mutter schaute sich nach ihrem Jungen um und begrüßte es. Ich schluckte und spürte die Tränen über mein Gesicht laufen.

»Du hesch dir aber Zeit glasse, mein lieber Schwan. Nur wege deiner alte Rostkarre! Ohne des Kindchen wär mir des Kalb verreckt! Isch dir des klar?« Die Meierin bohrte Sebastian ihren knöchrigen Zeigefinger in die Brust, während er sich schuldbewusst am Kinn kratzte.

»Es tut mir wirklich leid. Ich verspreche dir, ich werde mir ein Zweitauto anschaffen, für Notfälle.«

»Und jetzt schausch nach der Lotte und ihrem Kleinen. Dafür bisch doch do.«

Mia Sonne @MiasWelt
Neues Leben. Es ist immer wieder ein Wunder.

SummseBiene @MiasWelt
Bist du schwanger?!

PaulaPaula @MiasWelt
Dann hoffe ich, es ist ein Mädchen. Du weißt ja: Als Gott die Männer schuf, hat sie nur geübt.

Mia Sonne @MiasWelt
Es ist ein Junge. Er ist wunderhübsch und ein Bulle. NEIN! Ich bin nicht schwanger.

Nachdem ich mich aus bei Twitter ausgeloggt, schrieb ich noch schnell eine SMS an Chrissi. Die machte sich bestimmt schon Sorgen, weil ich so lange weg war. Mit kurzen Worten erklärte ich ihr, was los war.

Zwei Minuten später kam ihre Antwort:

Gut gemacht! Lass dir Zeit. Wir haben es nett hier, und das Streichen geht gut voran. Viel Spaß mit dem Schnuckelchen ©

»Das war erstklassige Arbeit, Mia«, sagte Sebastian eine halbe Stunde später. Wir saßen nebeneinander auf der Bank vor dem Haus und ließen uns die Weinschorle schmecken, die uns die Meierin in die Hand gedrückt hatte. »Verrat mir mal, woher du wusstest, was zu tun ist. Ich hab schon bei dem Verband von Max gedacht, dass er ziemlich fachmännisch angelegt war, aber das hier war eine andere Hausnummer. Bist du etwa Tierärztin?« Er musterte mich neugierig.

Ich winkte ab. »Nein, dafür hat es nicht gereicht. Ich bin Tierpflegerin, genau wie Chrissi.«

»So ist das.« Sebastian nickte anerkennend. »Eins ist jedenfalls klar: Ohne dein schnelles und beherztes Eingreifen hätten Lotte und ihr Kalb schlechte Karten gehabt. Und das nur, weil ich mich einfach nicht von Missi trennen kann.« Er seufzte.

»Aber jetzt ist der Zeitpunkt wohl wirklich gekommen.«

Seine Verzweiflung war greifbar. Männer! Ich schüttelte innerlich den Kopf, aber irgendwie war mir auch danach, ihn zu trösten.

»Du musst dich ja nicht gleich trennen. Schaff dir doch wirklich einen Zweitwagen an und nimm Missi nur, wenn du nicht unbedingt ankommen musst«, schlug ich ihm vor.

Bevor er antworten konnte, meldete sich die Meierin zu Wort, die natürlich nichts von unserem Gespräch mitbekommen hatte – wir hatten uns in normaler Lautstärke unterhalten.

»Kindchen, du hasch des Kalb zur Welt bracht, du darfsch ihm auch en Name gebe. Aber ebbes Kräftiges. Es soll emol en Zuchtbulle werde.«

Sie war vom Bauernhaus zu uns rübergekommen und stellte sich nun erwartungsvoll vor mich.

Oh weh. Ein Zuchtbulle? Einer, der immer nur an das eine dachte? Ein Geistesblitz durchzuckte mich. »Dann soll der Kleine Jonny heißen«, verkündete ich meine Entscheidung lautstark.

Die Meierin nickte. Damit war es beschlossen.

»Und jetzt will ich sehen, was du mit Resi angestellt hast«, forderte Sebastian. Er stand auf und zog mich mit sich.

Resi stand immer noch brav und ruhig an ihrem Platz. Nur die Ladung, die sie abgelassen hatte, hatte leider mein Werk etwas beeinträchtigt, ihre Hinterbeine waren grüngrau bespritzt.

»Sie war sauber.« Ich stöhnte. »Jetzt muss ich sie noch mal waschen. Ausgerechnet die Beine hab ich nämlich noch nicht gemacht.«

Sebastian lachte. »Weißt du was? Als Dankeschön für deinen Einsatz helfe ich dir. Immerhin hast du vorhin meinen Job übernommen.«

Zu zweit kamen wir gut voran. Nur meine Konzentration ließ zu wünschen übrig. Von wegen: nur Freunde! Verdammt noch mal, konnten meine Hormone und mein Zeh nicht endlich Ruhe geben?

Mit viel Disziplin schaffte ich es, Sebastians Hände zu ignorieren und nicht zusammenzuzucken, wenn wir uns zufällig berührten. Obwohl es wirklich zügig lief, dauerte die Prozedur noch mal über eine Stunde. Aber dann war es so weit.

Kritisch ging ich um Resi herum, musterte sie und prüfte die heiklen Stellen. Die Rückenlinie war perfekt!

»Setz dich hin«, schlug Sebastian vor. »Ich führe Resi an dir vorbei. Dann siehst du, wie sie in Bewegung aussieht, genau wie die Richter, wenn es mit einer Kuh in den Wettkampf geht.«

Während die brave Resi neben Sebastian hertrottete, machte der allerlei Faxen, ließ seine Oberarmmuskeln spielen und posierte, als wäre er auf dem Laufsteg.

Ich lachte, bis mir die Tränen übers Gesicht liefen. Sogar die Meierin kicherte, bevor sie eine wegwerfende Handbewegung machte und im Stall verschwand.

»Auf jeden Fall kriegst du das Fitten locker hin«, sagte Sebastian kurz darauf. Er hatte Resi in ihre Box gebracht.

»Danke für deine Hilfe«, erwiderte ich und gab ihm ein Küsschen auf die Wange. Ein Stromstoß traf meine Lippen und schoss mir durch den Kopf. Sebastian hob eine Hand und strich mir über die Wange. Sein Blick versuchte meinen einzufangen. Gleich würde er mich küssen wollen. Himmel. Nein! Ich zerriss das Netz, das er wob, schaute auf den Boden und räusperte mich verlegen.

»Ich … Ich muss jetzt mal los. Noch was einkaufen und dann nach Max sehen. Du weißt ja, seine Wunde muss beobachtet werden.«

»Ja, pass gut auf den Kleinen auf und melde dich, wenn es Probleme gibt. Egal wann.« Sebastian lächelte mich an. »Ich werde noch mal nach Lotte und Jonny schauen und dann nach Hause gehen. Wenn es nichts gibt, sehen wir uns morgen mit Max in der Praxis zum Verbandswechsel.«

Gut gelaunt lenkte ich Chrissis Wagen Richtung St. Gregorius. Spontan bog ich kurz vor dem Ort in einen Waldweg, hielt an und stieg aus. Eine Lichtung mit Bank lud mich ein. Ich setzte mich und genoss das Prickeln der Sonnenstrahlen. Mein neues Leben! Noch dazu hatte ich heute weiterem neuen Leben auf die Welt geholfen. Mein Start hier im Schwarzwald war zwar holprig, aber stellenweise gar nicht so schlecht – abgesehen von Mr. Tiefkühl. Die Ruhe tat mir gut, und ich blieb noch ein bisschen länger sitzen.

Als die Sonne hinter den Tannenspitzen verschwand, raffte ich mich auf. Ich wollte noch ein paar Einkäufe machen und dann endlich wieder nach Hause. Das war ein langer Tag! Lang und aufregend. Okay, ja, ich geb es zu. Auch prickelnd. Ein bisschen. Aber noch gab es keine Chance auf etwas anderes als eine Bekanntschaft. Später vielleicht. Wenn ich nicht mehr kriminell war. Ich seufzte. Falls ich das je schaffen würde.

Ich schloss den Wagen ab und betrat den Hofladen. Mein Blick huschte die Regale entlang. Die kleine Pause hatte mir gutgetan. Ich fühlte mich herrlich beschwingt. Vielleicht würde am Ende doch alles gut werden?

Und dann traf mich der Blitz! Nach dem gedanklichen Bad in dem warmen Gefühl der letzten Stunden ergoss sich in dieser Sekunde eine eiskalte Dusche über mein Haupt.

Sebastian! Von wegen: nach Hause gehen. Okay, das Einkaufen wäre nicht das Problem. Im Gegenteil, ich hätte mich sogar gefreut, ihn so schnell wiederzutreffen. Aber er war nicht allein! Seine Begleitung war jung, schlank, langmähnig und verdammt attraktiv.

Mit einem Satz sprang ich hinter eine Kiste mit Äpfeln. Die beiden wirkten so vertraut miteinander. Da! Jetzt strich er ihr eine Haarsträhne aus dem Gesicht, lächelte sie an. Verdammt. Er hatte mit mir gespielt. Vermutlich hatte ihn der nette kleine Flirt amüsiert, ihm einen kleinen Nervenkitzel gebracht. Und ich blödes Huhn war beinahe drauf reingefallen! Gab es auf der ganzen Welt eigentlich noch einen einzigen Mann, der kein Schwein war?

Jetzt gab sie ihm einen Wangenkuss, stupste ihm auf die Nase. Sie kamen in meine Richtung. Um nicht entdeckt zu werden, bückte ich mich nach den Zeitungen, schaute flüchtig drauf. Eine Schlagzeile sprang mich an: *Überfall auf Juweliergeschäfte! 100.000 Euro Belohnung*.

Morgen könnte da stehen: Junge Frau verprügelt Mann in Hofladen. Zumindest fühlte ich mich in der Lage, Sebastian ordentlich eine reinzuhauen. Ich wollte ihm richtig wehtun. Ich war so voller Wut, dass ich den Schmerz gar nicht merkte. Aber statt auf ihn einzuprügeln, schlich ich hinter ihm und seiner Geliebten her. Jedes Lachen, das er ihr schenkte, war ein Messerstich in meine Seele. Ich sah den beiden hinterher, wie sie gut gelaunt den Laden verließen. So schnell ich konnte, zahlte ich, raffte meine Einkäufe zusammen und hastete zum Auto.

Ich wollte nur noch nach Hause.

Mia Sonne @MiasWelt
Wenn ich mich nicht mehr melde, bin ich geplatzt vor Wut!

Jonnysonni @MiasWelt
Ich hab ein prima Mittel gegen Wut. Lass uns die Gunst der Leidenschaft nutzen!

SummseBiene @MiasWelt
Hast du etwa schon wieder ins Klo gegriffen?

PaulaPaula @MiasWelt
Sag nicht, ich hätte dich nicht gewarnt.

»Ach komm, Mia. Ihr seid doch gar nicht zusammen, er hat nur ein bisschen mit dir geflirtet. Was regst du dich denn so auf?« Chrissi schob mir einen Tee hin und setzte sich neben mich.

Den Grappa, den sie reinkippen wollte, wehrte ich ab. Ich brauchte einen klaren Kopf. Später musste ich noch mal nach Max schauen. Die Wunde hatte sich entzündet, und er war unruhig.

»Es ist einfach eine Sauerei, dass er sich an mich ranmacht, obwohl er eine Freundin hat«, maulte ich. »Es geht ums Prinzip. Und außerdem: Was interessiert mich mein Geschwätz von gestern? Von wegen keine Männer und so. Süß fand ich ihn ja schon.«

Probehalber wackelte ich mit meinem Zeh, aber der bewegte sich nur unwillig und signalisierte: außer Betrieb.

Hatte ich Sebastians Verhalten falsch interpretiert? War er einfach nur freundlich gewesen? Vielleicht hatte ich mir das mit dem Flirten nur eingebildet? Ich ließ einzelne Situationen noch mal vor meinem inneren Auge ablaufen. Nein. Das war keine Einbildung. Ich konnte sehr wohl ein freundschaftliches Gespräch von einem Flirt unterscheiden.

»Er hat sich eben Appetit geholt«, sagte Chrissi in meine Überlegungen hinein. »Du weißt ja, das ist erlaubt, solange man zu Hause isst.«

Ich verzog das Gesicht. War ja prima, dass ihr Zahnweh nachgelassen hatte – aber diese Binsenweisheiten verursachten mir Schmerzen.

»Bevor du noch weiter mit idiotischen Lebensweisheiten vom Leder ziehst, lass uns lieber nach Max schauen. Ich mach mir wirklich Sorgen.«

Und zwar begründet, wie sich ein paar Minuten später rausstellte. Max lag im Stroh und wirkte apathisch. Hatte er eine Blutvergiftung?

»Es hilft nichts.« Ich seufzte. Rico hin, Gefängnis her. Max brauchte Hilfe – und zwar sofort! »Er braucht einen Arzt. Ich rufe Sebastian an. Chrissi, du musst mit Rico spazieren gehen. Zum Glück ist es schon dunkel. Nimm dein Handy mit, ich ruf dich an, wenn die Luft wieder rein ist.«

Chrissi, Rico und Ottfried zogen los. Pünktchen und Paul blieben bei mir. Ich zückte mein Handy.

»Ja?«, herrschte mich eine dunkle Männerstimme an, die ich erst im zweiten Moment als Sebastians erkannte.

Na prima, erst sagte er, ich solle anrufen, falls es Probleme gebe, egal ob Tag oder Nacht, und dann war er genervt.

»Hallo, Sebastian«, sagte ich und bemühte mich, einen unverbindlichen Ton anzuschlagen. »Es tut mir leid, dass ich dich so spät noch störe, aber –«

»Aber du störst doch nicht, Mia.« Sebastian klang hocherfreut. »Entschuldige, dass ich gerade so geblafft habe, ich hab gedacht …« Er zögerte, dann sagte er: »Ach, egal. Schön, dass du anrufst. Hast du dich von deinem ersten Kuhfittereinsatz erholt?«

Mit ein paar Worten bremste ich seine Plauderstimmung und erklärte ihm den Zustand von Max. »Bin gleich da«, kam es als Antwort, dann beendete er ohne ein weiteres Wort das Gespräch.

Hoffentlich, dachte ich und kniete mich neben Max ins Stroh.

»Wir kriegen ihn wieder hin«, erklärte mir Sebastian, nachdem er die Wunde versorgt und Max eine Spritze gegeben hatte. »Er ist ein zäher kleiner –« Sein Handy klingelte. Sebastian knurrte, nahm das Gespräch an und schnauzte direkt los: »Ich kann es dir noch hundertmal sagen, du alter Sturkopf. Ich hab deinen Beppo nicht!«

Was war denn das? Am liebsten hätte ich gefragt, aber das ging nicht. Ich wollte keine Nähe mehr zu Sebastian aufbauen. Sollte er sich die Zähne an mir ausbeißen, der Betrüger!

Sebastian bemühte sich, mir seine Genervtheit nicht zu zeigen, aber ich spürte, dass der Anruf nur die Spitze eines Eisberges war. Das klang nach reichlich Ärger.

»Braucht Max noch irgendwelche Medikamente? Worauf soll ich achten?« Über das merkwürdige Telefonat ging ich einfach hinweg.

Wir traten aus dem Stall in die kühle Nacht. Sebastian erklärte mir, welchen Verlauf er bei Max erwartete.

Ein Rumpeln ließ mich zusammenzucken. Gleich darauf drang ein derber Fluch durch die Dunkelheit.

Bevor ich auch nur die kleinste Chance hatte zu reagieren, sauste auch schon ein schwarzer Schatten direkt auf Sebastian zu. Der rettete sich mit einem Sprung zur Seite – mitten in den Misthaufen. Rico schrie, was die Eselstimmbänder hergaben, und ich wollte am liebsten davonlaufen. Jetzt war alles aus!

Der verrückte Esel war nicht zu bremsen. Zielstrebig stapfte er an mir vorbei in seinen Stall. Dort ließ er noch einen Schrei hören, dann prustete er zufrieden. Ottfried kam ebenfalls angerannt, und Chrissi humpelte kurz darauf hinter den Tieren her.

»Tut mir leid, er hat deine Stimme gehört. Ich konnte ihn einfach nicht mehr halten.«

Sebastian hatte sich aus dem Misthaufen gekämpft. Er ging in den Stall und musterte Rico. »Aha«, sagte er. »Wollt ihr mir das vielleicht erklären?«

An seinem Gesicht konnte ich ablesen, dass er sehr genau wusste, welchem Esel er das Bad im Mist zu verdanken hatte. Gleich würde er die Polizei rufen.

Sechzehn

Franz hatte die Weiber und das verflixte Haus nicht aus den Augen gelassen. Sogar die Versorgungslage war gesichert. Die Lieferung an den Waldrand, sodass Franz das Haus gerade noch im Blick hatte, klappte eins a.

Der Pizzajunge grinste dämlich, aber wenigstens musste Franz keinen Kohldampf schieben. Frutti di Mare! Dieser Laden »Bei Bani« machte die Pizza genau nach seinem Geschmack. Franz wischte sich mit dem Unterarm über das Kinn und leckte jeden Finger einzeln ab. Ein zufriedener Rülpser beendete die Pause im richtigen Moment.

Da passierte genau das, worauf er die ganze Zeit gelauert hatte. Das Schicksal schien es gut mit ihm zu meinen: Die Hühner flogen aus. Sie waren so freundlich und nahmen sogar die Hundeviecher mit. Feine Sache! Franz musste nicht lange überlegen. Zack – rein in die Bude.

Vielleicht hatten die Schnallen sich die Beute gekrallt, die Timo im Stall versteckt hatte? Weiber waren doch immer nur auf das eine aus: Kohle! Da gab es sogar ein Lied dazu: »Diamonds are a girl's best friends«. Nicht dass er was auf dieses seichte Geträller geben würde. Da klang in seinen Ohren ein ordentlicher Furz melodischer. Aber Mutti liebte diese alten Lieder, bevorzugt wenn sie in den passenden alten Schinken dargeboten wurden. Und Franz, der brave Sohnemann, hatte den Film mit ebendiesem Lied schon ungefähr dreimillionenmal mit ihr angeschaut. Zumindest den Anfang und das Ende. Dazwischen ratzte er immer weg, bis Mutti ihm den Ellbogen in die Seite hieb, weil sie vor lauter Schnarchen nichts mehr verstehen konnte. Alle paar Freitage machten sie Filmnachmittage. Nur Mutti und er. Für sie war es der Himmel – für Franz eher die Hölle. Aber für seine Mutti riss er sich zusammen und ließ es über sich ergehen.

Während er sich seine Gedanken zu den Weibern und ihrem Hang zu Glitzersteinen machte, schob er den Draht ins Schlüsselloch. Sein Puls legte einen Zahn zu. Die Aussicht, vielleicht endlich die Klunker wieder in der Hand zu halten, brachte ihn auf Touren. Es schien ihm immer wahrscheinlicher, dass sie hier waren. Er hatte Timo so sehr eingebläut, dass er auf jeden Fall immer alles gleich ins Versteck bringen sollte. Die Gefahr, dass die Bullen ihnen auf die Schliche kamen, war einfach ständig da. Und bei einer Hausdurchsuchung hätten sie Timo drangehabt. Mit einem leisen Klicken öffnete sich die Tür. Das war ein Klacks für seine geschickten Finger. Schon stand er im Flur. Wo sollte er anfangen mit der Suche? Nach kurzer Überlegung entschloss Franz sich für das Schlafzimmer. Der Klassiker sozusagen. Zaster unter der Matratze. Blond, wie die Weiber waren, traute er ihnen so eine Dämlichkeit zu.

Er wühlte sich durch das Bettzeug, zog und zerrte an der Matratze und fegte – nachdem dort nichts zu finden war – den Kleiderschrank und einige Wollkörbe leer. Auch nichts.

Was war das nur für eine beschissene Welt, wenn man sich nicht mal mehr auf die Dummheit der verdammten Weiber verlassen konnte? Franz fluchte und wischte sich den Schweiß von der Stirn. Wütend trat er gegen den Bettpfosten – was ihm einen schmerzenden Fuß einbrachte, an der Ergebnislosigkeit seiner Suche allerdings nicht das Geringste änderte.

Er überlegte. Vielleicht die Nummer zwei der beliebtesten Verstecke? Mit großen Sätzen nahm er die Stufen ins Erdgeschoss und riss die Kühlschranktür auf. Das Gefrierfach war leer.

Wieso das denn? Weiber hatten doch immer eine Packung Spinat auf Halde und ein paar Erbsen. Und genau dort versteckten sie dann auch Bargeld, Schmuck oder eben – wie in diesem Fall – einen Beutel voller Glitzersteinchen.

Sogar die Täubchen im Puff hatten Spinat im Eisfach gehabt! Die beste Köchin dort war Flora gewesen. Manchmal hatte sie sich zwischen zwei Freiern an den Herd gestellt und für die ganze Mannschaft etwas gezaubert. Das waren Zeiten gewesen. Echt schade, dass er Fritz, dem Zuhälter, drei Zähne hatte ausschlagen müssen. Sonst würde er vermutlich heute noch Floras Kochkünste genießen.

Beinahe wurde Franz wehmütig. Aber nur beinahe. Wenn er daran dachte, wie er demnächst in der Hängematte liegen würde – die Welt könnte ihm das Hinterteil küssen.

Vielleicht sollte er Flora mitnehmen?

Wie er so vor dem leeren Gefrierfach stand und über sein ins Wanken geratenes Frauenbild sinnierte, kam ein Geistesblitz um die Ecke. Vermutlich brauchten die Hühner das Fach nicht, weil sie im Keller eine Gefriertruhe hatten. Die gehörten zur Hardcorefraktion. Denen genügte ein kleines Eisfach nicht. Er würde seine Manneskraft drauf verwetten, dass die auch ihre Marmeladen selbst einkochten und Reihen von Einmachgläsern in den Regalen stehen hatten.

Da er nun schon mal in der Küche war, wühlte Franz sich durch ein paar Schubladen. Ein paar Teller gingen zu Bruch, Liebeskugeln kamen zum Vorschein – was Franz ein Grinsen entlockte. Hatte er doch gleich gesehen, dass mit der Üppigen einiges los war. Das war eine besonders heiße Nummer! Er ließ von der Küche ab, stapfte in den Keller und grunzte zufrieden. Hatte seine Gaunernase ihn wieder mal auf die richtige Spur gebracht. Da stand das gute Teil, und Franz war sehr sicher, dass er im nächsten Moment seine Fahrkarte ins neue Leben in Händen halten würde. Da mussten die Weiber früher aufstehen, wenn sie ihn, den schlauen Franz, abzocken wollten.

Schwungvoll hob er den Deckel – und schrie entsetzt auf.

Schnell schlug er die Klappe wieder zu und lehnte sich gegen die Wand. Das Blut war ihm in die Beine gesackt. Das Haus drehte sich.

Nicht dass er keine Leichen sehen konnte. Aber verreckt noch mal, das war nicht irgendeine Leiche – in der Kiste lag Timo! Sein Timo!

Von wegen harmlose Weiber! Die Bestien hatten seinen Kumpel kaltgemacht. Eiskalt eingefroren. Die lebten fröhlich und tanzten dem Tiefkühltimo dabei lachend auf der Nase herum. Das waren ganz ausgebuffte Mörderinnen!

Franz blies die Luft aus. Was, wenn es gar kein Zufall gewesen war, dass die ausgerechnet jetzt hier aufgetaucht waren? Konnte das alles ein ganz mieses Komplott sein? Aber wer, verdammte Hacke, steckte dahinter? Niemand wusste von dem geheimen Treffpunkt. Auch von den Überfällen hatte Franz niemandem auch nur ein Sterbenswörtchen gesagt.

Ich nicht, dachte er in derselben Sekunde und schaute Richtung Tiefkühltruhe. Konnte es sein, dass Timo, der dumme, naive Komplettidiot, das Maul aufgerissen hatte? Hatte er vielleicht im Suff geprahlt? War es möglich, dass der Vollpfosten seine Mörder selbst auf sich gehetzt hatte?

Franz, dem immer noch die Knie schlotterten, hob erneut den Deckel und starrte Timo an. Er musterte das unerwartete Fundstück, suchte nach einem Hinweis, wie sie ihn über den Jordan gepustet hatten. Er konnte keine Spuren von Schlägen entdecken. Auch ein Einschussloch, eine blutige Wunde oder gar ein Messer waren nicht zu sehen. Egal! Das Ergebnis war jedenfalls eindeutig, und er würde es nicht ändern können, egal ob er die Ursache kannte oder nicht.

Entschlossen suchte Franz Timos Taschen ab. Vielleicht hatte der die Klunker noch bei sich? Er glaubte es zwar nicht, aber sicher war sicher. Wenn der Kerl nur nicht so verdammt kalt wäre.

Die Türklingel fuhr ihm durch Mark und Bein. Sein Herz machte einen schmerzhaften Stolperer. Himmel und Hölle! Franz schloss leise die Truhe und schlich die Stufen nach oben.

»Mia, Schokotäubchen, komm, mach doch auf! Sei nicht mehr sauer. Dein Zuckerhasi hat solche Sehnsucht nach dir. Komm schon, ich weiß, dass du da bist!«

Jemand trommelte gegen die Tür.

Franz schaute sich um und schlich zur Hintertür. Leise drehte er den Schlüssel um und schlüpfte ins Freie. Dann gab er Fersengeld. Er würde wiederkommen, das schwor er sich. Egal was für ein Idiot Timo gewesen war, er würde ihn rächen. Niemand machte ungestraft seinen Kumpel kalt. Und niemand klaute ihm seine Beute!

Er lief noch ein Stück durch den Wald, um sicher zu sein, dass niemand ihm folgte. Dann kehrte er zu seinem Auto zurück und machte sich auf den Weg in seine Bude. Verflixt. Er hätte es kommen sehen müssen. Irgendwas hatte in der Luft gelegen.

Der Bruch war glattgelaufen. Viel zu glatt. Allein das hätte ihn schon misstrauisch machen müssen. Franz kannte sich doch aus mit dem Leben und dem Schicksal und so. Und wenn alles locker schien, der Weg eben und einladend, dann – das sagte seine Erfahrung – tauchte im nächsten Moment eine Mistlache auf, in die man hineintappte. Mitten rein. Mit beiden Füßen oder oft genug auch mit der Nase voraus. Er auf jeden Fall.

Genau das war der Grund, wieso er immer mal wieder schwedische Gardinen von innen hatte anschauen dürfen. Aber dieses Mal nicht! Das hatte er sich geschworen. Dieses

Mal würde er einen Bogen um die Mistlachen machen und demnächst seine Wampe in die Sonne strecken.

Unterwegs änderte Franz seine Meinung und lenkte den Wagen Richtung »Blue Moon«. Er musste rausfinden, wer Timo auf dem Gewissen hatte. Und wo diese verdammten Klunker abgeblieben waren.

»Wo ist Klaus?«, fragte Franz kurze Zeit später und donnerte die Faust auf die Theke.

Bibi, die schwarzhaarige Bordsteinschwalbe, zuckte nicht mal mit der Wimper. »Hallo, Franz. Gute Laune?«, fragte sie stattdessen.

Franz gab ein Geräusch von sich, das wie sich schnell näherndes Donnergrollen klang.

»Oh Mann, du bist ja echt mies drauf. Okay, er ist hinten.« Sie nickte zu einer Tür, auf der »Privat« stand. »Aber er ist nicht allein. Vielleicht solltest du lieber war–«

Franz hatte sich aber schon an ihr vorbeigeschoben und stürmte in das Büro des Klubbesitzers.

Das Kreischen der Braunen beachtete er gar nicht. Klaus schob sie von seinem Schoß runter und runzelte unwillig die Stirn. »Geht's noch, Alter? Hat dir deine Mutti keine Manieren beigebracht?«

Er gab dem Mädchen ein Zeichen zu verschwinden. Die zeterte, zog den Gürtel, der sich als Minirock entpuppte, über den Hintern und verschwand schmollend.

»Lass meine Mutti aus dem Spiel!« Franz beugte sich über den Schreibtisch, legte die Hände rechts und links von Klaus auf die Tischplatte. »Und jetzt will ich wissen, was du für ein verdammtes Spiel treibst. Was hat Timo erzählt? Wieso hast du ihn kaltgemacht? Und was sollen die Weiber in der Hütte?«

»Oho! Das sind aber jede Menge Fragen auf einmal! Jetzt hol mal Luft, Alter, und komm runter.« Klaus blieb von dem

Zornausbruch seines Besuchers vollkommen unbeeindruckt. Er stand auf, ging an den Schrank und zauberte eine Flasche Cognac und zwei Gläser hervor. »Spül erst mal durch. Und dann sag das noch mal: Timo wurde kaltgemacht?«

Franz kippte den Dreifachen auf ex und hielt sein Glas über den Tisch, damit Klaus ihm nachschenken konnte. Sollte er wirklich auf dem Holzweg sein? Oder war Klaus so abgebrüht? Verdammt! Er hatte sich das alles genau überlegt und war vollkommen sicher gewesen, dass hier bei Klaus der Schlüssel lag. Nur so ergab das alles einen Sinn. Das »Blue Moon« war Timos Stammkneipe gewesen. Wenn er was ausgeplaudert hatte, dann hier.

»Timo ist kalt wie ein Fischstäbchen«, sagte Franz. »Und wenn du mich fragst: Irgendjemand aus deinem Schuppen hängt da mit drin. Wenn nicht du, dann einer von deinen Leuten. Mit wem hat Timo in den letzten Wochen geredet, wenn er hier war?«

Klaus nahm nun ebenfalls einen Schluck und schüttelte den Kopf. Sein Gesicht drückte ehrliches Bedauern aus.

»So ein Mist«, sagte er. »Timo war zwar ein Volltrottel, aber das hat er nicht verdient.« Er stand auf und kam um den Schreibtisch rum. »Ganz ehrlich, Franz, ich hab damit nichts zu tun. Ich nicht und auch niemand aus dem Klub. Tatsache ist, dass ich Timo vor etwa zwei Monaten rausgeschmissen hab. Er hatte für ein halbes Jahr Hausverbot, weil er einen Freier angemacht hat, der sich – sagen wir mal – ein bisschen handfester um Bibi kümmern wollte. Hey, hör zu, ich wollte ihm nur klarmachen, dass es so nicht geht. Ich hab ihm kein Haar gekrümmt. Wieso sollte ich auch?«

Ja, wieso sollte er auch? Verdammte Hacke. Wenn Timo nichts von den Brüchen erzählt hatte – besonders von DEM Bruch –, dann war Franz hier falsch. Er musterte Klaus noch einmal misstrauisch, doch der zuckte nicht mit der Wimper und blieb völlig entspannt. Franz glaubte ihm. Jetzt wurde ihm auch klar, wieso Timo in den letzten Wochen so oft bei ihm im Stammlokal rumgehangen und gar nichts mehr vom Klub erzählt hatte. So ein Dreck! Das »Blue Moon« war eine Sackgasse.

Franz musste dringend wieder zum Haus. Er musste sich die Weiber vorknöpfen. Höflich aus denen rausklopfen, was passiert war. Und vor allem: wo die Klunker geblieben waren! Er stand auf. »Okay, ja, also, Klaus, nichts für ungut. Ich hab wirklich gedacht, du ...« Franz winkte ab. »Ach, auch schon egal. Ich geh dann mal. Soll ich dir die Kleine wieder schicken?«

Klaus schüttelte den Kopf. »Nee, lass mal. Ich trink noch einen: auf Timo!«

Er hob das Glas, und Franz zog die Tür hinter sich ins Schloss.

Siebzehn

Mia Sonne @MiasWelt
Gleich ist es so weit. Mach es gut, liebe Twitterwelt. Wir lesen uns in ein paar Jahren.

Sebastian war zu Rico in den Stall gegangen und hatte ihn genau untersucht.

»Wusst ich es doch«, murmelte er. Er trat wieder zu Chrissi und mir. »Und jetzt raus mit der Sprache! Ich weiß absolut sicher, dass das Beppo ist. Wie kommt das Tier hierher?«

Beppo?

»D…d…der heißt n…n…nicht Beppo, d…d…der heißt Rico«, stotterte ich.

Was sollte ich sonst sagen? Jedes Wort könnte uns verraten. Andererseits waren wir das eh schon. Verraten und so gut wie verhaftet. Eseldiebinnen! Früher hätte man kurzen Prozess gemacht, uns an den Pranger gestellt oder direkt an den Galgen geknüpft. Ich fror. Gleichzeitig wurde mir bewusst, dass Sebastian mich neugierig musterte und mir offensichtlich kein Wort glaubte.

»Es ist nicht so, wie du denkst«, startete ich einen kläglichen Rechtfertigungsversuch.

»Sooo? Und was denkst du, was ich denke?«

Das machte ihm Spaß! Seine Augen funkelten im Gegenlicht der matten Glühbirne, die im Stall brannte. Er genoss es richtig, mich in die Ecke zu drängen. Mistkerl.

Dass du eine verdammt attraktive Freundin hast, du Schuft! Das denke ich! Vielleicht bist du sogar verheiratet und hast

Kinder! Und mich stellst du hier als Lügnerin dar? Die Wut verdrängte sogar für einen Moment meine Angst.

Chrissi kam mir zu Hilfe. »Jetzt mach mal halblang. Wenn du schon weißt, dass das Beppo ist, dann dürfte dir wohl sonnenklar sein, wieso er hier steht. Schon mal was von Tierschutz gehört?« Sie baute sich vor Sebastian auf. Nur die Grasbüschel in ihren Haaren und der Dreckstreifen in ihrem Gesicht minderten ihre Autorität etwas.

In Sebastians Augen glitzerte es noch stärker. »Tierschutz. So, so. Nicht eher Tierdiebstahl?«

»Pah! Der Kerl kann froh sein, dass wir ihn nicht angezeigt haben.«

Jetzt wurde Sebastians Miene ernst. »Anzeige ist ein prima Stichwort. Ist euch eigentlich klar, dass der alte Friedrich mich angezeigt hat? Seit Wochen –« Das Handyklingeln unterbrach ihn. Er nahm ab und stutzte, dann brüllte er wieder in den Hörer, genau wie bei dem Anruf vorhin: »Wenn du mich noch einmal anrufst, zeige ich dich an wegen Belästigung! Ich habe deinen Beppo nicht!« Sebastian legte auf und schaltete das Handy aus. Wir standen immer noch an der offenen Box, Rico kam zu uns rüber. Er schnüffelte neugierig an Sebastians Hosentasche.

»Na, Kumpel? Du hast wohl den Zucker gerochen. Dann komm her.« Sebastian holte zwei Zuckerstücke heraus und legte sie sich auf die flache Hand. Rico stülpte vorsichtig seine Lippen darüber und zermalmte die Köstlichkeit zufrieden.

»Und jetzt zu uns«, sagte Sebastian. »Ihr habt mich in ziemliche Schwierigkeiten gebracht, ist euch das eigentlich klar? Was sollen wir jetzt machen?«

»Wie wäre es mit einer Dusche?«, fragte ich und hielt mir demonstrativ die Nase zu. »Vielleicht finde ich ein paar Klamotten, die dir passen.«

Sebastian schaute an sich runter und lachte. »Das ist eine wirklich hervorragende Idee.«

Jonnysonni @MiasWelt
In ein paar Jahren steht mein Jonny garantiert auch noch wie eine Eins.

SummseBiene @MiasWelt
Willst du heiraten? Dann käme das mit den paar Jahren hin – statistisch gesehen. Aber wieso den Bullen gleich kaufen? Schön blöd!

PaulaPaula @MiasWelt
Machst du einen Selbstfindungstrip? Sehr löblich. Lerne deine Weiblichkeit kennen, und du wirst stark sein!

»Was meinst du? Wie lange gibt es für Eselklau?«, fragte ich Chrissi. Ich hielt mich an meinem Strickzeug fest und jagte die Maschen in einem Affenzahn über die Nadeln. Ich würde lange Zeit auf dieses Vergnügen verzichten müssen. Chrissi zerbröselte einen Keks zwischen ihren Fingern. Wir saßen am Küchentisch und warteten auf unser Schicksal. Paul und Pünktchen lagen aneinandergekuschelt unter der Eckbank. Jeden Moment musste die Polizei anrücken. Sebastian stand derweil unter der Dusche.

»Wir müssen Elvira anrufen. Sie muss die Hunde zu sich nehmen«, sagte Chrissi. Sie starrte mit glasigem Blick ins Leere, auf meine Frage hatte sie offensichtlich keine Antwort. Im nächsten Moment brach sie in verzweifeltes Schluchzen aus.

»Wenn Rico wieder zu dem Monster zurückmuss, war alles umsonst. Dann wird er wieder misshandelt, und sein Elend geht weiter, oder der Kerl verkauft ihn wirklich an einen Schlachter.« Ich hätte sie gern getröstet, ihr gesagt, dass das nicht passieren würde. Aber ich konnte nicht. Sie hatte recht. Vermutlich war Ricos Schicksal besiegelt – ebenso wie unseres. Mir fiel nichts ein, was ich hätte sagen können, aber Paul und Pünktchen sprangen neben Chrissi auf die Eckbank und drückten sich an sie. Ottfried war nicht mit ins Haus gekommen, der leistete Rico und den Ziegen Gesellschaft. Ich fasste über den Tisch und tätschelte Chrissis Hand.

Mia Sonne @MiasWelt
Selbstfindung? Wohl eher Selbstverlust.

Jonnysonni @MiasWelt
Selbstverlust kenne ich. Wenn ich dich gebürstet habe, bist du so entrückt, da weißt du nicht mal mehr, wie du heißt!

PaulaPaula @MiasWelt
Vielleicht solltest du es mal mit Yoga versuchen. Du scheinst nicht in deiner Mitte zu sein.

In diesem Moment kam Sebastian pfeifend zu uns in die Küche. Mein Shirt saß bei ihm reichlich eng, und die Jogginghose ging ihm nur bis an die Waden. Aber das schien ihn nicht zu stören.

»Jetzt könnte ich einen Tee gebrauchen«, sagte er. »Soll ich uns einen kochen?«

Tee! Wir warteten darauf, in Handschellen abgeführt zu werden, und Sebastian redete von Tee. Ich traute meinen Ohren nicht.

»Meinst du wirklich, die Zeit reicht noch? Ich meine, so lange wird die Polizei sicher nicht brauchen«, antwortete ich etwas schnippisch.

Sollte sein Schatz ihm doch nachher Tee kochen!

»Polizei?« Sebastian ließ sich auf den Stuhl neben mir plumpsen. »Wieso denn Polizei?«

»Na, du hast doch – ich meine, weil ...« Jetzt schwappte die Verwirrung endgültig über mir zusammen.

Chrissi wischte sich mit dem Ärmel übers Gesicht und stand auf. »Mir scheint, da gibt es doch noch ein Licht am Ende des Tunnels. Dann koch ich jetzt mal Tee.«

Sebastian musterte mich. »Hast du wirklich gedacht, ich hetze euch die Polizei auf den Hals? Wegen Beppo?«

»Rico!«, verbesserte Chrissi.

»Ich fass es nicht. Für was für einen Mistkerl musst du mich halten, Mia?« Er schien ehrlich betroffen. »Ja, ihr habt mir eine Menge Ärger eingehandelt, aber hey, ich bin froh, dass es Be..., äh, Rico gut geht.«

»Froh? Ungelogen?« Skeptisch versuchte ich, in Sebastians Augen die Wahrheit zu finden.

»Hey, ich bin doch kein Lügner!« Er hielt meinem Blick stand. Bevor mir eine passende Antwort einfiel, fuhr Chrissi dazwischen. »Ob deine Frau das auch so sieht?«

Ich hielt die Luft an und zog die Augenbrauen nach oben.

Jetzt wurde es spannend!

Chrissi stellte Tassen auf den Tisch und zuckte mit den Schultern. »Ich meine ja nur.« Sie schenkte Tee ein.

Sebastians Blick hüpfte von Chrissi zu mir und wieder zu Chrissi. »Was für eine Frau? Wovon redet ihr eigentlich?«

Sebastian griff nach der Tasse. Sie rutschte ihm aus den Fingern, und etwas Tee schwappte auf den Tisch.

»Hast du einen Lappen?«, fragte er mich.

Ich nickte Richtung Kommode. »Oberste Schublade.« Sebastian stand auf, zog die Schublade auf und grinste.

Oh mein Gott! Verdammt noch mal, das hatte ich total vergessen! Da lagen nicht nur Lappen – da lagen auch die Liebchen. Wieder einmal stieg mir die Hitze in den Kopf, als wäre ich ein Dampfkochtopf. Aber Sebastian zeigte – außer dem kurzen Grinsen – keine Reaktion. Ungerührt schnappte er sich einen Lappen und schob die Lade wieder zu.

Chrissi hatte von der peinlichen Nummer gar nichts mitbekommen und schaute mich nur fragend an. Ich winkte ab. Das konnte ich ihr jetzt nicht erklären. Sie würde einen Lachkrampf kriegen und mich anstecken. Allein der Gedanke an ihre Reaktion ließ die ersten Lachblubber in mir hochsteigen. Ich atmete tief durch.

»Also, jetzt mal ganz langsam«, sagte Sebastian, nachdem er wieder am Tisch saß. »Sagt ihr mir jetzt bitte, von welcher Frau ihr sprecht?«

Die Lachblubber zerplatzten.

Ich gab mir einen Ruck und erzählte ihm, dass ich ihn im Hofladen gesehen hatte. Mit dieser verflixt attraktiven Frau.

Sebastian quittierte meine Erklärung mit einem lauten »Ach sooo!«. Er schüttelte den Kopf und überlegte – schien die Informationen zusammenzupuzzeln. »Deshalb warst du also plötzlich so komisch«, sagte er, nachdem die Einzelteile ein Bild ergaben. »Ich hatte mich schon gewundert. Deine Herzlichkeit war plötzlich wie weggeblasen.«

Sehr merkwürdig, wirklich. »Und das wundert dich?«, fragte ich und konnte mir den bissigen Ton nicht verkneifen. Seine Reaktion machte mich so wütend, dass ich die Maschen jetzt unsanft von einer Nadel auf die andere zerrte.

»Ja, ehrlich gestanden schon. Immerhin hat jeder Mensch ein Recht auf Verteidigung, oder? Ich gebe euch doch auch die Chance, mir die Sache mit dem Esel zu erklären.« Er zwang mich, ihn anzuschauen. »Wenn du uns in dem Laden angesprochen hättest, Mia, dann hätte ich dir meine Schwester sehr gern vorgestellt. Sie hätte sich bestimmt gefreut, dich kennenzulernen.«

In meinen Ohren summte es. Schwester? Hatte er wirklich Schwester gesagt?

Mein Handyklingeln erlöste mich aus der Not, nach einer Antwort zu suchen. »Mia, hallo?«, meldete ich mich.

»Mia-Kind, endlich! Was ist nur mit dir los? Wieso meldest du dich nicht? Ich sitze hier wie auf Kohlen und warte auf deinen Rückruf. Dann versuche ich dich anzurufen, und dauernd heißt es: nicht erreichbar! Aber so warst du schon immer. Nimmst einfach keine Rücksicht auf deine arme Mutter. Was ist jetzt mit dem Kellerfenster?«

Oh nein! Nicht das auch noch. Das Kellerfenster hatte ich vollkommen vergessen. Was auch kein Wunder war, bei all den Aufregungen, die mir hier im Schwarzwald ihre Aufwartung machten. Und weil ich sowieso gerade vollkommen durcheinander war, fiel mir keine Antwort ein. Weder eine passende noch eine unpassende.

Chrissi und Sebastian beobachteten mich, und ich saß da und machte den Mund auf und zu, ohne dass ein Ton rauskam. Sebastian forderte mich mit einer Geste auf, ihm das Handy zu geben, und weil ich keine bessere Idee hatte, streckte ich ihm das Gerät hin.

»Frau Sonne! Einen schönen guten Tag. Mein Name ist Sebastian Brommer. Ihre Tochter ist gerade dabei, eine sensationelle Geschäftsidee umzusetzen. Dabei geht es nicht nur um sehr gute Umsätze, die selbstverständlich zu erwarten sind, sondern es geht vor allem um das dazugehörige Prestige. Ich bin überzeugt: Innerhalb kürzester Zeit wird der Name Mia Sonne hier bei uns in der Region in aller Munde sein. Eine Frau mit diesem Talent – darauf haben wir lange gewartet. Frau Sonne, ich bin sicher, dass Sie sehr stolz auf Ihre Tochter sind. Aber jetzt muss ich Sie dringend bitten, uns zu entschuldigen, denn wir müssen noch einige Eckdaten abklären, damit Ihre Tochter die Karriereleiter ungehindert erklimmen kann. Vielen Dank für Ihr Verständnis. Auf Wiederhören, Frau Sonne.« Sebastian unterbrach die Verbindung und gab mir mein Handy wieder zurück.

»Cool«, hauchte Chrissi und strahlte. »Das wird ihr zu knabbern geben.«

Ich schüttelte den Kopf. »Bist du verrückt oder so? Was für eine Karriereleiter? Du meinst, von der Tierfriseurin zur Knastbraut? Na prima, Mama wird vor Stolz platzen.«

Sebastian grinste. »Ich meine, von der Tierfriseurin zur angesagtesten Kuhfitterin des gesamten südbadischen Raums. Vielleicht sogar bald bundesweit.« Er nahm einen Schluck Tee und fuhr fort: »Übrigens, meine Schwester heißt Sabine. Und nachdem das geklärt ist, werde ich euch mal erzählen, was ihr mir in den letzten Tagen alles eingebrockt habt.« Er lehnte sich zurück und streckte die Füße unter dem Tisch aus. »Der alte Schlege ist ein Dauerbrenner. Ihr könnt euch nicht vorstellen, wie oft ich mit dem schon zusammengekracht bin. Ich kämpfe seit Monaten dafür, dass er besser mit dem Esel umgeht. Als Tierarzt bin ich einiges gewohnt, aber das mit Beppo war ein echtes Drama.«

Während ich mich bemühte, Sebastians Geschichte zu folgen, sortierte ein Teil meines Hirns immer noch die letzten Entwicklungen. Er hatte keine Frau. Er hatte gerade meine Mutter in Grund und Boden geredet. Und er saß hier, an meinem Küchentisch, in meinen Klamotten, nachdem er unter meiner Dusche gestanden hatte, und streckte seine Füße gemütlich aus. Träumte ich? Konnte das wirklich sein?

»Kurz bevor Beppo verschwunden ist, habe ich dem Schlege gedroht, ihn wegen Tierquälerei anzuzeigen. Ich hatte keine Lust mehr, gegen diese Schwarzwälder Sturheit anzureden. Ich hatte ihm eine letzte Frist gegeben. Und dann zückte der alte Friedrich sein Ass. Er sagte, er habe den Esel an den Schlachter verkauft. In den nächsten Tagen sollte das Tier abgeholt werden.« Sebastian beugte sich zu Chrissi und mir rüber. Wir hingen an seinen Lippen. »Ich war stocksacknarrisch! Aber der Schlege hatte gewonnen. Mir waren die Hände gebunden. Ja, und dann war der Esel verschwunden, und der Schlege ist bis jetzt überzeugt, dass ich meine Finger im Spiel habe. Ehrlich, ihr zwei, ich finde es absolut klasse, dass ihr Beppo, Entschuldigung, Rico gerettet habt. Aber der Alte tickt nicht mehr richtig. Der betreibt Telefonterror, Rufmord und Sachbeschädigung. Der macht mir das Leben zur Hölle. Wir müssen eine Lösung finden.«

Chrissi seufzte. »Genau. Für den Esel und für Mr. Tiefkühl«, murmelte sie.

»Wie bitte?« Sebastian horchte auf. »Was für ein Mr. Tiefkühl?«

Doch Chrissi winkte ab und schüttelte – sehr zu meiner Erleichterung – den Kopf. »Vergiss es. Das willst du nicht wissen.«

»Und der alte Knacker hat dich wirklich angezeigt?«, fragte ich dazwischen, um Sebastian wieder auf die Eselspur zu bringen. Wir konnten ihm schließlich nicht erzählen, dass wir besondere Tiefkühlprodukte in der Truhe hatten.

»Was glaubst du, wie ich gestaunt habe, als plötzlich die Polizei in meiner Praxis auftauchte! Zum Glück waren die Herren vernünftig, ich konnte mit ihnen reden. Und nachdem sie sich überzeugt hatten, dass kein Esel in meinem Garten steht, haben sie mich in Ruhe gelassen. Aber das war nur ein Teil des Problems. Der Schlege hat gezetert, als er erfahren hat, dass man mir nichts nachweisen konnte. Seitdem ruft er ständig bei mir an. Manchmal mehrmals hintereinander. Er beschimpft mich und droht mir. Ich hab das Handy oft ausgeschaltet – aber wenn ich Notdienst habe, muss ich erreichbar sein. Zweimal hatte ich seither Hundekot an meiner Hauswand. Natürlich kann ich dem Schlege nicht beweisen, dass er das war. Aber wer sonst sollte so etwas tun? Er erzählt überall rum, dass ich ein Pfuscher sei. Er macht mich schlecht, wann immer es ihm möglich ist. Noch merke ich nichts davon, aber wenn das noch lange so weitergeht, werde ich das sicher in der Praxis spüren. Die Leute sind leicht zu beeinflussen, glauben schnell, wenn schlecht geredet wird.«

Sebastian hielt einen Moment inne, atmete durch und sagte: »Das war meine Geschichte. Wie wäre es, wenn ihr mir jetzt erzählt, wie es dazu kam, dass Rico bei euch steht?«

Chrissi legte los. Sie erzählte von Anfang an und ließ nur den Teil aus, in dem wir den Toten im Stall gefunden hatten.

»Beeindruckend. Ich würde sagen, es ist zwar kriminell, aber hat durchaus auch etwas mit Zivilcourage zu tun. Ich finde es bewundernswert, dass ihr nicht einfach zuschaut, wenn ein Lebewesen gequält wird.« Er hob seine Teetasse und prostete uns zu. »Dann müssen wir jetzt zur Tat schreiten. Wir müssen zum Schlege und ihn überzeugen, dass er Rico in Ruhe lässt – und mich. Wir werden den Alten mit seinen eigenen Waffen schlagen.« Sebastian erklärte uns seinen Plan.

Mia Sonne @MiasWelt
Vielleicht bleibe ich euch doch erhalten.

Jonnysonni @MiasWelt
Wusst ich es doch. Willst dir die Chance nicht entgehen lassen, meinen Jonny kennenzulernen, wie?

SummseBiene @MiasWelt
Wie gut, dass du eine Frau bist. Die dürfen ihre Meinung alle paar Sekunden ändern.

PaulaPaula @MiasWelt
Sehr schade. Ein Aschram hätte dir sicher bei der Selbstfindung geholfen.

»Ich bin so aufgeregt. Meinst du, es klappt?«, flüsterte Chrissi und klammerte sich an mich. »Bitte, sag, dass es klappen wird!«

»Pst! Jetzt sei leise, ich glaub, es geht los.« Ich krallte meine Finger in ihren Unterarm.

Wir kauerten zu zweit hinter der Hecke, nahe der Eingangstür von Schleges Haus. Die Hunde hatten wir zu Hause gelassen, damit sie uns nicht durch Bellen verraten konnten.

Sebastian hatte bereits zweimal geklopft. Jetzt ging das Flurlicht an.

»Ach, der Tierpfuscher!«, höhnte der Alte, als er seinen späten Besucher erkannte. »Was willsch?«, brummte er.

»Mit dir über Beppo sprechen.«

»Aha. Haschs kapiert, dass ich am längern Hebel hock?«

»Nein. Ich will, dass du die Sache fallen lässt und den Beppo vergisst.«

»Schpinnsch du? Brauchsch noch mehr duftende Botschaften? Ich lass mir doch von euch Tierfreunden net vorschreiben, wie ich mit meinem Esel umgeh. Mach, dass de Land gwinsch! Studierter Seggel, blöder.«

Chrissi zappelte unruhig neben mir. Klar. Damit hatte der Alte sich verraten. Wir hatten ihn in der Hand. Sebastian musste es ihm nur noch klarmachen. Doch der zückte seinen Geldbeutel.

»Hundert Euro. Hier. Mehr hätte der Schlachter auch nicht bezahlt.«

Chrissi gab einen gedämpften Protestschrei von sich. Ich klammerte mich an ihre Jacke, um sie zurückzuhalten.

»Der kann dem Ungeheuer doch kein Geld geben, dafür, dass er den Esel gequält hat«, schimpfte sie leise und versuchte sich mir zu entwinden.

»Schhh!«, machte ich. »Sebastian weiß schon, wie man mit Schwarzwälder Sturköpfen umgehen muss. Still jetzt!«

Der Schlege verschränkte die Arme. »Und du glaubsch, so billig lass ich dich aus der Sach naus?« Er lachte höhnisch und zeigte dabei seine schwarz verfärbten Zähne. »Nie und nimmer. Nur über mei Leich!«

»Hör zu, Schlege. Du hast jetzt genau zwei Möglichkeiten.« Sebastian baute sich vor dem Alten auf. »Entweder du nimmst das Geld und vergisst den Esel, oder ich zeige dich an. Drohung, Sachbeschädigung, Belästigung ... Da kommt schon was zusammen.«

Der Alte lachte. »Hasch Beweise?«, fragte er.

Doch als Sebastian nickte und uns ein Zeichen gab, uns zu zeigen, blieb dem Schlege das Lachen im Hals stecken. »Saupack, verfluchtes! Das war ein verdammter Trick.«

Sebastian hielt ihm wieder den Schein hin, und dieses Mal griff der alte Schlege zu. »Macht's, dass ihr von meinem Hof kommt, ihr Saubande!«, schrie er noch, dann knallte er Sebastian die Tür vor der Nase zu.

»Geschafft, wir haben es geschafft!« Chrissi tanzte und sang, während wir uns auf den Weg zum Auto machten, das wir ein gutes Stück von Schleges Haus entfernt geparkt hatten. »Auch wenn das mit dem Geld echt nicht in Ordnung war«, schimpfte sie mit Sebastian. »Jetzt wurde der Idiot auch noch für seine Tierquälerei belohnt.«

»Lass mal, Chrissi. Wenigstens ist es erledigt. Jetzt gehört Beppo offiziell mir«, sagte Sebastian und legte den Arm um mich. »Und ab heute heißt er wirklich Rico.«

Moment! Ich verschluckte mich, als mir die Folge klar wurde. Gut und schön. Rico war gerettet. Aber ich wollte ihn nicht hergeben. Auch nicht an Sebastian. Das war mein Esel!

Ich wühlte in meiner Tasche und suchte den Geldbeutel. Nach einem schnellen Kassensturz hielt ich achtundneunzig Euro und fünfzig Cent in meiner Hand. Entschlossen streckte ich Sebastian die Ausbeute hin.

»Tut mir leid, Mia. Rico ist nicht zu verkaufen«, sagte der jedoch.

»Wie bitte?« Ich schnappte wütend nach Luft. »Sebastian, das kannst du doch nicht machen! Du weißt, was wir für Rico alles auf uns genommen haben. Das war ein ganz gemeiner Trick. Du hast uns aufs Glatteis geführt.«

»Das geht wirklich nicht«, mischte sich jetzt auch Chrissi ein. »Rico gehört uns. Den kannst du uns nicht wegnehmen!«
Sebastian grinste. »Wenn ich jetzt vielleicht auch mal was sagen dürfte?«, fragte er, als Chrissi und ich gleichzeitig Luft holen mussten. »Unter bestimmten Umständen wäre ich durchaus bereit, über Rico zu verhandeln. Allerdings ist der Esel unverkäuflich. Dabei bleibt es. Aber es könnte sein, dass ich ihn verschenken würde.«

»Ach. Und was für Umstände wären das?«, fragte ich.

»Siehst du, so kommen wir der Sache doch schon näher. Lass uns verhandeln. Ich habe drei Bedingungen: Erstens, die neue Besitzerin muss mit mir essen gehen. Zweitens, ich möchte ein uneingeschränktes Besuchsrecht. Drittens, die Schenkung muss mit einem Kuss zwischen altem und neuem Besitzer besiegelt werden.«

Da musste ich nicht lange überlegen. Was war an einem Kuss schon dran? Diese Bedingung konnte sofort erfüllt werden.

Ich stellte mich auf die Zehenspitzen und näherte mich Sebastians Lippen. Ach du meine Güte! Er nahm mich in die Arme und legte ganz langsam seine Lippen auf meine. Beinahe scheu wirkte er bei dieser ersten zarten Berührung. Mein ganzer Körper kribbelte, und mein verflixter Zeh wackelte munter vor sich hin.

Ich legte meine Hände gegen Sebastians Brust, doch statt mich von ihm wegzustemmen, hielt ich mich an seinem Hemd fest. Ein Seufzer löste sich von meinen Lippen und traf seine.

Ich konnte sein Lächeln spüren. Ohne etwas dagegen tun zu können, machte sich meine rechte Hand selbstständig und fuhr in seinen Nacken, wühlte in seinen Haaren. Unsere Lippen hatten sich etwas geöffnet. Sebastians Zunge begrüßte meine, sanft wie ein Schmetterling und unglaublich intensiv.

Falls es noch eine Abwehr in mir gegeben haben sollte, löste die sich in diesem Moment in ihre atomaren Einzelteile auf.

Nach Stunden ließ Sebastian mich vorsichtig los. Er hielt seinen Arm noch so lange um mich gelegt, bis ich wieder einigermaßen sicher auf meinen eigenen Beinen stand. Mein Puls jagte, mein Bauch flatterte.

Chrissi saß im Auto und beschäftigte sich mit den Einstellungen am Radio. Ihr Grinsen sagte mehr als jedes Wort.

Mia Sonne @MiasWelt
Habe ich jemals behauptet, ich würde auf Küsse verzichten wollen? Falls ja: Was interessiert mich mein Geschwätz von gestern?

Achtzehn

Okay, dachte Franz. Und jetzt?

Er lehnte sich gegen seine Karre und starrte in die Nacht. Die Weiber waren der Schlüssel. Wenn er denen auf den Zahn fühlte, dann käme die Wahrheit ans Licht. Die Wahrheit und die Klunker.

Also setzte er sich ans Steuer und fuhr zum zigsten Mal die Bundesstraße von Vollingen nach St. Gregorius. Zwanzig Minuten später lenkte er den Wagen dicht an die Bäume und stapfte durch den kleinen Wald Richtung Weiberhaus. Er war noch unsicher, ob er weiter beobachten oder direkt reinmarschieren sollte.

Als er fast am Haus war, ging gerade die Tür auf, und die zwei Tussis traten ins Freie. Zwei Kläffer tanzten um sie herum. Was hatten sie vor?

Franz entschloss sich abzuwarten.

Sie gingen zum Stall und diskutierten. Eine hatte das Handy am Ohr. Franz drehte den Kopf so, dass die Worte auf sein rechtes Ohr trafen. Er stellte den Empfang so scharf wie möglich, trotzdem kamen nur Bruchstücke bei ihm an: »Okay … ja, kannst … bis gleich.« Wenn er etwas rausfinden wollte, musste er näher ran. Vorsichtig schlich er in gebückter Haltung vorwärts. Hinter einem Busch fand er einen guten Platz. Es gab sogar einen größeren Stein, auf dem er sitzen konnte. Jetzt verstand er auch, was gesprochen wurde. Also rein akustisch. Inhaltlich schwebten allerdings riesige Fragezeichen über seinem Kopf.

Die Blonde sollte mit einem gewissen Rico in Deckung gehen, während Sebastian den Max untersuchte. Was sollte das denn? War Max vielleicht der Esel? Aber wieso musste sie dann in Deckung gehen?

Und wer war Rico?

Konnte es sein, dass die Weiber einen Code verwendeten? Doch Franz hatte keine Zeit mehr, über die Entschlüsselung nachzugrübeln, denn plötzlich ging alles ganz schnell.

Die Blondine kam mit dem Esel im Schlepptau zum Stall raus. Neben dem Vieh marschierte ein Kalb. Franz rieb sich die Augen. Das war kein Kalb, das war der Monsterköter! Heilige Muttergottes! Und das Schlimmste an der Sache war: Die blöde Kuh kam genau auf ihn zu. Verreckt noch mal. Franz sprang auf und machte einen Schritt rückwärts. Dabei stolperte er über den Stein und verlor das Gleichgewicht. Den Schrei unterdrückte er, aber es platschte laut, als er in einer Schlammsuhle landete. Sollte es den lieben Gott wirklich geben, könnte der jetzt langsam mal einem anderen auf den Kopf machen, nicht immer ihm! Wütend rappelte Franz sich auf und rettete sich mit großen Sätzen an den Waldrand. Die Tussi hatte nichts mitbekommen, weil der nette Esel genau im richtigen Moment auf stur gestellt hatte. Nur der Monsterköter hob die Nase. Er schnüffelte in Franz' Richtung und gab einen dunklen Beller von sich.

Franz klammerte sich an den Stamm einer Fichte und prüfte die Äste. Könnte er im Notfall schnell genug klettern? Wie hoch sprang so ein Monstervieh? Er hatte null Bock, einen Teil seiner Arschbacke zu opfern, nur weil er das Vieh unterschätzte.

Im Halbdunkel sah er, wie die Blonde mit ihrem Esel und dem Hundevieh im Schlepptau weiterlief. Er atmete erleichtert aus.

War das die Gelegenheit? Dieses kleine Huhn, das da unruhig vor dem Stall auf und ab ging, könnte er doch mit dem kleinen Finger einsacken. Blieb nur die Frage, ob die zwei Kumpel vom Monsterköter, die irgendwo frei rumliefen, damit einverstanden wären. Franz tastete nach seiner Hosentasche. Er hatte das große Messer eingesteckt, damit ließen sich Hundekehlen sicher wie Butter schneiden. Er würde es drauf ankommen lassen.

Zum zweiten Mal schlich er näher. Er hatte gerade die Suhle passiert, als ein Wagen auf den Hof fuhr. Es war doch zum Kotzen! Hier ging es ja zu wie auf dem Vollinger Bahnhof. Ein ständiges Kommen und Gehen.

Ein Mann stieg aus und begrüßte das Huhn. Sie verschwanden im Stall. Franz saß auf dem Stein und wartete. Vielleicht schoben die zwei ein Nümmerchen? Nackter Hintern auf stechendem Stroh – das hatte schon was von SM. Da würden auch die Codes dazu passen. Franz grinste. Aber nein, das Pärchen kam schon wieder aus dem Stall. Sie unterhielten sich, da rumpelte es plötzlich, und der Esel stürmte durch die Nacht auf die beiden zu.

Der Kerl jumpte mitten in den Misthaufen – Franz schlug sich auf den Schenkel vor Begeisterung! Hatte der liebe Gott seine Bitte also erhört. Feine Sache!

Anderen zuzuschauen, wenn ihnen der Mist auf dem Kopf landete, war ungleich besser, als selbst Zielscheibe zu sein. Allerdings sank seine Chance, die Bande hochgehen zu lassen. Zwei Weiber, ein Kerl, ein Haufen Drecksköter und ein Esel – für seinen Geschmack war das etwas zu viel.

Franz hockte inzwischen unter dem Küchenfenster, das zu seinem Glück auf Kipp stand. Auch wenn er nicht jedes Wort verstand, ein paar Informationen konnte er aufschnappen. Vielleicht brachte die Lauschaktion Klarheit in diese trübe Geschichte? Sicher war jedenfalls, dass es sich wirklich um eine Bande handeln musste. So viel wusste er jetzt.

Die Weiber redeten von Knast. War das vielleicht auch eine Diebesbande? Franz hatte von einer Serie von Wohnungseinbrüchen gehört. Angeblich sollten es Russen sein – besonders nach Wodka sahen die Weiber allerdings nicht aus. Vielleicht war das mit den Russen auch nur eine falsche Fährte? Kannte man doch. Streu hier eine Fehlinfo und dort ein Gerücht, und schon rennen die Bullen in alle Richtungen, und du hast deine Ruhe.

Jetzt kam der Kerl in die Küche. Die Weiber hatten ihn duschen geschickt. Typisch. Wegen so einem bisschen Dreck machten die gleich einen Aufstand.

Die Rede war von einem Tierquäler – dem alten Schlege. Den Namen hatte Franz noch nie gehört. Aber so gut wusste er in St. Gregorius nicht Bescheid. Sein Tummelplatz war Vollingen. Dort kannte er alle wichtigen Nasen und hatte genug Kontakte, um die Geschäfte am Laufen zu halten.

Nur der Freddie, einer seiner Abnehmer, wenn es um heiße Waren ging, saß hier in dem Kuhkaff, das sich stolz Stadt nannte. Der wohnte in einem Bungalow direkt neben dem Friedhof.

»Dann müssen wir jetzt zur Tat schreiten. Wir müssen zum Schlege und ihn überzeugen, dass er Rico in Ruhe lässt – und mich. Wir werden den Alten mit seinen eigenen Waffen schlagen«, hörte Franz plötzlich die Stimme des Kerls, die entschlossen und lauter klang als zuvor.

Stühle rückten. Es herrschte allgemeine Aufbruchstimmung.

Schon wieder dieser verflixte Rico. Der schien der Bande ordentlich Kopfzerbrechen zu machen.

Sollten sie nur abziehen. Das war eine gute Gelegenheit, den Streifzug durch die Bude fortzusetzen.

Der erste Weg führte Franz in den Keller. Er klappte die Tiefkühltruhe auf und starrte auf das mit Eiskristallen überzogene Gesicht von Timo.

»Mensch, Oller. Wenn du mir wenigstens sagen könntest, was du mit den Klunkern angestellt hast«, redete Franz auf den tiefgekühlten Kumpel ein. »Du wirst doch hoffentlich nicht so blöd gewesen sein, dir die Steinchen klauen zu lassen? Was haben die Weiber mit dir angestellt, hm?«

Franz stützte die Hände auf den Truhenrand und beugte sich runter. Irgendwie konnte er immer noch nicht glauben, dass Timo wirklich kaltgestellt war.

Dann schnaufte er durch und suchte noch mal im Haus. Wenn schon keine Klunker, dann vielleicht zumindest was von der Beute, die die Weiber sicher irgendwo versteckt hatten. Er arbeitete systematisch, schnaufte wie ein Walross, suchte nach geheimen Türen oder einem versteckten Safe. Nichts. Einfach nichts. Franz konnte es nicht fassen.

Plötzlich hörte er den Kies knirschen, die Bande kam zurück!

Neunzehn

»Jetzt wird gefeiert!«, jubelte Chrissi und schob schwungvoll die Haustür auf. »Ich glaube, da steht noch eine Flasche Prickelbrause im Kühlschrank, die auf ihren Einsatz wartet.«

Ich wackelte mit weichen Knien hinter ihr her. Obwohl seit dem Kuss schon etwas Zeit vergangen war, konnte ich immer noch Sebastians Lippen auf meinen spüren. Mein Blut prickelte durch die Adern, als wäre es Champagner. Und was um Himmels willen war nur mit meiner Atmung los? Ich japste, als hätte ich den Himalaja bestiegen und dabei ein Pony auf dem Rücken getragen. Mindestens!

»Oh ja, wir feiern eine Eselrettungsparty!«, stimmte Sebastian Chrissi erfreut zu. »Wenn ihr wollt, mache ich uns was zu essen. Ich bin bekannt für meine Rumfortbauernpfanne. Also mich hat dieser Einsatz echt hungrig gemacht!«

Hatte ich richtig gehört? Ein Mann, der freiwillig anbot zu kochen? Wow! Übermütig kniff ich in Sebastians Allerwertesten.

»Aua!« Erschrocken rieb er sich die Stelle und schaute mich verdutzt an. »Was war denn das?«

»Och, das war nur Ausdruck meiner Freude. Zeigt man die im Schwarzwald nicht so?«, sagte ich und lächelte ihn an – wobei ich versuchte, meine gesamte weibliche Unschuld in den Blick zu legen.

»Kniffe kosten hier im Schwarzwald extra, ich fürchte, wir müssen noch einen Kuss auf den Schenkungspreis drauflegen«, konterte er. Seine Augen blitzten, als würden Sterne darin funkeln.

»Und dann bin ich schuld, wenn es nichts zu essen gibt?« Ich hob abwehrend die Hände und machte einen Schritt rückwärts. Damit schaffte ich es, meine Verlegenheit zu überspielen, auch wenn mein Gesicht vor Hitze brannte und ich vermutlich rot strahlte wie eine von innen beleuchtete Tomate.

Chrissi klatschte in die Hände, bevor die Situation noch peinlicher werden konnte. »Also los, auf geht's. Sekt und leckeres Futter! Ich habe zwar keine Ahnung, was eine Rumfortpfanne ist, aber das ist egal.« Sie öffnete schwungvoll die Küchentür. »Ihr dürft mich Chrissi-Garfield nennen: Essen ist meine Lieblingsspeise. Hauptsache, lecker! Das haben wir uns …«

Ich rumpelte in sie hinein, weil sie mitten im Schwung gestoppt hatte und jetzt stumm und wie angewurzelt dastand. Bevor ich fragen konnte, was passiert war, sah ich auch schon den Grund für ihre Erstarrung.

Da stand ein Mann in der Küche. Ein Mann mit einer Pistole in der Hand, um genau zu sein. Er grinste uns entgegen, wobei mich sein Gesichtsausdruck sehr an einen zähnefletschenden Haifisch erinnerte.

»Immer rein in die gute Stube. Kommt zu Onkel Franz. Macht es euch gemütlich.« Er winkte mit der Waffe Richtung Eckbank und richtete sie gleich wieder auf uns. »Und jetzt werden wir die Täubchen mal gurren lassen. Ich will wissen, was ihr mit Timo gemacht habt, und vor allem will ich wissen, wo ihr dieses gewisse Beutelchen versteckt habt. Ihr versteht sicher, dass ich euch das wieder abnehmen muss.«

Wie bitte? Onkel Franz? Timo? Beutelchen? Ich verstand nur Bahnhof.

Chrissi, Sebastian und ich standen immer noch regungslos da. Plötzlich wurde die Stimme, die bisher in einem unnatürlichen Singsang gesäuselt hatte, knallhart. »Bewegt eure kurzen Beinchen, sonst blas ich euch ein feines Lochmuster in die Schädel. Wird's bald? Und du da …«, er nickte Richtung

Chrissi, »... pass auf die Drecksviecher auf, sonst puste ich sie weg.«

Sebastian machte eine beschwichtigende Geste und schob mich Richtung Eckbank.

Chrissi, die sich ebenfalls in Bewegung gesetzt hatte, zischte: »Paul, Pünktchen. Hierher!«

Ottfried war im Stall. Leider. Nein, korrigierte ich mich im nächsten Moment. Zum Glück. Er war zwar ein Schäfchen, aber das wusste der Kerl mit der Waffe nicht, und wenn er aus Angst ... Nicht auszudenken, wenn Ottfried etwas passieren würde! Mich fröstelte.

»Was wollen Sie von uns?«, fragte ich und versteckte meine Panik hinter einem forschen Ton. »Wir haben nichts Wertvolles im Haus. Sie können sich gern selbst überzeugen.«

»Täubchen, prima, dass du gurren willst. Nur was du da von dir gibst, trifft nicht meinen Geschmack. Pass lieber auf, sonst wird der Onkel Franz sauer. Richtig sauer! Und glaub mir, das willst du nicht. Oder wie würde es dir gefallen, wenn ich mir mal deine Freundin zur Brust nehme?«

Der Kerl grapschte mit der Linken über den Tisch, griff in Chrissis Mähne und zerrte sie daran zu sich rüber. Ich schrie auf, aber Chrissi ließ sich nicht so leicht einschüchtern. Sie klatschte ihm auf die Hand und versuchte sich zu befreien.

»Finger weg!«

Der Gauner, der wohl Franz hieß, quittierte ihren Ausbruch mit einem höhnischen Lachen. Immerhin ließ er sie los. Er drehte sich wieder zu mir. »Und jetzt Schluss mit dem Gesülze. Wo sind die Steinchen?«

Als ich nicht sofort antwortete, knallte er die Hand auf den Tisch, dass es donnerte. »Und lüg mich ja nicht an!«, zischte er. Mir wurde schlecht. Was wollte dieser Verrückte von uns?

Dann wurde mir gleich noch mal schlecht. Ich hatte den Typen schon mal gesehen. Als Chrissi und ich zu der Adresse gefahren waren, von dem Toten. Verdammt! Das war kein normaler Einbrecher. Mühsam versuchte ich, möglichst ruhig zu atmen. Nur nichts anmerken lassen!

»Es tut mir leid, ich weiß wirklich nicht –«

»Ach«, unterbrach mich der Kerl. »Du weißt also nichts! Und du meinst, damit kommst du durch? Treib es nicht zu weit, Täubchen! Letzte Warnung! Wie ist Timo in deine Tiefkühltruhe gekommen? Ist er am Ende vielleicht selbst reingeklettert, hä?« Ach du lieber Himmel. Er wusste von Mr. Tiefkühl. Ich schluckte schwer und senkte den Blick.

Seine Stimme wurde höhnisch, als er weitersprach. »Und ganz bestimmt hat er auch keinen Beutel mit irgendwelchem Glitzerzeugs dabeigehabt. Nein, ganz bestimmt nicht. Und ihr habt euch das Beutelchen auch garantiert nicht unter den Nagel gerissen! Zwei Mädchen vom Lande! Nein, so etwas würdet ihr nie tun! Für wie dumm haltet ihr mich eigentlich?«

Er war so aufgebracht, dass er die letzten Worte rausbrüllte und dabei einen Spuckeregen über den Tisch niedergehen ließ. Sebastian war zusammengezuckt, als er das mit der Tiefkühltruhe gehört hatte. Aber ein drohender Schwenk mit der Waffe genügte, er saß wieder still. Bestimmt dachte er jetzt, er habe sich mit einer Mörderin eingelassen.

Tut mir leid, Sebastian, bitte denk nichts Falsches von mir! Es ist nicht so, wie es scheint. Ich versuchte ihm meine Gedanken telepathisch zu übermitteln.

Der Mann mit der Pistole redete weiter: »Hör zu. Ich hab mir mit dem Idioten zusammen den Hintern aufgerissen! Oder glaubst du vielleicht, es ist ein Zuckerschlecken, bei Wind, Regen und eisiger Kälte auf Beobachtungsposten zu stehen? Wir haben alles riskiert, und jetzt – so kurz vor meinem Abflug in ein astreines neues Leben – lass ich mir nie und nimmer in die Suppe spucken. Von niemandem!«

Okay. Nicht hysterisch werden, Mia. Er hat seinen toten Kumpel also gefunden. Nur keine Panik. In Gedanken wiederholte ich immer wieder: Ich bin ganz ruhig. Ich atme ein und aus und lasse den Atem fließen, während ich angenehm ruhig bin.

»Ich kann Sie nicht zwingen, mir zu glauben«, fing ich leise an zu sprechen. »Und ich verstehe auch, dass Sie denken, wir hätten Ihrem Freund etwas getan. Aber das haben wir nicht! Wirklich nicht! Ihr toter Freund lag bei uns im Stall. Wir haben keine Ahnung, wie er dahin gekommen ist. Plötzlich lag er da, und weil wir gerade Rico –«

»Schon wieder dieser verdammte Rico. Von dem redet ihr schon den ganzen Abend. Verdammt noch mal, wenn der Kerl mir in die Quere kommt, ist er tot!«

Ich schüttelte den Kopf. »Rico ist ein Esel, der kommt Ihnen bestimmt nicht –«

»Versuch nicht, mich zu linken!«, schrie der Mann mich an. »Ich weiß, dass der Esel Max heißt.«

Ach du meine Güte. Das wurde ja immer verworrener.

»Nein, Max ist eine Zwergziege, da gibt es auch noch Moritz. Der Esel heißt Rico. Also jetzt. Bis vor Kurzem hieß er noch Beppo – aber das ist eine andere Geschichte. Und die Hunde heißen –«

»Schnauze!«, donnerte der Gauner. Auf seiner Stirn hatte sich ein Schweißfilm gebildet. Die Hand mit der Waffe zitterte.

»Das ist ja die reinste Zoohandlung hier. Ich will endlich wissen, wo die Beute ist. Ein ganzer Beutel voller feinster Brillis!«

Mir wurde heiß und kalt. Die Schlagzeile fiel mir ein, die ich neulich gelesen hatte: *Überfall auf Juweliergeschäfte! 100.000 Euro Belohnung!* Vor lauter Überraschung schlug ich mir die Hand vor den Mund.

»Ah, wird's langsam Tag?«, fragte der Kerl sofort. »Nachdem du jetzt weißt, was ich von dir will, wird's Zeit, die Klunker rauszurücken. Sonst schau ich mal, ob bei Timo in der Truhe noch Platz ist. Wir können ja mit dem Hundevieh anfangen«, sagte er und zeigte auf Pünktchen.

»Lass die Hunde in Ruhe!«, fauchte Chrissi, die das Geschehen bisher stumm beobachtet hatte.

Sebastian neben mir war bis in die letzte Muskelfaser angespannt. Ich konnte spüren, dass er auf eine Chance lauerte, die Situation in den Griff zu bekommen und den Mann zu überwältigen.

»Wie oft soll ich es denn noch sagen?«, fragte ich. Mir kamen die Tränen, weil ich merkte, dass ich gegen eine Mauer redete. Der Kerl wollte mir einfach nicht glauben. Aber wie sollte ich ihm etwas geben, was ich nicht hatte? »Wir haben keinen Beutel. Ihr toter Freund hatte nichts bei sich. Ich schwöre!«

Von draußen erklang lautstarkes Rückwärtshupen. Der Gauner drehte sich für den Bruchteil einer Sekunde erschrocken zum Fenster. Sebastian machte ohne zu zögern einen Satz und landete direkt auf dem Kerl. Es gab ein kurzes Gerangel. Die Pistole rutschte über den Küchenboden, und ich beeilte mich, sie aufzuheben.

»Schluss jetzt!«, rief ich und hielt die Waffe auf die beiden raufenden Männer. »Auseinander!«

Aber meine Hilfe war gar nicht nötig. Sebastian verpasste dem Typen einen so festen Kinnhaken, dass der die Augen verdrehte und bewusstlos in sich zusammensackte. Gott sei Dank!

»Ist dir was passiert?«, fragte ich Sebastian und merkte gar nicht, dass ich die Pistole immer noch auf ihn gerichtet hatte.

Er stand auf und legte vorsichtig die Hand auf den Lauf der Waffe. Langsam drehte er sie so, dass sie gegen den Küchenschrank zielte, und sagte: »Nein, und damit das so bleibt, nimmst du bitte das Ding weg.« Er legte mir für einen Moment die Hand auf die Wange, dann kam Leben in ihn. »Wir brauchen ein Seil oder ein Halstuch. Irgendwas, womit ich den Kerl fixieren kann.«

Chrissi rannte los und kam mit einem Arm voll Kram wieder zurück. Sie hatte alles zusammengerafft, was irgendwie zum Fesseln taugte: Halstücher, Schals, ein paar Wollstränge, Strumpfhosen, Hundeleinen und eine Weihnachtslichterkette. Wo kam die denn her? Aber ich hatte keine Zeit, Fragen zu stellen. Zu dritt verschnürten wir den Kerl zu einem stattlichen Paket.

»So. Und bevor wir den Abschaum da«, Sebastian nickte Richtung des gefesselten Mannes, »der Polizei übergeben, möchte ich den Rest der Geschichte hören. Was hat er dauernd von einem Timo gefaselt? Hab ich das richtig verstanden: In deiner Gefriertruhe liegt ein Toter?« Er starrte mich an, in seinem Gesicht las ich Neugier und Zweifel.

Chrissi und ich tauschten einen langen Blick, dann gab ich mir einen Ruck. Ich schnappte mir mein Strickzeug, um mich während der Beichte daran festhalten zu können, und erzählte Sebastian alles von Timo, unserer bescheuerten sekt- und schnapsgeschwängerten Idee, ihn in der Tiefkühltruhe zwischenzulagern, von unseren sehr erfolglosen detektivischen Versuchen und der großen Frage, was wir jetzt mit Mr. Tiefkühl machen sollten. Von Chrissis Ansatz mit dem Kloreiniger erzählte ich vorsichtshalber nichts.

Sebastian unterbrach mich nicht, obwohl ich ihm ansah, dass er zwischendurch gern etwas gesagt hätte. Er beschränkte sich auf ungläubiges Augenaufreißen und fassungsloses Kopfschütteln.

»Jetzt weißt du alles. Ich versteh selbst nicht, wie es so weit kommen konnte. Eigentlich wollte ich nur in den Schwarzwald ziehen, um meine Ruhe zu haben und ein neues Leben zu starten. Innerhalb von ein paar Stunden stand aber genau dieses neue Leben komplett kopf, und ich war kriminell.« Ich schnäuzte mich und strickte weiter. »Und jetzt kannst du die Polizei rufen. Wenn du mir sagst, welcher Tierarzt sich um Max kümmern kann, dann brauchst du auch nicht mehr wiederzukommen. Ich verstehe schon, dass du mit jemandem wie mir nichts mehr zu tun haben willst.«

»Ich glaube, du hast einen Schock, Mia«, sagte Sebastian und griff nach meinem Handgelenk. Er fühlte meinen Puls und schaute mir tief in die Augen. »Für das, was du durchgemacht hast, bist du bemerkenswert stabil«, sagte er nach ein paar Minuten. »Auch wenn du augenscheinlich etwas verwirrt bist, wie kommst du darauf, dass ich nichts mehr mit dir zu tun haben will? Erstens lasse ich meine Patienten nicht einfach im Stich, und zweitens habe ich immer noch das Besuchsrecht für Rico – schon vergessen?«

»Und ich habe Hunger«, meldete sich Chrissi zu Wort.

Ich konnte es nicht fassen. Nach alldem redete er noch mit mir?

»Wisst ihr was? Ich mache uns jetzt endlich was zu essen, und dann rufen wir die Polizei. Auf ein paar Minuten mehr oder weniger kommt es nicht an. Das Päckchen ist gut geschnürt, und euer Tiefkühlgut wird auch nicht davonlaufen. Mit etwas im Magen werden wir die Verhöre auf jeden Fall besser überstehen. Lasst uns mal schauen, was *rum*liegt und *fort*muss – daraus mache ich dann meine berühmte Rumfortpfanne.«

Zwanzig

Ein paar Tage später hatte sich die Welt um mich herum ein bisschen beruhigt. Seit der Tote und die Tiefkühltruhe aus dem Haus waren, fühlte ich mich viel leichter und freier. Die Truhe hatten wir zum Recyclinghof gebracht.

Jetzt musste nur noch der Verdacht aus der Welt geschafft werden, dass wir etwas mit dem Tod von Timo oder mit der verschwundenen Beute zu tun hatten. Die Polizei hatte in der Nacht noch Scheune und Haus durchsucht, aber nichts gefunden. Nachdem Franz aufgewacht war, hatte er zuerst geheult wie ein Schlosshund und nach seiner Mutti gerufen, später, als die Polizei ihn verhören wollte, hatte er allerdings die Zähne nicht auseinanderbekommen. »Von mir erfahrt ihr nichts!«, hatte er geknirscht.

Erst als Sebastian halblaut zu mir gesagt hatte, dass er – wäre er ein Gauner – singen würde wie ein Kanarienvogel, weil schließlich jedes Kind wisse, dass das strafmildernd wirke, hatte er tatsächlich angefangen zu reden. Deshalb wussten wir jetzt auch, dass Omas Scheune schon lange der Treffpunkt der beiden Räuber gewesen war. Hier hatten sie immer die Beute versteckt, bevor sie sie an einen Hehler weiterverkaufen konnten. Nur zu dem letzten Treffen war Timo nicht aufgetaucht. Stattdessen hatte Franz den Esel im Stall gefunden – was ihn ordentlich aus dem Tritt gebracht hatte. Und dann sei alles einfach nur verflucht schiefgegangen.

Wir selbst wurden auch verhört. Sebastian hatte Heribert angerufen. Das war ein guter Freund von ihm und zu unserem Glück Anwalt. Er hatte uns während der Vernehmungen beigestanden. Nachdem klar war, dass wir nicht verhaftet werden würden und wegen der Sache mit Timo vermutlich lediglich eine Geldstrafe zu erwarten hätten, war mir ein ganzes Gebirge von der Seele geplumpst. Allerdings natürlich nur, wenn die Obduktion bestätigte, dass wir ihn nicht getötet hatten. Aber das musste sie ja, wir hatten ja wirklich nichts damit zu tun.

Leider blieb ein großes Stück Restangst bei mir hängen. Ich sehnte den Moment herbei, an dem die Polizei endgültig Entwarnung geben würde.

»Übrigens, Mia, ich habe gestern den Redakteur vom Schwarzwälder Blatt getroffen und ihm von deinem Tiersalon und dem Kuhfitten erzählt. Er war komplett begeistert und hat versprochen, einen Reporter zur Eröffnung zu schicken. Vermutlich schaut der vorher schon mal rein, um sich einen Eindruck zu verschaffen und einige Fakten mit dir abzuklären. Besonders deine Arbeit mit Kühen scheint für die Presse interessant zu sein. Kann sein, dass er dich mal zu einem Einsatz begleiten will. Das weiß ich nicht so genau.«

Ach du meine Güte, Presse? Ich war doch noch blutige Anfängerin. Am Ende würde ich mich total lächerlich machen. Woher nahm Sebastian nur die Gewissheit, dass ich das wirklich hinkriegen konnte? Ich dachte an den Nachmittag. Meine Probearbeit beim Rodler war für heute vereinbart.

Sebastian lächelte mich an und biss in sein Brötchen.

»Das ist ja fantastisch!«, jubelte Chrissi sofort los. Für sie gab es offensichtlich auch keinerlei Zweifel an meinem Erfolg. Sie nahm einen Schluck Kaffee, stellte die Tasse aber mit einem gezischten Wehlaut gleich wieder auf den Tisch. »Zu heiß«, murmelte sie – aber ich wusste ganz genau, dass es nicht an der Hitze, sondern an ihrem verflixten Zahnweh lag.

Wir saßen zu dritt in der Küche und ließen uns das Frühstück schmecken. Sebastian hatte es sich zur Gewohnheit gemacht, vor der Sprechstunde mit frischen Brötchen vorbeizuschauen und sich nach Max zu erkundigen. Auch wenn es dem inzwischen wieder absolut gut ging.

Als Chrissi das feixend erwähnte, meinte Sebastian nur:

»Ich bin lieber vorsichtig, nicht dass die Wunde noch mal aufbricht.«

Chrissis »So, so« und das noch breitere Grinsen ignorierte er einfach.

»Lass ihn doch einfach bei dir schlafen. Ihr beiden seid doch gnadenlos gierig nacheinander«, hatte sie gestern Abend zu mir gesagt, nachdem Sebastian sich lange von mir verabschiedet hatte. Aber ich hatte ihr nur einen Vogel gezeigt. So schnell würde mir kein Kerl mehr am Zeh knabbern! Sebastian durfte sich ruhig noch ein bisschen ins Zeug legen.

Besonders süß fand ich ihn, wenn er versuchte, sein eifersüchtiges Stirnrunzeln vor mir zu verbergen, wann immer eine von Nils' Zuckermails bei mir eintrudelte, die er mir immer noch schickte.

»Ich hab dir übrigens was mitgebracht«, sagte Sebastian jetzt. Er schnappte sich seinen Rucksack und steckte die Hand hinein.

»Bitte schön. Damit du siehst, was der Schwarzwald kulinarisch zu bieten hat, abgesehen von Schokolade.«

Aha, ein Seitenhieb gegen Nils. Der hatte mir gestern nämlich Pralinen geschickt, von einer Schwarzwälder Schokoladenmanufaktur. Zu Sebastians Freude hatte ich die Schachtel ungeöffnet in den Müll gepfeffert. Chrissi hatte das gar nicht lustig gefunden. »Spinnst du!«, hatte sie gerufen und die Schachtel wieder aus dem Mülleimer gezogen. »Die kannst du doch nicht wegwerfen!«

»Lass es dir schmecken, ich rühr nichts an, was von Nils kommt.« Damit war für mich das Thema erledigt gewesen.

Für Sebastian offensichtlich nicht. Ich nahm ihm das Glas aus der Hand. Affentraum, las ich.

Wie bitte?

Ich las noch mal. Ja, da stand wirklich Affentraum. Ich musste lachen. Es war ein Fruchtaufstrich aus Datteln und Bananen.

»Klingt auf jeden Fall witzig«, kommentierte ich, drehte den Deckel auf und probierte. »Woaa! Das ist lecker! Ich weiß zwar nicht, was das mit dem Schwarzwald zu tun hat, aber es ist genial.«

»Das ist sozusagen ein Original«, erklärte Sebastian. »Ein nicht ganz normaler Schwarzwälder hat hier ganz in der Nähe eine Senfmanufaktur. Und neben tollsten Senfen macht er auch Fruchtaufstriche, Sirupe und noch ein paar andere Dinge. Kulinarisch auf jeden Fall eine echte Entdeckung.«

»In den Laden will ich«, meinte jetzt auch Chrissi. »Das klingt nach meinem Geschmack.«

Sebastian schüttelte den Kopf. »Nichts Laden«, antwortete er. »Wochenmarkt.«

»Noch besser«, wandte ich ein. »Ich liebe es, über Märkte zu schlendern.«

Sebastian machte sich auf den Weg, und Chrissi und ich kümmerten uns um die letzten Feinheiten im Salon. Unglaublich, was wir schon alles geschafft hatten. Morgen Abend stand die Eröffnungsfeier an. Wir wollten ein Barbecue machen. Mit Sebastians Unterstützung hatten wir etwa zwanzig Gäste eingeladen, für die der Tiersalon interessant sein konnte und die – falls es ihnen zusagte – sicher gute Werbeträger wären. Als Tierarzt kannte er natürlich viele Leute, und vor allem wusste er, wer ein Tier hatte, das vielleicht Kunde bei mir werden konnte.

Ich putzte die letzten Farbkleckse weg, als die Klingel schellte. Gut gelaunt sprang ich zur Tür. Jetzt, nachdem ich keine Angst mehr haben musste, entdeckt zu werden, freute ich mich über Besuch. Schwungvoll öffnete ich – und starrte auf den Goldidioten! Oh nein, nicht der schon wieder.

Ich drehte mich zu Chrissi um, die neugierig hinter mir hergekommen war, und machte ihr Zeichen, dass der Typ nicht ganz beisammen sei. Dann sprach ich ihn laut an. Laut und deutlich und extralangsam. »Hier brennt es nicht. Auch heute nicht. Auf Nimmerwiedersehen.«

Ich wollte ihm die Tür vor der Nase zuschlagen, doch er stellte den Fuß dazwischen. »Soll ich jetzt was über den neuen Tierschuppen schreiben oder nicht? Ich mein, hey, ich reiß mich nicht drum. Weiberideen halt. Verlaustes Viehzeugs. Brauch ich nicht, echt. Und meine Boa braucht keinen Friseur.«

Grinsend drehte er sich um und ging mit Schritten, die John Wayne zur Ehre gereicht hätten, auf seinen Angeberschlitten zu.

Die Info tröpfelte in mein Bewusstsein, dann hatte ich es kapiert. »Reporter?«, rief ich. »Sie sind der Reporter vom Schwarzwälder Blatt? Der über die Neueröffnung von Mias Tiersalon berichten will?«

Er reagierte nicht.

Ich drehte mich zu Chrissi um. »Tu was, Chrissi. Ich hab's verbockt!«

Die ließ sich nicht zweimal bitten und raste dem Goldidioten hinterher.

Mist! Im Nachhinein kapierte ich es. Deshalb war er nach dem Fehlalarm hier aufgetaucht. Aber damals hatte ich einfach nicht eins und eins zusammengezählt. Wie auch, bei so einem Idioten? Nie im Leben wär ich drauf gekommen, dass *so einer* Reporter sein könnte.

Hoffentlich konnte Chrissi ihn besänftigen. Ich beobachtete, wie sie sich weit zum Autofenster runterbeugte und auf den Kerl einredete. Dann öffnete sich die Autotür wieder, und der Typ stieg aus.

»Aber nur, weil Sie es sind. Wegen der da«, er nickte in meine Richtung, »tät ich den Laden nicht mehr betreten. Schnippische Weiber sind ein Graus!«

»Ich finde die Schwarzwälder Männer echt erfrischend«, flötete Chrissi und überging seine Bemerkung. Sie hakte sich bei ihm unter und lenkte ihn Richtung Haus. »Ihr seid so wunderbar direkt. Sagt einfach, was ihr denkt.«

Ja, wenn sie denn denken, ging es mir durch den Kopf. Aber ich biss mir auf die Zunge. Keine Bösartigkeiten, Mia, ermahnte ich mich und zwang meine Wangenmuskeln zu einem Lächeln. Während Chrissi den Pressemenschen durch den Salon führte, hielt ich mich schön im Hintergrund. Sie machte das prima. Erzählte ihm etwas von der Wichtigkeit der Fellpflege, von den dankbaren Tieren, wenn fachkundige Hände sich um sie kümmerten, und lullte ihn so dermaßen ein, dass ich befürchtete, er würde am Ende des Termins schnurstracks ins Tierheim fahren und sich einen Hund holen. Das arme Tier! Zum Glück gab es da Bestimmungen, und nicht jeder hergelaufene Gockel konnte sich einen Dackel oder sonst ein Tier aussuchen.

»Und Sie werden den Laden gemeinsam führen?«, fragte er Chrissi. »Oder gibt es noch weitere Angestellte?«

»Es ist so …«

Mehr bekam ich nicht mit, denn mein Handy meldete sich lautstark. Meine Mutter. Ich verzog mich in die Küche. Kein Problem, Mama, hab ich doch gern gemacht. Ja, deine Haushälterin hat sich sofort um das Fenster gekümmert, nachdem ich sie angerufen habe, führte ich ein kurzes Gedankengespräch mit meiner Mutter, bevor ich das reale Gespräch entgegennahm. Als ich »Mama« auf dem Display gelesen hatte, hatte ich in der gleichen Sekunde einen Entschluss gefasst. Jetzt oder nie!

Ich holte tief Luft, räusperte mich und nahm das Gespräch an. »Guten Tag, Sie sprechen mit Sonja Tunichgut. Was kann ich für Sie tun?«

Einen Moment hörte ich nur das Knacken in der Leitung, dann war das Gespräch unterbrochen. Zehn Sekunden später klingelte es wieder. Mama.

»Guten Tag, Sie sprechen mit Sonja Tunichgut. Was kann ich für Sie tun?«, säuselte ich erneut und biss mir auf die Lippen, um nicht loszuprusten.

Mama entschloss sich zum Angriff. »Hören Sie, ich weiß nicht, wer Sie sind, aber ich möchte meine Tochter sprechen. Umgehend.«

»Spreche ich mit Frau Sonne?«, flötete ich.

Mama holte tief Luft. Ihre Empörung vibrierte förmlich durch den Hörer. »Mit wem denn wohl sonst? Wer sind Sie überhaupt?«

»Entschuldigen Sie. Ich bin Sonja Tunichgut, die Sekretärin von Frau Mia Sonne. Leider ist sie im Moment verhindert. Kann ich etwas ausrichten?«

»Das ist doch ... das ist doch ...« Die Empörung störte offensichtlich Mamas Sprachzentrum. Sie schnappte ein paarmal nach Luft, dann schleuderte sie durch den Hörer: »Lächerlich ist das. Absolut lächerlich!« Sie legte auf.

Offensichtlich war ein erfolgreiches Mia-Kind mit eigener Sekretärin außerhalb ihres Vorstellungsvermögens. Für den Moment hatte ich jedenfalls meine Ruhe. Blieb abzuwarten, wie lange es anhalten würde.

Ich öffnete die Küchentür und hörte Chrissi gerade noch sagen: »Vielen Dank für Ihr Interesse. Ich bin schon sehr gespannt auf den Bericht. Und wegen des Kaffees finden wir sicher einen Termin. Wenn sich erst einmal alles eingespielt hat, habe ich auf jeden Fall wieder mehr Zeit.« Sie winkte und schob die Tür ins Schloss.

»Uff«, machte sie und drehte sich zu mir um. Als sie mich entdeckte, strahlte sie mich an.

»Kaffee?«, fragte ich.

»Davon träumt er«, erwiderte Chrissi und tippte sich gegen die Stirn.

Mia Sonne @MiasWelt
Mein neues Leben nimmt Formen an. Ich glaube, meine Entscheidung war richtig.

Jonnysonni @MiasWelt
Mein Jonny hat auch Formen angenommen. Verflixt noch mal. Mein Leben ist vorbei. Ich hab ihn mir gebrochen.

SummseBiene @MiasWelt
Ohne Mann hältst du das doch eh nicht aus. Wetten?

PaulaPaula @Jonnysonni
Du hast was?! Das hab ich ja noch nie gehört!

Mia Sonne @SummseBiene
Wer sagt denn, dass ich das will?

Und dann war es auch schon Zeit. Sebastian holte mich ab zu meinem ersten offiziellen Kuhfittereinsatz. Meine Nerven flatterten.

»So, Maidle, dann zeigsch mer jetzt emol, was de draufhasch. Die Rosalinde isch okay, e bissel nervös halt, manchmal, aber des kriegsch du scho in Griff, gell?«

Seit ich mit Sebastian auf den Hof gekommen war, war der Rodler zum Du übergegangen. Ganz selbstverständlich. »Ich bin der Werner«, hatte er gesagt. »Kannsch aber auch Rodler zu mir sagen, des machen eh alle.«

Und dann hatte er mich zu Rosalinde geführt, die er bereits vor dem Stall angebunden hatte.

»Hallo, Rosalinde.« Ich streckte meine Hand aus und kraulte die Kuh an der Stirn. Die stieß mit dem Kopf gegen meine Hand und schien die Berührung zu genießen. »Was meinst du, wollen wir loslegen? Ich verspreche dir, ich mach die schickste Kuh vom Hof aus dir.«

Der Rodler stand ganz nah bei mir und machte mich nervös mit seinem kritischen Blick. Als ich nach dem Scherapparat griff, fiel er mir gleich wieder aus der Hand. Rosalinde erschrak und gab ein lautstarkes Protestmuhen von sich. Ich knabberte an meiner Unterlippe. Das konnte ja heiter werden! Wenn ich den Bauern nur loswerden könnte.

»Komm, Rodler«, sagte da Sebastian, als hätte er meine Gedanken gelesen. »Während die Mia deine Rosalinde bearbeitet, schaun wir beide mal nach den anderen Mädels. Dir kommt es doch eh nur auf das richtige Ergebnis an, oder? Das sehen wir ja dann später. Ist das Euter von der Berta wieder okay?«

Erst sträubte sich der Rodler. Ich konnte ihm seine Bedenken förmlich von der Stirn ablesen. Er überlegte, ob er so ein Stadtmädle einfach mit seiner Kuh allein lassen konnte. Vielleicht hatte er Angst, ich würde Rosalinde in Rosenwasser baden? Oder ihr die Wimpern tuschen? Aber dann gab er nach. Die Männer verschwanden im Stall, und ich atmete erleichtert aus. Danke, Sebastian, schickte ich ihm stumm hinterher.

Kaum waren Rosalinde und ich allein, lief es wie am Schnürchen. Von wegen nervös. Sie ließ sich die Behandlung völlig entspannt gefallen und knabberte lediglich hin und wieder an meiner Jacke.

»Hey, Vorsicht!«, rief ich, als sie mich ungestüm stupste.

»Wenn ich abrutsche, hast du einen Zacken im Rücken!«

Als hätte sie mich verstanden, drehte sie den Kopf nach vorn und zermalmte ein Büschel Heu.

»Und? Kommener klar, ihr zwei?«

Der Rodler stand wieder da. Und Sebastian.

Sofort stieg mein Nervositätspegel wieder, aber zum Glück war ich fast fertig.

Der Bauer ging bereits um Rosalinde herum. »Sauber, echt.

Des hätt ich ehrlich gsagt ned denkt. So e halbe Portion, wie du bisch, aber des isch e wirklich prima Arbeit.« Er nickte und streckte mir die Hand hin. »Also dann. Abgmacht. Du übernimmsch ab sofort des Fitting von meine Mädels, wenn es nötig isch.«

Ich zögerte. Mussten wir nicht erst mal über das Honorar sprechen? Was verlangte so ein Kuhfitter hier im Schwarzwald eigentlich? Im Internet hatte ich Preise zwischen fünfzig und fünfhundert Euro gefunden. Aber das war deutschlandweit. Sicher gab es regionale Unterschiede.

Der Rodler merkte meine Unentschlossenheit. »Ha komm, stell dich ned an. Mit dem Zaschter wern wir uns scho einig. Ich hab mich noch nie lumpen lassen.«

Sebastian, der schräg hinter dem Rodler stand, nickte und lächelte mich ermutigend an. Okay. Immerhin kannte er den Rodler. Wenn er meinte, das ginge in Ordnung, konnte ich mich sicher drauf verlassen. Ich legte meine Hand in die des Bauern.

»Komm, jetzt stell ich dir die Alma vor«, sagte der Rodler, nachdem er mir vermutlich alle Finger und Handknochen gebrochen hatte. »Mein Schmuckstück!«

Er führte mich zu der Prachtkuh und ließ uns Mädels allein, damit wir uns beschnuppern konnte, wie er es ausdrückte.

Mein Handy klingelte. »Mia, hallo?«, meldete ich mich.

»Guten Tag, Frau Sonne. Kommissar Heubner hier. Ich wollte Ihnen nur mitteilen, dass die Todesursache nun feststeht. Sie haben wirklich nichts damit zu tun. Wir haben bei der Obduktion die Brillanten gefunden und den Tathergang rekonstruieren können. Er muss Sie gehört und in Panik versucht haben, den Beutel mit der Beute zu schlucken. Der ist ihm aber so im Hals stecken geblieben, dass er daran erstickt ist. Damit ist der Verdacht gegen Sie nun endgültig vom Tisch. Zumindest was das Tötungsdelikt angeht. Der Rest nimmt seinen behördlichen Lauf. Sowohl die Sache mit der Tiefkühltruhe, ganz straffrei werden Sie nicht davonkommen, als auch die Angelegenheit mit dem Geld. Nachdem klar ist, dass Sie nicht mit drinstecken, steht Ihnen, dem Herrn Doktor und Ihrer Freundin natürlich die ausgesetzte Belohnung zu. Sie werden in beiden Fällen Post bekommen. Auf Wiederhören.«

»Vielen Dank, Herr Kommissar. Auf Wiederhören.«

Nachdenklich schaute ich auf das Display, ohne wirklich etwas zu sehen. Erstickt also. Die Erleichterung überflutete mich. Endlich der Beweis für unsere Unschuld. Endlich keine Angst mehr, im nächsten Moment verhaftet zu werden. Ich spürte die Freudentränen, die meine Augen in kleine Springbrunnen verwandelten.

Auch wenn das Ergebnis für den toten Timo keinen Unterschied machte, für mich bedeutete es unbeschwertes Weiterleben. Nicht nur wegen der bewiesenen Unschuld.

In einem Haus zu wohnen, in dem jemand gewaltsam zu Tode gekommen war, brachte eine komplett andere Energie mit sich, als wenn ein Mensch auf natürlichem Weg seinen Abschied genommen hatte. Damit konnte ich viel besser umgehen.

Und wir waren reich – also fast. Wow! Ein Drittel der Belohnung. Damit konnte ich in aller Ruhe in die Zukunft schauen. Chrissi würde ausflippen!

Mia Sonne @MiasWelt

Der Schwarzwald ist nicht schwarz, sondern wunderschön und kunterbunt!

Gerade als ich das Handy wegstecken und mich wieder um Alma kümmern wollte, klingelte es schon wieder. Ich schaute drauf: Mama. Oh nein. Nicht jetzt, wo gerade so gute Stimmung herrscht! Entschlossen drückte ich auf »Anruf ablehnen« und machte das Handy aus.

Morgen darfst du mich wieder nerven, Mama. Heute nicht.

Mias Hühnchen mit Backofenkartoffeln und Salat

Zutaten (für 2 Personen):
1 Brathähnchen
4 bis 6 kleine bis mittlere Kartoffeln
Salat (Kopf, Eisberg, Eichblatt ...) – etwa vier Hände voll
1 Zwiebel
1 Knoblauchzehe
2 TL Honigsenf
Salz, Pfeffer, Paprika
Fenchelsamen, Kümmel, Mohn, Sesam Essig, Öl

Zubereitung:
Das Hähnchen halbieren. Etwas Öl mit Salz, Pfeffer, einem Teelöffel Honigsenf und Paprika mischen und damit das Hähnchen rundherum einpinseln.
Mit der aufgeschnittenen Seite nach unten in eine Bratform legen und bei 170 Grad in den vorgeheizten Backofen schieben. Die Kartoffeln waschen und die Schale abbürsten. Jetzt die halbierten Kartoffeln mit der Schnittfläche auf ein geöltes Backblech legen und mit grobem Salz und wahlweise Fenchelsamen, Kümmel, Mohn oder Sesam bestreuen. Zum Hähnchen in den Ofen schieben.
Hähnchen und Kartoffeln brauchen 40 bis 50 Minuten. Das Hähnchen zwischendurch einige Male mit dem Bratensaft bestreichen.
Während alles im Ofen brutzelt, den Salat waschen. Zwiebeln und Knoblauch fein würfeln, mit Salz, Pfeffer, Senf, Essig und Öl eine Salatsoße anrühren, die zerkleinerten Salatblätter hineingeben und gut mit der Soße vermischen.

Chrissis Rezept für Spaghetti bolognese

Zutaten (für 2 Personen):
250 g Spaghetti
200 g Hackfleisch vom Schwein
1 Karotte
1 Zwiebel
1 Stück Sellerie (etwa so viel wie die Karotte)
1 Knoblauchzehe
etwas Rotwein
1 Dose Tomaten
frisches Basilikum
1 Lorbeerblatt
Salz, Pfeffer
Öl
Parmesan

Zubereitung:
Zwiebel und Knoblauch schälen und klein würfeln, Karotte und Sellerie schälen und raspeln. Alles zusammen mit dem Hackfleisch in Öl anbraten, salzen und pfeffern.
Mit einem guten Schluck Rotwein ablöschen, Dosentomaten dazugeben.
Klein geschnittenes Basilikum und Lorbeerblatt in die Soße geben und alles eineinhalb Stunden bei kleiner Temperatur köcheln lassen.
Pasta al dente kochen. Kurz vor dem Servieren Parmesan frisch drüberreiben.

Mias Gemüseeintopf

Wichtiger Hinweis: entweder von jedem Gemüse nur wenig nehmen oder einfach die Feuerwehr zum Mannschaftsessen einladen 😊

Zutaten:
Bohnen, Spargel, Blumenkohl, Kohlrabi, Karotten, Zucchini, Paprika, Lauch, Sellerie, Zwiebeln, Kartoffeln, Knoblauch, Ingwer
Lorbeerblätter
frische Kräuter (Schnittlauch, Petersilie, Basilikum ...)
Salz, Pfeffer
dunkle Sojasoße
etwas Tomatenmark

Zubereitung:
Das Gemüse waschen und in Würfel schneiden. Knoblauch und Ingwer sehr klein schneiden. Zuerst die Zwiebeln kurz andünsten, das Tomatenmark mit hineingeben und ebenfalls anschwitzen. Die Kartoffeln und das Gemüse mit längerer Garzeit dazugeben, mit heißem Wasser aufgießen und salzen. Lorbeerblätter dazu und alles etwa 5 bis 8 Minuten köcheln lassen. Dann das restliche Gemüse und die Kräuter dazugeben und einige Minuten weiter köcheln lassen, bis alles weich, aber nicht zu weich ist. Mit Salz, Pfeffer und Sojasoße abschmecken. Fertig.

Anleitung zum Kuhfitting

1 Kuh
Wasserschlauch
1 Eimer warmes Wasser
Kuhshampoo
Schwämme und Tücher
Föhn
Wurzelbürste
Fellbürste
Kamm
Schermaschine
1 normaler Scheraufsatz
1 Euterscherkamm
1 leerer Eimer (wichtig!)
Haarspray
Hufspray

Man nehme eine Kuh. Tipp zur Orientierung: Da, wo es wedelt, ist hinten. Los geht es mit einer gründlichen Dusche. Der grobe Dreck muss weg. Ist das geschafft, macht man sich mit Bürste, Shampoo und dem warmen Wasser aus dem Eimer ans Werk. Sauber muss sie sein, die Kuh.
Und damit das dann auch so bleibt, kommt ans hintere Ende – Sie erinnern sich? Das ist da, wo es wedelt – der leere Eimer. Griffbereit für den schnellen Einsatz. Sollte es der Kuh einfallen, den Schwanz zu heben, können Sie Ihr Reaktionsvermögen unter Beweis stellen. Schaffen Sie es rechtzeitig, den Eimer so hinzuhalten, dass der Mist dort drinnen landet? Schaffen Sie es nicht, dürfen Sie die Waschprozedur von vorn beginnen, denn so ein Kuhschiss spritzt in alle Richtungen.

Nach dem Waschen muss das Kuhfell ausgiebig getrocknet werden. Dazu nehmen Sie Tücher, Zeit oder auch wahlweise einen Föhn. Jetzt geht es mit der eigentlichen Fitterei los. Die Kuh wird geschoren, aber nicht einfach drauflos. Die Beine und das Euter werden besonders kurz rasiert, der Rest des Fells darf etwas länger bleiben. Es kommt darauf an, die positiven Merkmale hervorzuheben, man modelliert die perfekte Kuhform während des Scherens. Eine besondere Herausforderung hierbei sind die Rippenbögen und die Rückenlinie.

Ziel ist eine möglichst gerade Toplinie. Da die Kuh das von Natur aus nicht mitbringt, hilft man nach, indem man das Fell an den tieferen Stellen gegen den Strich kämmt und dadurch aufstellt. Ist das geschafft, wird das Ergebnis mit Haarspray fixiert.

Zu guter Letzt bekommen noch die Hufe ihr Spray weg, damit sie gesund bleiben und schick aussehen.

Fertig ist die Kuh!

Hope – Kuscheldecke

Wolle: Hygge, Novita
Material: 100 % Wolle
Farben: 8 x gorge und 7 x off white
Lauflänge: 100 g ca. 60 m
Nadelstärke: 10 mit einem 100-cm-Seil oder länger

Größe: etwa 150 x 220 cm

Maschenprobe:
18 M x 14 Reihen = 10 cm

Die Decke besteht aus einem kraus rechts gestrickten Rahmen in blau und drei Vierecken nebeneinander und fünf Vierecken übereinander, die in Farbe und Muster nach jeweils 60 Reihen gewechselt werden.

Muster 1, Flechtmuster:
1. R.: 4 x (4 re, 4 li), 4 re
2. R.: 4 x (4 li, 4 re), 4 li
3. R.: 4 x (4 re, 4 li), 4 re

4. R.: re
5. R.: li
6. R.: re
7. R.: 4 x (4 li, 4 re), 4 li
8. R.: 4 x (4 re, 4 li), 4 re
9. R.: 4 x (4 li, 4 re), 4 li
10. R.: li
11. R.: re
12. R.: li
Für den Mustersatz die Reihen 1 bis 12 insgesamt 5 x stricken

Muster 2, Perlmuster:
1. R.: 18 x (1 re, 1 li)
2. R.: 18 x (1 li, 1 re)
Für den Mustersatz die Reihen 1 und 2 insgesamt 30 x stricken

Auf dem YouTube-Kanal »Der kleine Strickladen« findet ihr ein Tutorial »Intarsienstricken«; dort seht ihr, wie die Farben nebeneinander gestrickt und dabei verwoben werden können. https://www.youtube.com/watch?v=hB2A1AhQ3zk

Jetzt geht es los:
Anschlag: (blau) 122 Maschen
12 Reihen: (blau) alle M rechts
Ab Reihe 13 die ersten und die letzten 7 M immer rechts. Der Mittelteil wird in 3 ×36 Maschen unterteilt und Flechtmuster/Perlmuster gestrickt.
60 Reihen:
(blau) 7 M re, 36 M (blau) Muster 1, (weiß) 36 M Muster 2, (blau) 36 M Muster 1, (blau) 7 M re
60 Reihen:

(blau) 7 M re, (weiß) 36 M Muster 2, (blau) 36 M Muster 1, (weiß) 36 M Muster 2, (blau) 7 M re

60 Reihen:
(blau)7 M re, (blau) 36 M Muster 1, (weiß) 36 M Muster 2, (blau) 36 M Muster 1, (blau) 7 M re

60 Reihen:
(blau) 7 M re, (weiß) 36 M Muster 2, (blau) 36 M Muster 1, (weiß) 36 M Muster 2, (blau) 7 M re

60 Reihen:
(blau) 7 M re, (blau) 36 M Muster 1, (weiß) 36 M Muster 2, (blau) 36 M Muster 1, (blau) 7 M re

12 Reihen: (weiß) alle M re

Abketten, Fäden vernähen und diese besonders kuschelwarme Decke genießen.

Gute-Laune-Socken

Wolle: Der kleine Strickladen – Gute-Laune-Set, erhältlich bei www.woolhouse.de, oder 4-fädige Sockenwolle (7 Farben)
Material: 58 % Baumwolle, 38 % Polyamide, 4 % PBT und 75 % Wolle, 25% Nylon
Lauflänge: 100 g ca. 365 m und 100 g ca. 400 m
Nadelstärke: 2 bis 2,5 mm
Nadelspiel
Größe 39/41
Die Anleitung ist für Erwachsenensocken. Die Schuhgröße lässt sich über die Länge des Fußes problemlos anpassen.

Muster/Abkürzungen:
re – rechte Masche
li – linke Masche

MB (Bobble):
1 M kfbfb, diese vier Maschen direkt wieder zusammenstricken und 1 M re, um die Noppe zu fixieren.
Auf dem YouTube-Kanal »Der kleine Strickladen« findet ihr ein Video, wie man Bobble/Noppen stricken kann, ohne die Arbeit zu wenden.

Angaben in Klammern für den zweiten Socken
Es geht los:
Farbe: hellblau (rosa)
56 Maschen anschlagen und zur Runde schließen
17 Rd abwechselnd 1 re / 1 li
Farbe: grün (grau)

1 Rd alle M re
3 Rd alle M li
3 Rd alle M re
3 Rd alle M li
Farbe: orange (gemustert)
4 Rd alle M re
1 Rd (1 MB, 3 re) über die ganze Runde wiederholen
4 Rd alle M re
Farbe: gemustert (grün)
1 Rd alle M re
14 Rd abwechselnd 2 re / 2 li
Farbe: grau (orange)
1 Rd alle M re
4 Rd alle M li
4 Rd alle M re
4 Rd alle M li
Farbe: rosa (hellblau)
1 Rd alle M re
Für die 1. Reihe der Ferse mit der letzten Nadel der Vorrunde weiterstricken und die Maschen der ersten Nadel der nächsten Runde auf die Nadel dazustricken. Nur diese Nadel mit 28 Maschen in Reihen glatt rechts weiterarbeiten.
Bumerangferse (Teil 3 der Gute-Laune-Socken auf YouTube):
1. Reihe rechts bis vor die letzte Masche stricken. Das Füßchen der Masche unter der letzten Masche nach oben auf die Nadel holen, rechts stricken und die Masche zu der darüberliegenden Masche auf die Nadel zurückrutschen lassen – man hat nun eine doppelte Masche gebildet.
Arbeit wenden.
Die doppelte Masche nicht stricken, die restlichen Maschen links stricken bis vor die letzte Masche. Die letzte Masche auf die rechte Nadel holen. Mit der linken Nadel den Kragen der letzten Masche hochholen, diesen links stricken und

zurück zu der Masche auf die Nadel rutschen lassen. Jetzt hat man wieder eine doppelte Masche gebildet.
Arbeit wenden.
Die doppelte Masche wird nicht gestrickt, die restlichen Maschen bis zur Masche vor der doppelten rechts arbeiten.
Die Masche vor der doppelten wird nun auch verdoppelt, das heißt, das Füßchen der Masche drunter hochholen, stricken und auf die Nadel zurückrutschen lassen.
Arbeit wenden.
Die doppelte Masche wird nicht gestrickt. Links arbeiten bis vor die Masche vor der doppelten. Diese Masche auf die rechte Nadel rübernehmen, mit der linken Nadel den Kragen der Masche nach oben holen, links stricken und zur anderen Masche auf die Nadel rutschen lassen.
Arbeit wenden.
Jetzt haben wir schon auf beiden Seiten 2 doppelte Maschen.
Das wird wiederholt, bis wir rechts und links je 9 doppelte Maschen haben.
Nachdem die letzte linke Masche verdoppelt wurde, werden zwei Runden rechts über alle 56 Maschen gestrickt. Dabei werden die doppelten wie eine Masche gestrickt.
Jetzt geht es mit der Ferse weiter.
19 M rechts stricken, die 20. M wie gewohnt verdoppeln.
Arbeit wenden.
Doppelte Masche nicht stricken, dann 10 M links arbeiten, die nächste Masche (das ist die 9. vor Fersenende) verdoppeln.
Arbeit wenden.
Rechts stricken bis zur doppelten, diese auch rechts als eine Masche stricken und die nächste M verdoppeln.
Arbeit wenden.
Links stricken bis zur doppelten Masche, diese ebenfalls links als eine Masche stricken, die nächste Masche verdoppeln.

Arbeit wenden.
So weiterarbeiten, bis alle Maschen bis zum Rand verdoppelt wurden. Nachdem die letzte linke verdoppelt wurde, geht es in Runden mit allen 56 Maschen weiter. Die Maschen der Ferse wieder auf 2 Nadeln nehmen.
2 Rd alle M re
Farbe: mittelblau (rosa)
1 Rd re
16 Rd abwechselnd 2 re / 2 li
(Die vorgegebenen Runden ergeben Größe 39/41. Die folgenden Muster können problemlos verkürzt oder verlängert werden, um die Größe anzupassen).
Farbe: grün (mittelblau)
1 Rd re
2 Rd 2 re / 2 li
2 Rd 2 li / 2 re
2 Rd 2 re / 2 li
2 Rd 2 li / 2 re
Farbe: orange (gemustert)
1 Rd re
8 Rd 2 re / 2 li
Farbe: gemustert (orange)
1 Rd re
6 Rd li
6 Rd re
6 Rd li
Farbe: rosa (hellblau)
Jetzt kommt die Propellerspitze.
1 Rd: Die zweite und dritte Masche jeder Nadel werden rechts zusammengestrickt.
3 Rd alle M re
1 Rd: Die zweite und dritte Masche jeder Nadel werden rechts zusammengestrickt.

2 Rd alle M re
1 Rd: Die zweite und dritte Masche jeder Nadel werden rechts zusammengestrickt.
1 Rd alle M re
Ab jetzt in jeder Rd immer die zweite und dritte Masche jeder Nadel rechts zusammenstricken. Wenn auf jeder Nadel nur noch zwei Maschen sind, wird der Faden abgeschnitten, durch die letzten 8 M gefädelt, festgezogen und vernäht.
Alle Fäden vernähen und fertig!

Die Gute-Laune-Socken sind Teil der Gute-Laune-Kollektion. Weitere Anleitungen für Stulpen, Mütze und mehr findest du auf dem YouTube-Kanal »Der kleine Strickladen«, https://www.youtube.com/c/DerkleineStrickladen.

Wärmflaschenbezug

Wolle: Re:Treat, West Yorkshire Spinners
Material: 100 % britische Wolle vom Bluefaced-Kerry-Hill-Schaf
Farben: 1 x Farbe Tranquil
Lauflänge: 100 g ca. 140 m
Nadelstärke: 6

Größe: 21 x 38 cm
Maschenprobe
10 x 10 cm = 14 M / 20 Reihen

RM = 1. M rechts, letzte M abh., Fd vor der Arbeit

Es geht los:
31 M anschlagen
1. R.: 1 RM, (2 li, 1 re) wdh. bis 3 M vor Reihenende, 2 li, 1 RM
2. R.: 1 RM, alle M li bis zur vorletzten M, 1 RM
Reihen 1 und 2 je 30 x arbeiten
61. R.: 1 RM, (2 re zsm., 1 li) wdh. bis 3 M vor Reihenende, 1 re, 1 li, 1 RM (22 M)
62.–89. R.: 1 RM, (1 re, 1 li) wdh. bis zur vorletzten Masche, 1 RM
80. R.: alle M elastisch abketten
Dieses Strickstück zweimal arbeiten. Die beiden Teile flach zusammenhäkeln, Fäden vernähen, über die Wärmflasche ziehen, Kragen umschlagen und fertig. Jetzt bleibt nur noch, die Wärmflasche mit heißem Wasser zu füllen und die Wärme zu genießen.

Tipp
Auf dem YouTube-Kanal »Der kleine Strickladen« gibt es Videos zum elastischen Abketten und auch zum flach Zusammenhäkeln:
https://www.youtube.com/c/DerkleineStrickladen.

Danksagung

Ein Buch zu schreiben, ist immer wieder ein Abenteuer. Nicht nur für mich als Autorin, sondern auch für die Menschen um mich herum.

Deshalb gilt mein erster und innigster Dank meinem Schwarzwälder Bären Bernd, der inzwischen bekennender Nordfriese ist. Er hat Verständnis, wenn manchmal andere Männer (natürlich nur fiktive!) eine höhere Priorität bei mir haben. Du bleibst trotzdem meine Nummer eins, versprochen!

Mein Sohn Tobias ist ein wunderbarer Zuhörer und prima Knotenlöser. Er ist immer bereit, helfend einzuspringen, wenn ich mich mal in der Geschichte verheddere. Ein dickes Dankeschön dafür, mein Schatz.

Ich danke Alexandra, Emma und Andrea für das Testlesen und die lobenden, aber auch – und dafür ganz besonders – die kritischen Anmerkungen. Ohne euch hätten Mia und Chrissi sich mit ihrem ersten Fall schwergetan.

Ein riesiges Dankeschön geht an Beate. Sie hat von Anfang an an das Eselchen geglaubt und ihm eine tolle Heimat gesucht. Du bist spitze!

Ein großer Dank geht an meine Lektorin Christiane. Sie hat es möglich gemacht, dass mein Eselchen in dieser etwas erweiterten Fassung noch einmal die Herzen der Leserinnen und Leser erobern darf. Danke für die tolle Zusammenarbeit, liebe Christiane!

Bei der Wahl der passenden Wolle für die Strickanleitungen war meine Freundin Nicola eine unschätzbare Hilfe. Das Woolhouse wäre nicht das Woolhouse ohne sie (www.woolhouse.de).